温暖你的三餐和四季,
收获优雅与从容。

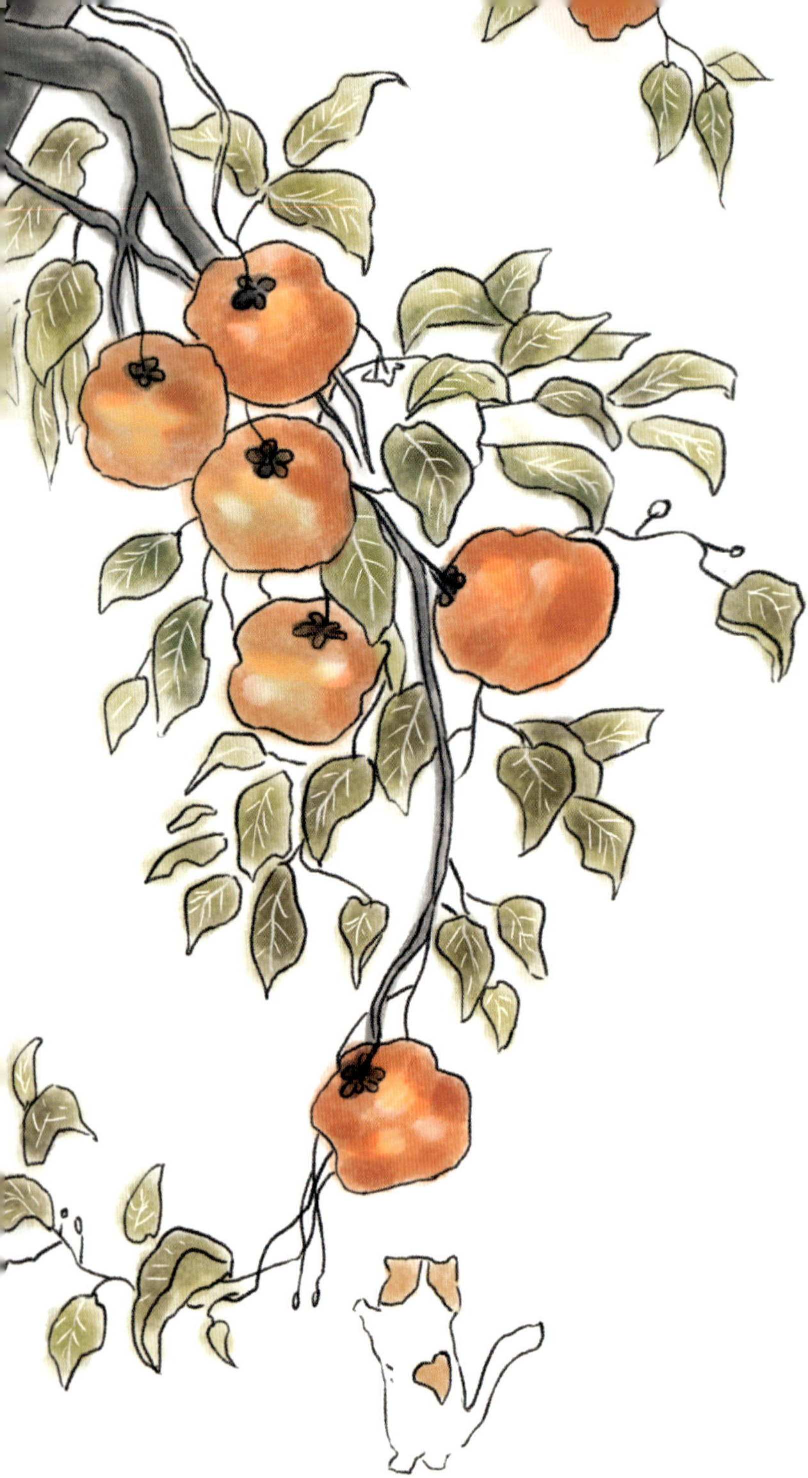

一年好景君须记,
正是橙黄橘绿时
　　　　肖云亮
　　2022年春节

正是橙黄橘绿时

肖复兴 著

北京联合出版公司
Beijing United Publishing Co.,Ltd.

生活的诗意未必在远方,
眼前所有的"苟且",
都可能结出丰硕喜人的果实。

自 序

疫情突发之后，整整2020年一年，我一直闭门宅家，没有离开北京一步。2021年春，终于走出家门，到了无锡和苏州，透了一口气。毕竟是江南，比北京要温和湿润，茶花将落，木香正开，大自然不管人世间悲欢，依旧吃凉不管酸，照样花落花开，烂漫似锦。

在无锡，见到新华书店的黄总，虽从未谋面，却是多年以前就联系过，电话中，她一再邀请我来无锡参加活动，我却始终未能成行。那时，她还是一位年轻的姑娘，时过经年，事业风生水起，她已经百炼成钢，成为新华书店的老总。她打开她的手机，找到我的老电话号码，对我说你看你的电话我一直保留着，一直想邀请你来无锡。说得我很有些惭愧，无锡之行，竟然一拖小二十年。

在无锡，还先后见到了辅仁中学的张军校长和锡山中学的唐江澎校长。在辅仁中学参观院士墙和以钱锺书先生名字命名的图书馆，看到学校文化底蕴和教学理念那么深厚，培养出那么多人才，非常感佩。在锡山中学，看到除正式教学课程外，学校还开设了17门艺术课，供学生自由选择，但要求每一位学生一学期学习其中一门艺

正是橙黄橘绿时

术课。唐校长的教学理念是培养"优雅生活者",而不是只会读死书应对考试的书虫,然后走向社会,只会逢迎权势和资本的磕头虫。唐校长和学校的蓬勃朝气和锐气,令我耳目一新。

结识黄总和唐校长,让我对无锡这座城市,有了新的认知和收获。这本散文集,便是在他们二位的建议和启发下,回到北京之后陆续编写而成的。我们共同面对的,既是疫情依旧蔓延的艰辛时刻,和动荡忧虑中坚守与抗争的现实;也是年青一代崭新的面貌,和优雅生活的理想追求,以及优雅生活所面临的绝非17门艺术课便能应对的种种挑战。面对这错综复杂的一切,散文显得单薄,却依然顽强在写,总希望能介入这样的生活之中,写得对他人多少有些益处,对自己多少有些进步。

这本散文集,经过编辑多日的辛劳编辑,又几经颠簸更改书名,终于落实为《正是橙黄橘绿时》。这个书名取自苏轼名句"一年好景君须记,正是橙黄橘绿时"。一年或多少年,"橙黄橘绿",总是我们希望见到的吧?

自 序

如今，小书即将面世，与读者见面。责任编辑希望我能为这本小书写则自序。关于散文的写作，我已经写过很多，大小序言也写了不少，没有什么更新的话要说。苦思冥想，不得要领，便找来孙犁先生的文集翻看，希望能从中获得一些启发。

散文，而今我愿意读晚年孙犁和汪曾祺二位先生的作品，常会如不期而遇一般，有意外的惊喜和收获。这一次，我重又读到的是孙犁先生的散文《菜花》。他写白菜花，说的是冬天储存的大白菜，放久了，菜头会鼓胀起来，乡间称之为"菜怀胎"，菜花就是这样从菜头上冒出来的。这种菜花，我也是常见的。

孙犁先生这样描写它：

菜花，亭亭玉立，明丽天然，淡雅清净。它没有香味，因此也就没有什么异味。色彩单调，因此也就没有斑驳。平常得很，就是这种黄色。但普天之下，除去菜花，再也见不到这种黄色了。

这里的菜花品格，也是孙犁散文的品格，同样也应该是所有散

正是橙黄橘绿时

文的品格。明丽天然,淡雅清净,不追求浓艳的香味和斑驳的色彩,或是大家都可以领悟到的,愿意看到的。孙犁先生在这里说的"没有什么异味",在我看来,可能更为重要。香味毕竟还是好的,异味却是被污染的了,对于散文品格是有所伤害的,值得警惕的。我们要看到,淡味的散文,异味的散文,在散文创作的天地里,有这样两种之分。

在这篇散文的结尾,孙犁先生由菜花引申,特意写了这样一段话:

人的一生,无疑是个大题目。有不少人,竭尽全力,想把它撰写成一篇宏伟的文章。我只能把它写成一篇小文章,写成像案头菜花一样的散文。

忽然觉得,孙犁先生在这里说的话,正是我想说的,我的这则小序,一下子有了抓挠。这本散文集,并不是什么宏伟的大文章,不过只是一些像菜花一样的小文章。如果读者朋友愿意读这样的小

自 序

文章,并能在这样的小文章中,依稀看到自己的一点儿生活的影子,一点儿内心的涟漪,你就算没有白读,我也算没有白写。

期待新的一年疫情好转,能够在片刻好景之中,我们在这里相逢,握手言欢,促膝交谈,多少温暖一下彼此。

肖复兴

2022 年春节前夕写于北京

第二章　等那一束光

074　/　梅岭之恋
080　/　赛什腾的月亮
084　/　风中华尔兹
087　/　等那一束光
090　/　像施了魔法一样
094　/　放翁优雅自画像
098　/　腊肠花
102　/　猫脸花
105　/　小店除夕
109　/　大年夜
113　/　客厅里的鲜花
116　/　芝加哥奇遇
119　/　女人和蛇
122　/　城市的想象力

目录

第一章　总有一些瞬间温暖远去的曾经

002　/　绉纱馄饨
006　/　邮局，邮局！
014　/　总有一些瞬间温暖远去的曾经
018　/　风中的字
021　/　丝瓜的外遇
024　/　夜　曲
027　/　小城里的巴黎
030　/　手制书
034　/　新年之叶
039　/　玩具和游戏
045　/　无锡记忆
053　/　小店木香
056　/　耦园听曲
059　/　沙湾古镇即景
063　/　应无所住
066　/　好味止园葵
069　/　佛罗里达小记

第四章 一万种夜莺

210 / 鲱鱼头
218 / 圣诞夜
226 / 冬夜里的野玫瑰
232 / 肖邦的抽屉
239 / 贝多芬肖像画
249 / 茶花女柳
256 / 兹罗尼茨的钟声
264 / 达格妮之歌
271 / 伊施尔浴场
279 / 彩虹上的少女
286 / 酸苹果木手杖
293 / 一万种夜莺

目录

第三章 手扶拖拉机斯基

128 / 你是否要去斯卡布罗镇
132 / 即使你没去过卡萨布兰卡
136 / 手扶拖拉机斯基
140 / 当你穷困潦倒的时候
144 / 听民谣小札
154 / 青春致幻剂
158 / 昨日重现
161 / 我们便身在天堂
165 / 谁听到那唱歌的风
170 / 胡萝卜花之王
175 / 永远的草莓园
182 / 乱星的吟唱
187 / 听恩雅
192 / 黄昏的曼托瓦尼
200 / 最后的海菲兹

第一章

总有一些瞬间
温暖远去的曾经

绉纱馄饨

北京普通人家，一般爱吃饺子，以前很少吃馄饨。我第一次吃馄饨，是上初中之后，和同学一起在珠市口路北一家饭馆里，饭馆紧靠着清华浴池，对面是开明老戏园，那时改名叫作珠市口电影院。我们就是晚上看完电影，到这里每人吃了一碗馄饨。

这是家小店，夜宵专卖馄饨。比起饺子，馄饨皮很薄，但馅很少，觉得馄饨是样子货，还是馅大肉多的饺子吃起来更痛快。

这样的印象被打破，是吃到了我们大院里梁太太包的馄饨之后。梁太太一家是江苏人，梁太太包的馄饨，在我们大院是出了名的，我很小的时候，就听院里的街坊议论过梁太太的馄饨，说她做的馄饨皮，加了淀粉和鸡蛋，薄得如纸似纱，对着太阳或灯，能透亮。而且，馄饨皮捏出来的皱褶，呈花纹状，一个小小的馄饨，简直像一朵朵盛开的花，不吃，光是看，就让人爽心悦目，像艺术品。

梁太太自己说，这种馄饨，在她家乡几乎每户人家都会包，人们称作绉纱馄饨。我从来没有见过梁太太包得这样精美绝伦的馄饨，都是听街坊们这样说，只有想象而已。心里想，梁家有钱，自然吃得要比一般人家讲究得多。

那时候，梁太太很年轻，她的女儿只有四五岁，比我小两

第一章　总有一些瞬间温暖远去的曾经

岁。梁先生在银行上班，梁太太不工作，在家里相夫教女。据说，梁先生最爱吃馄饨，所以梁太太才常常要包馄饨。特别是梁先生加夜班的时候，梁太太的馄饨更是必不可少。每次梁先生吃馄饨的时候，她女儿也要跟着吃，也爱吃得不得了。绉纱馄饨，成了她家经常上演的精彩保留节目。

读高一的秋天，下乡劳动，突然拉稀不止，高烧不退，同学赶着一辆驴车，连夜把我从郊区乡间送回北京。在医院里打完针吃了药，回到家之后，一连几天，烧还是不退，浑身虚弱，什么东西都吃不下去，没有一点儿胃口。母亲吓坏了，和街坊们说，想求得什么法子，可以让我吃下东西。人是铁饭是钢，不吃东西，这病怎么好啊！母亲念叨着。街坊们好心出了好多主意。

这天晚上，梁太太来到我家，手里端着一个小钢精锅，打开一看，满满一锅馄饨。梁太太对母亲说："给孩子尝尝，我特意在汤里点了些醋，加了几片西红柿，开胃的，看看孩子能不能吃一些？"

母亲谢过梁太太，转身找大碗，想把馄饨倒进碗里，好把钢精锅还给梁太太。梁太太摆手说："不急，不急，来回一折腾凉了就不好吃了。"说着，轻轻转身离去。

母亲用一个小碗盛了几个馄饨，舀了一些汤，递给我。我迷迷糊糊地吃了一个，别说，还真的很好吃，坦率地说，比母亲包的饺子要好吃，馅里有虾仁，是吃得出来的，还有什么东西，我就不懂了。总之，很鲜，很香。我喝了一口汤，更鲜，里面不仅放了醋，还有白胡椒粉，真的特别开胃，竟然让我几口就把这碗汤都喝光了。

母亲很高兴，端来锅，又给我盛了一碗。我望了一眼锅里，西红柿的红，紫菜的紫，香菜的绿，汤的白，再加上皮薄如纸皱褶似花的馄饨里肉馅的粉嘟嘟颜色，交错在一起，好看得像一幅水墨画，是满盘饺子没有的色彩和模样。

病好之后，还在想梁太太的馄饨，不禁笑自己馋。心想，绉纱馄饨，这个名字取得真是好听。母亲包的饺子，有时也会在饺子皮上捏出一圈圈的小皱褶，我们给它们取名叫作花边饺子，或麦穗饺子，总觉得都没有绉纱馄饨好听。

那时候，梁太太不到40岁，显得很年轻，爱穿一件腰身婀娜的旗袍。她女儿刚上初二，虽然和我不在同一所学校，毕竟在大院里一起长大，彼此朋友一样很熟悉。现在想想，有些遗憾的是，再也没有吃过梁太太的绉纱馄饨。

1968年夏天，我去北大荒。冬天，梁太太的女儿到山西插队，和我家只剩下了老两口一样，她家也剩下了梁太太和梁先生相依为命。

6年过后，我从北大荒调回北京当老师，算是我们大院里插队那一拨孩子里最早回来的。梁太太见到我，很有些羡慕。我知道，她女儿还在山西农村，自然希望也能早点儿回来。

回北京一年半之后，我搬家离开大院，临别前一天下午，我去看望梁太太，发现她苍老了许多。算一算，那时候，她应该才五十来岁。我去主要是安慰她，知青返城的大潮已经开始了，她女儿回北京是早晚的事。她坐在那里，痴呆呆地望着我，半天没有说话。我要出门的时候，她才忽然站起来对我说："晚上到我家吃晚饭吧，我给你包绉纱馄饨。"

晚上，她并没有包绉纱馄饨。

事过好几年之后，我听老街坊对我讲，那时候，她女儿已经在山西嫁给当地农民两年多了。

2021 年 6 月 20 日于北京

邮局，邮局！

对于邮局，我一直情有独钟。在我的印象中，某些特殊的行业，都有自己的代表颜色，医院是白色的，消防队是红色的，邮局是绿色的。为什么邮局是绿色的，我一直不明就里，但一直觉得绿色和邮局最搭，邮局就应该是绿色的。绿色总给人以希望，人们盼望信件的到来，或者期冀信件寄达的时候，心里总是充满期待的。

小时候，家住的老街上，有一家邮局。它在我们大院的斜对门，一座二层小楼，门窗都漆成绿色，门口蹲着一个粗粗壮壮的邮筒，也是绿色的。这样醒目的绿色，是邮局留给我最初的印象。远远望去，那邮筒像一条邮局的看门狗，只不过，狗都是黄色或黑色，没见过绿色的狗，就又觉得说它是邮局的门神更合适。可惜，这样颇有年代感的邮筒，如今难得一见了。

这家邮局，以前是一座老会馆的戏台，倒座房，建在会馆的最前面，清末改造成了邮局，是老北京城最早的几家邮局之一。我第一次走进这家邮局，上小学四年级。那时的邮局，兼卖报纸杂志，放在柜台旁的书架上，供人随便翻阅挑选。我花了一角七分钱，买了一本上海出的月刊《少年文艺》，觉得内容挺好看的，以后每月都到那里买一本上海出的《少年文艺》。读初中的

第一章　总有一些瞬间温暖远去的曾经

时候，父亲因病提前退休，工资锐减，在内蒙古风雪弥漫的京包线上修铁路的姐姐，每月会寄来30元钱贴补家用。每月，我会拿着汇款单，到这里取钱，顺便买《少年文艺》。每一次，心里都充满期待，都会感到温暖，因为有《少年文艺》上那些似是而非的故事，在那里神奇莫测地跳跃；有姐姐的身影，朦朦胧胧在那里闪现。

读初中的时候，我看过长春电影制片厂的一部电影《鸿雁》。不知为什么，这部电影，留给我印象很深，至今难忘，尽管只是一部普通的黑白片。那个跋涉在东北林海雪原的邮递员，怎么也忘不了。我想象着，姐姐每个月寄给家里的钱，我给姐姐写的每一封信，也都是在邮递员这样绿色的邮包里吗？也都是经过漫长的风雪或风雨中的跋涉吗？每一次这么想，心里都充满感动——对邮局，对邮递员。

那时候，邮递员每天上下午两次挨门挨户送信，送报纸。他们骑着自行车——也是绿色的，骑到大院门口，停下车，不下车，脚踩着地，扬着脖子，高声叫喊着谁谁家拿戳儿，就知道谁家有汇款单或挂号信来了。下午放学后，我有时会特别期盼邮递员喊我家拿戳儿！我就知道，是姐姐寄钱来了。我会从家里的小箱子里拿出父亲的戳儿，一阵风跑到大门口。戳儿，就是印章。

除了给姐姐写信，我第一次给别人写信，是读高一的时候，给一位在别的学校读书的女同学。放学后，我一个人躲在教室里，偷偷地写完信。走出学校，我不坐公交车，而是走路回家，因为在路上，会经过一个邮局，我要到那里把信寄出去。邮局新建不久，比我家住的老街上的邮局大很多，夕阳透过大大的玻璃窗，照得里面灿烂辉煌。我第一次来的时候，一切显得陌生，但那绿色的邮箱，绿色的柜台，又一下让我感到亲切，把我和它迅速拉近。

我们开始通信，整整三年，一直到高三毕业，几乎一周往返一次。每一次，在教室里写好信，到这里买一个信封，一张4分钱的邮票，贴好，把信也把少年朦胧的情思和秘密的心事，一并放进立在邮局里紧靠墙边那个绿色的大邮箱里。然后，愣愣地望着邮箱，望半天，仿佛投进的不是一封信，而是一只鸟，生怕它张开翅膀从邮箱里飞出来，飞跑。站在那里，心思未定地胡思乱想。静静的邮箱，闪着绿色的光。静静的邮局里，洒满黄昏的金光，让我觉得那么美好，充满想象和期待。

邮局的副产品是邮票。我就是从那时候开始集邮，一直到现在。一枚枚贴在信封上的邮票，是那样丰富多彩，即使一张4分、8分的普通邮票，也有不少品种。最初将邮票连带信封的一角一起剪下，泡在清水里，看着邮票和信封分离，就像小鸡从蛋壳里跳出来一样，让我惊奇；然后，把邮票像小鱼一样湿淋淋地从水中捞出，贴在玻璃窗上，眼巴巴地看着干透的邮票像一片片树叶从树上渐次落下来，特别兴奋。长大以后通信的增多，让我积攒的邮票与日俱增。那些不同年代的邮票，是串联起逝去日子的一串串脚印，一下子会让昔日重现，活色生香。邮票，成了邮局给予我的额外赠品。邮票，是盛开在邮局里的色彩缤纷的花朵，花开花落不间断，每年都会有新鲜的邮票夺目而出，让邮局

第一章 总有一些瞬间温暖远去的曾经

总是被繁茂的鲜花簇拥,然后,再通过邮局,分送到我们很多人的手中。

我从未想过,有一天,我会来到电影《鸿雁》里演的东北的林海雪原里。命运的奇特,往往在于不可预知性。上山下乡高潮到来,同学好友风流云散,我去的北大荒,正是那片林海雪原。离开北京时,买了一堆信封信纸,相约给亲朋好友写信。在没有网络和微信的时代,手写的书信,这种古老也古典的方式,维系着彼此纯朴真挚的感情,让人期待而珍惜。而信必须通过邮局,通过邮递员,让邮局和邮递员变得是那么不可或缺。唯如此重要,分散在天南地北的朋友之间的书信,才能抵达你的手中。邮局和书信,互为因果,互文互质,将彼此转化而塑型,即便不是什么珍贵的文人尺牍,只是普通人家家长里短的平安书信,也成了那个逝去时代的一个注脚,一个特征,让流逝的青春时光,有了一个看得见摸得着的物证。是邮局帮助了我们这些书信的寄达和存放,让记忆没有随风飘散殆尽。邮局,是我们青春情感与记忆的守护神。

那时候,我来到的是一个新建的农场,四周尚是一片亘古荒原。夏天,荒草萋萋;冬天,白雪皑皑。农场场部,只有简单的办公泥土房,几顶帐篷和马架子,但不缺少一个邮局,一间小小的土坯房,里面只有一个工作人员,胖乎乎的天津女知青。我们所有的信件,都要从她的手里收到或寄出,每一个知青都和她很熟。但是,她不会知道,那些收到或寄出的信件里,除了缠绵的心里话,还会有多少神奇的内容,是文字表达不出的。读巴乌斯

正是橙黄橘绿时

托夫斯基的《一生的故事》，他说他有个舅舅叫尤利亚，因为起义和反动政府斗争，被迫流亡日本，患上了思乡病，在他给家里寄去的最后一封信中，他请求家里在回信中寄给他一枚基辅的干栗树叶。我想起，当年在北大荒，曾经在信里寄给在内蒙古插队的同学一只像蜻蜓一样大的蚊子。一个在吉林插队的同学曾经寄给我一块贴在信纸上的当地的奶酪。那时候，我们吃凉不管酸，还没有尝到人生真正的滋味，没有像巴乌斯托夫斯基的舅舅一样患上思乡病，只知道到邮局去寄信去取信时的欢乐和期待。

这个土坯房的小小的邮局，承载着我们青春岁月里的很多苦辣酸甜。不知去那里寄出多少封信，也不知道到那里取回多少封信，更不知道把农场的知青所有来往的信件包裹统统计算起来，会是一个多么庞大的数字。别看庙小神通却大呢！那时候，觉得我们来到天边，北京是那么远，家是那么远，朋友们是那么远，天远地远的，小小的邮局是维系着我们和外面世界联系的唯一桥梁。

我最后一次到那里，是给母亲寄钱。那一年，父亲突然病逝，家中只剩下老母亲一人，我回北京奔丧后，想方设法调回北京。终于有了机会，我可以回北京当老师，我回北大荒办理调动关系，春节前赶不回去北京，怕母亲担心，也怕母亲舍不得花钱过年，我跑到邮局，给母亲寄去30元，给母亲写了一封信，尽管母亲不识字，但我相信母亲会找人念给她听。那一天，大雪纷飞。我禁不住又想起了电影《鸿雁》。会有哪一位邮递员的邮包里装上我的信件，奔波在茫茫的风雪中呢？很长一段时间，走进

第一章　总有一些瞬间温暖远去的曾经

邮局，总给我一种家一般的亲切感觉，因为那里有我要寄出的或收到的信件，那些信件无一不是家信和朋友们的信件，即便不是烽火连三月，一样的家书抵万金呀。

命定一般，我和邮局有着割舍不断的联系，从北大荒回到北京，写写文章之后，总会有报纸杂志的信件、稿费寄来，也要自己去邮局领取稿费，寄送信件和书籍。大约30年前，我家对面新建了一家邮局，因为常去，和那里的工作人员都熟悉了，他们中大多都是年轻的姑娘，如果偶尔忘记带零钱了，或者稿费单上写的姓名有误，她们都会帮忙处理，然后笑吟吟对我说最近在报纸上看到我的什么文章。那样子，总让我感到亲切。有一次，到邮局取稿费，柜台里坐着新来的一位小姑娘，等她办理手续的时候，我顺手抄来柜台上的几张纸，隔着柜台，画了三张她的速写像。取完钱后，小姑娘忽然对我说看过您写的好多的文章，上中学的时候还在语文课本上学过您的文章。受到表扬，很受用，不可救药地把其中觉得最好的一张速写送给了她。她接过画笑着说："看见刚才您在画我呢！"

如今网络发达，很多邮件通过微信传递，信件锐减；稿费大多改为银行转账，稿费单也随之锐减。总还是觉得，只是虚拟的网上信件，千篇一律的印刷体字迹，没有真实的墨渍淋漓，实在无趣得很。而那稿费单是绿色的，上面有邮局的黑戳儿，让你能够感受得到邮局的存在，那张小小的稿费单留有邮局的印记，就像风吹过水面留下的涟漪。或许是从小到老，邮局伴随我时间太长，对于邮局，总有深深的感情。邮局的存在，让那些信件，那些稿费单,像淬过一遍火一样,得到了某种意义上的升华。我知道,这种升华,对于我,是情感上的,是记忆中的,像脚上的老茧一样,是随日子一天天走出来的。

科技的发达,常常顾及时代发展大的方面,总会有意无意地伤及人们最细微的感情部分,或者说是以磨平乃至牺牲这些情感为微不足道的代价的。如今,快递业迅速发展,邮局日渐萎缩——当然,也不能说是萎缩,那只是如旋转舞台上的转场一样,一时转换角色和景色而已。就像如今多媒体的存在,传统的纸质媒体,包括纸质书籍,受到冲击却依然存在而不会泯灭一样,邮局一样存在于我们的生活中。顺便说一句,快递快,却也容易萝卜快了不洗泥,它所有的快件没有了邮票一说,这正是科技发达忽略、损害人们情感的又一个例证。只有邮局才会有那样五彩缤纷的邮票,才让集邮成了一种世界艺术。想想那些古代驰马飞奔的一个个驿站,那些曾经遍布各个角落的大小邮局,那些曾经矗立在街头的粗壮的绿色邮筒。那些电影《鸿雁》里背着绿色邮包跋山涉水的邮递员……滚滚红尘中,怎么可以缺少了他们?他们曾经多么让我们对家人对朋友对远方充满期盼。云中谁寄锦书来,只要还有鱼雁锦书在,他们就在。

有一天,在超市里买东西,忽然,感觉面前有个熟悉的身影倏忽一闪,抬头一看,站在对面货架前的,是一位以前认识的邮局里的工作人员。她正在望着我,显然也认出了我。30多年前,她还只是个年轻的姑娘,芳华正茂。如今,她的身边站着一个和她当年一样年轻的姑娘,她告诉我是她的女儿,又告诉我她已经

第一章　总有一些瞬间温暖远去的曾经

退休了。日子过得这样快,她竟然和邮局一起变老了。

　　还有一天黄昏,一个女人骑着自行车,从我身边飞驰而过。然后,她又立刻掉头,骑到我的身边,停下车,问道:"您就是肖老师吧?"我点点头,没有认出她来。她高兴地说:"看着觉得像您!有小 20 年没见您了,您忘了,那时候,您常上我们邮局取稿费寄书寄信?"我立刻想起来了,那时候,她还是个刚上班不久的小姑娘呢!

　　那个落日熔金的黄昏,我们站在街头聊了一会儿。我在想,如果没有邮局,阔别这么多年,茫茫人海中,熙熙攘攘的街头,我们怎么可能一眼认出彼此?是邮局连接起天南地北,是邮局让素不相识的人彼此如水横竖相通。

　　邮局!邮局!

2021 年 6 月 25 日于北京

总有一些瞬间温暖远去的曾经

退休后,学习格律诗,自娱自乐,打发时间。马上就到了去北大荒53年的日子,前两天,写了一首小诗,怀怀旧——

未出榴花绿满阴,不禁又去一年春。
破书成束诗中梦,残月临窗影外人。
野草荒原忆狐魅,疏灯细语诉风尘。
绝无消息传青鸟,只是偶思福利屯。

这里写到的福利屯,就是53年前的夏天我们离开北京到北大荒下火车的地方。这是当时我国北方东北方向最偏远的一个火车站了。在未设立集贤县之前,福利屯一直隶属富锦县。我一直不明白,火车站为什么不建在县城,而建在一个离县城很远的偏僻荒凉的小镇上?

这确实是一个豌豆公主那样小的小镇,但它却是一个古镇。火车站也是老站,伪满洲国时期就有了。记得下火车是黄昏时分,这时候这里夏日的风,已经没有北京那样燥热,而有些清爽湿润的感觉,因为不远处便是松花江。落日迟迟不肯垂落,漫天的晚霞,烧得红云如火,在西天肆意挥洒。北国,北国风光!这里便是真正的北国风光了,我在林予的长篇小说《雁飞塞北》、

第一章　总有一些瞬间温暖远去的曾经

林青的散文《大豆摇铃时节》中看到并向往的地方了。

站台前面，只有一座低矮的房子，和简单的木栅栏，便是火车站的站房了。站在空旷的站台上，等着行李卸车，望望四周，一面是完达山的剪影立在夕阳的灿烂的光芒里，一面是三江平原一望无际的平坦如砥，再有便是黑黝黝的铁轨冰冷地伸向远方，茫茫衔接的就是我们从北京一路奔来的路程，也仿佛连接着古今和未来。

以后，我们每一次回北京，从北京再回北大荒，或者是去佳木斯哈尔滨办事，都得从这里上车下车。福利屯，成为我们生命旅程中必不可少的一个节点，绿皮车厢，硬木车座，火车头喷吐的浓烟，成为青春时节记忆飘散不去的象征。只是那时候我们站在这里夏日黄昏的清风中，不知道未来迎接我们的命运是什么，吃凉不管酸，一腔空荡荡的豪情。

我将这首诗微信发给了当年插队的同学，其中到吉林一个叫新发屯农村插队的同学立刻回信说：你偶思的福利屯，我似乎并不陌生，50多年前，你有信中说"车过福利屯，上车后给你的信尚未写完……"年华如此匆匆而过，你的诗令我感到仿佛如昨。

她的这话，让我很感动，50多年前的一封信，谁还会能记住？她在遥远的新发屯，并不在也从来没有来过福利屯，福利屯不是新发屯，过去了50多年，怎么可以记住福利屯这个那么小那么偏僻的地名？

我回复她，感谢她。她回信说："回忆中，总有一些瞬间，能温暖整个远去的曾经。"

这话说得有点儿欧化，但她说得这意思真好。其实，那时候，我和她并不很熟，只是因为她是我的一个同学的好朋友，爱屋及乌，联系上了，和她有了通信。那时候，我爱写信，似乎很多知青都爱写信。这种传统古典的方式，特别适合风流云散的知青朋友之间抒发那个时代大而无当又缠绵自恋的情怀。她所说的车过福利屯还趴在火车上写信的情景，只能发生在那时的青春季节里。尽管生活艰苦，命运动荡，未来一片渺茫，心里还是充盈着似是而非未可知的希望，如同车窗外如流萤一般飞驰而过的灯火，总还在眼前闪闪烁烁。那时候，正偷偷看托尔斯泰的《安娜·卡列尼娜》，总恍惚地以为火车头喷吐的浓烟过后，露出的是安娜一张漂亮成熟的脸庞。

我已经记不得信里写的都是些什么了，但一封50多年前普通的信还能被人记住，也是极其罕见的事情了。在颠簸的绿皮硬座车厢里写那些似是而非的信的情景，如今可以成为一幅感动我们自己的画了。她说得对，起码在那一瞬间，感动过我们自己，觉得信中那些即便空洞的话也慰藉我们彼此，觉得在缥缈的前方会有什么事情可能发生，即使什么也没有发生，或者发生的并不是我们所预期的。火车头喷吐的浓烟过后，并没有出现漂亮的安娜，而不过是卡西莫多。

是的！回忆中，总有一些瞬间，能温暖远去的曾经。她的话，让我想起了另一个和福利屯相关的瞬间。有一次，我从福利屯上了火车，车驶出站台，开出不一会儿，车头响起一阵响亮的汽笛。起初，我没怎么在意，以为前面有路口或是会车必须鸣笛。后来，我发现并没有任何情况，列车在一马平川的原野上奔驰。为什么要在这时候鸣笛？我把这个疑问抛给了正给我验票的一个女列车员。她一听就笑了，反问我："你刚才没看见外面的一片白桦林吗？"我看见了，白桦林前还有一泓透明的湖泊。难道就是为了这个而鸣笛？年轻的女列车员点头说："就为了这个，我们的司机师傅就喜欢这片白桦林。"

下一次，火车驶出福利屯，经过这片白桦林时，透过车窗，我特意看了一下，发现是很漂亮的风景，白桦林的倒影映在湖水中，拉长了影子，更加亭亭玉立。火车经过这里不过半分多钟，一闪而过，车头正响起响亮的汽笛，缭绕的白烟拂过，在那个落日熔金的黄昏，定格为一幅如列维坦一样的油画。

总有一些瞬间，能温暖远去的曾经。

福利屯！

2021 年 6 月 16 日于北京细雨中

风中的字

我家街对面是潘家园市场，年三十这一天，较往常的人满为患虽然清静了不少，但依然有市声喧嚣，就连便道上都有人摆摊，不过，卖的大都是过年的窗花、对联，也有一些自己书写的书法作品。到黄昏的时候，这些零星的小摊早都收拾好家伙什回家过年了。只有一个人在寒风中坚持着。

这是一个中年人，听口音是河北沧县人，沧县是我的老家，一听就能听得出来，便感到有些亲切。我在马路这边就看见了他，穿着一件枣红色的羽绒服，在便道隔离的栏杆前，他正在弯腰收拾地上摆着的东西。长长一溜儿的便道上，硕果仅存只剩下他一个人，显得格外醒目。在街这边看，他的身前是一座绿色的报刊零售亭，早已经挂上了门板，但绿色的亭子，和他身后白色的栏杆，街树的枯枝，市场灰色的外墙，颜色艳丽的广告牌，这些静物把他组合在一起，构成了一幅画。如果作为新年画，怪有意思的。

我过了马路，除了地上还摊着两幅书法，他已经收拾好了东西，正准备要走。我匆匆瞥了一眼地上的两幅字，一幅隶书，一幅行草，尺幅都不小，没来得及仔细看，只是客气地和他打过招呼，知道卖的都是自己写的书法作品。问了句今天卖的行情可

第一章 总有一些瞬间温暖远去的曾经

好。他摇摇头说今儿不行,一幅没卖出去。又问这么晚了回沧县过年吗,他说在北京租有房子,全家今年都在这儿过年了。然后,彼此拜了个早年就分手了。寒风中,看见他的身影,显得有些孤独和凄清,怎么都感觉像是巴金《寒夜》里的人物。

办完事,我原路返回,天已经彻底黑了下来,路灯早亮了,倒悬的莲花一般,盛开在寂静的街道旁。路过报刊零售亭的时候,忽然看见门板上贴着两幅书法,在街灯的映照下,白纸黑字,非常打眼。看出来了,是刚才那个中年男人摊在地上的那两幅字,一幅隶书,一幅行草。仔细一看,隶书是4个横写的大字:龙马精神。行草是四句诗:"箫鼓追随春社近,衣冠简朴古风存。从今若许闲乘月,莫笑农家腊酒浑。"我禁不住莞尔一笑,字虽然写得一般,但觉得有点儿意思。两幅字都和春节相关呢,一幅为马年祝福而写,一幅为春天到来而写。后一幅,是放翁诗的改写,改得风趣有神,有点儿功夫,并非等闲之辈。

这位老兄,一天没有卖出去一幅字,却索性把这两幅字留了下来,贴在报亭上,留给人观赏,也留于风抚摸,和即将燃放的鞭炮的欢庆。这是他心情的宣泄,也是他拜年的特殊方式,是个不错的创意。既然清风朗月不用一文钱买,那么,白纸黑字也可以无须一文钱卖,和大自然交融,一起过年迎春,是一种别样的境界呢。到潘家园来卖字画的人,多如过江之鲫,如他这样有如此创意的人,我还真的没有见过。

只是担心,不知道这两幅字能否熬过大年夜,明天一早,人们出门到各家拜年的时候还能否看得到?走过马路,禁不

正是橙黄橘绿时

住回头又望了望,寒风吹过,邮亭上的那两幅字在猎猎地抖动。

2014 年 2 月 4 日立春于北京

丝瓜的外遇

那天，到菜市场买了几条丝瓜，因为已经买了好多的菜，手里拿着满满的好几个兜子，给小贩交完钱，提着菜兜转身就走了。等到晚上做饭时找丝瓜，才想起了放在菜摊上忘记拿了。

几条丝瓜，没几个钱，但第二天到菜市场去买菜时，忽然想到那个菜摊前问问，看看菜贩兴许好心地帮我收起了丝瓜，守株待兔等着我回去取。走到那个菜摊前一问，菜贩摇摇头，一脸无辜的茫然。我向他道了谢，转身走了，这事本来怨我而不怨他，不见得就一定是他将几条丝瓜"秘"了起来，也可能是别人顺手牵羊拿走了丝瓜。买菜的人来人往，菜经他的手各种各样，他哪里顾得过来这几条小小的丝瓜？

也是退休后无所事事，那一刻，脑子里忽然冒出这样一个念头，就在这个每天都喧嚣热闹的菜市场，做个小小的试验。便找了三家菜摊，各买了三条丝瓜，然后，交完钱，都放在了菜摊前那一堆有青有绿有红的蔬菜堆儿里，转身就走了。我想明天再去菜市场，看看这三家菜摊，会有哪家能够看到了我忘在菜摊上的丝瓜，替我保存，等着我回去取；或是，哪家都没有了丝瓜，只剩下了今天看到的那个菜贩的一脸无辜的茫然。小小的丝瓜，会是一张 pH 试纸，能够试探出人心薄厚和人情暖凉呢。

第二天，我去了这三家菜摊，两家，没有了丝瓜，只有茫然；一家的菜贩却没等我问话，就从菜摊下面提出了装着那三条丝瓜的塑料兜，笑吟吟地递给我。

应该说，试验的结果，还算不坏，2∶1，毕竟没有让人完全失望，九条丝瓜没有全部不翼而飞，留下了三条，锚一样，还沉稳地留在了水底，揽住了小船没有被风浪吹走，不知所终。

不过，有意思的是，这家替我保存住"遗忘"的丝瓜的菜贩，是我认识的，我常常到他那里买菜，特别是西红柿，我都会到他那里买，因为彼此熟了，他会连问都不用问我，直接从西红柿筐里替我挑最好的给我。有时候，差个几分钱几角钱，他也会抹去了零头，甚至忘记了带钱或者钱不够了，他会让我赊着，明天来买菜时再带给他。

我在想，如果不是我们已经很熟识了，他会为我保存下这三条丝瓜吗？

我又想，以前老北京，几乎每条胡同都会有一家菜摊或菜店，因为都是街里街坊的，无论卖菜的，还是买菜的，每天抬头不见低头见，彼此都熟悉得不能再熟悉了，别说是买了菜忘在菜摊或菜店里了，就是你把别的东西甚至钱包忘在那里了，一般回去都会找得到的，菜摊或菜店里的人都会替你保管好。这原因其实也很简单，因为在一条街上，大家都认识，彼此的信任和信誉，以及常年积累起来的感情，比贪一点儿小便宜要重要得多。所以，那时候，尽管物资匮乏，大家都不富裕，但很少会出现缺

第一章 总有一些瞬间温暖远去的曾经

斤短两或假冒伪劣之类的欺诈。对比那时农耕时代的商业模式，如今琳琅满目的菜市场，发展了好多，也流失了好多东西。其中流失最多的，就是买卖之间的那种邻里之间的人情味。

我将自己这样的想法，对那位替我保存丝瓜的菜贩说了，他笑笑对我说："人情味，也不是说现在就没了，你们买菜的看得起我们，我们卖菜的自然就会高看你们一眼。这东西，就跟脚上的泡，走得日子多了，自然就长出来了。你说，那几条丝瓜能值几个钱？"

他说得有道理，丝瓜不过只是人情味的一种外化，是彼此心情的一次外遇。

2011 年 11 月于北京

夜　曲

　　那一晚风很大，我赶到灯市口一家音像制品商店已经很晚，生怕人家关门。

　　原来这家商店的门面很朴素，本来包子关键在里面有没有肉，而不在褶儿上。

　　它正处闹市，四周店家都洗心革面装潢一新，逼得它也里外换装，辉煌的灯光辉映着堂皇的落地玻璃门，透明得能看得清店里面的肠胃。我推开玻璃门进去，立刻一阵悠扬的音乐声如春水荡漾，迎面墙前的大屏幕电视里正播放着镭射影碟，一个胖胖的女歌唱家在引吭高歌，大概是莫扎特哪部歌剧里一个咏叹调，极其抒情委婉，千曲百回，柔肠绕指。

　　令我奇怪的是，偌大的店铺里，除了正中央站着一个年轻姑娘，角落收银台旁坐着两个售货员之外，居然空无一人，就那么任那动情的音乐水银泻地般肆意流淌。我注意看了看，那姑娘身穿一件蓝色防寒服，与门外奔波在风中时髦的红男绿女鲜艳装束太不一样；长得也极其平常，属于那种没有什么特点极容易和一般女人混同的灰姑娘。她面朝着电视屏幕，神情专注，旁若无人，听得投入，仿佛格外感动，眸子里闪烁着异样的光彩。而那两位售货员一老一少、一男一女，却面无表情，望着窗外，默默

第一章　总有一些瞬间温暖远去的曾经

无语,大概总听这音乐,耳熟能详,磨起茧子,不感兴趣了。而那姑娘也毫无姿色可言,勾不起他们的秀色可餐的欲望。他们和那姑娘中间隔着许多摆放激光唱片的架子,琳琅满目的唱片如同色彩缤纷的灌木丛,遮挡住他们的面容,谁也看不见谁,便各不妨碍,你看你夜色中的街景,我听我荡气回肠的音乐。

新装修的这家商店,是里外两间,将里面原来做库房用的也来陈列唱片。我到里面去看唱片,不住地看表,毕竟已经到了人家快打烊的时候了。到了表的指针指向店家关门的时候了,外面的音乐还在尽情地荡漾,一点儿也没有人在催我离去的征兆。我自己倒先沉不住气了,要知道现在不少店家没到关门的时候早就像火车尚未到终点就提前开始收拾卧铺的铺位一样,催得你想赶紧逃走了事。售货员谁不想早点下班回家呀?尤其是在这样寒风刺骨的夜晚,家对于谁也是无法抗拒的诱惑,而自己的事已经天经地义地唯此为大。

我忙走出里屋,电视里的音乐还在响着,店中央那灰姑娘还站在那里听着,角落收银台旁那一老一少一男一女售货员还在默默无语地待着。那一刻,仿佛只有音乐回荡,没有了夜晚,没有了寒风,没有了打烊……那一幅以这样美妙音乐作为背景的图画,是这样恬静美好,让我涌起一种久违的情感,不禁格外感动。

就这样,一直到那首长长的咏叹调结束,音乐声戛然而止,屏幕上闪烁出雪花的斑点,那个姑娘才转过头来冲那两位售货员微微一笑,那两位售货员才站起身来,冲那姑娘也冲我微微一

正是橙黄橘绿时

笑。我们走出玻璃大门，他们开始打烊关门。那姑娘很快消失在夜色中，我走出老远回头一望，那家店铺里的灯光才一盏盏熄灭。

那一晚，风很大，音乐很美。

如果说漫长的一生是一首很长的交响乐，平凡的每一天、琐碎的每一件小事，我们都能是这样发自心底去做好，既为他人，也为自己——那么，就会时时、处处奏响这样美妙夜曲一样的旋律，哪怕这旋律很短小，却可以汇集成一生美妙无比的乐章，足以令我们回味无穷。

1997年岁末于北京

小城里的巴黎

布鲁明顿是一座小城,只有6万人口,一半是印第安纳大学的师生。别看城小,到晚上和周末,城中心照样人满为患。这一个周末的晚上,我们从城中心一直往外走,快走到城边,才发现一家餐馆里有空座位。

这家餐馆叫作"小餐馆"。走进去,餐馆的老板笑吟吟地走了过来,招呼我们入座。餐馆里,灯光幽暗,抬头一望,发现餐馆是老厂房改建的,房顶上粗大的工业管道,恐龙骨架一般赫然在目。

老板是一个有些弓背的小老头儿,手里拿着一个点餐记录的小本。和在其他餐馆不同,他没有先问我们吃什么,而是随手将旁边餐桌前的一把椅子拉过来,坐在我们的面前,第一句话,先对我说了句英语,我没有听清他说的什么,他在他的小本上迅速地写上一行字,撕下来递给我。我才明白,他说我长得像一个电影演员,纸上写着演员的名字:Charles Bronson。我没有听说过这个名字,用手机上网一查,看到这个演员的照片,还真的有点儿像我。

他开始和我们聊起天来。他告诉我们,他是巴黎人,50年前,来到这个小城。然后,他耸耸肩膀,对我们说:我到现在也没有融入这个社会，我也从来没有想要融入。我这才注意到，四周的墙壁上挂着的全部是巴黎街景的照片和法国印象派画家画的巴黎风景。他顽强地保存着对巴黎的记忆，以此和外部强悍和阔大的世界抗衡。

聊了一通天之后，他才问起我们吃点儿什么，在他的小本上记下之后，转身向厨房走去。我发现，并不是对我们这些中国人好奇，对每一桌的客人，他都是这样随手拉过一把椅子，坐下来和客人聊天。这不仅成为他独特的服务态度，也成为他和世界沟通和链接的方式。我只是非常好奇，他在巴黎待得好好的，为什么偏要跑到这座偏远的小城？这座小城，和繁华的巴黎无法同日而语。50年前，他只是一个毛头小伙子呀。心里暗想，除了爱情，对于一个毛头小伙子，还能够有什么别的原因更能让他抛离故土，远走江湖呢？

菜上来了，正宗的巴黎菜品，还有专门从巴黎空运过来的小瓶芥末。为我们上菜的是个墨西哥人。看来，老板只负责和顾客的沟通。过了一会儿，老板走了过来，指着桌子上的菜，说："50年前，我第一次在这里看到三个中国人吃饭，像你们一样，把每一盘菜分成三份各自吃，我感到非常惊奇！"说罢，他笑了起来，笑得那样开心，仿佛50年前的情景，依然状若眼前。

我很想趁机问问他50年前为什么从巴黎跑到这里来？还没容我开口，一个身穿长裙瘦高个子的女人走了过来，凑在他的耳边说了句什么。他抱歉地对我们说："厨房里有些事情。"临走时，指着这个女人，向我们介绍："这是我的太太。"那女人冲我们嫣然一笑，和他一起走去了。看年龄，这个女人应该和老板差不多大；看模样，年轻的时候，一定是个美人。不用问了，我的猜测一定是对的，为了这样一个美人，巴黎人的浪漫，尤其是年轻的时候，是什么事情都能够做得出来的。

吃完饭后，走出餐厅，在门厅的墙壁上，看到了贴满一排发黄的旧报纸，一眼先看见报纸上几张照片里有一对青年男女。不用说了，就是50年前的老板和他的太太。报纸上整版报道这一对巴黎男女50年前刚刚来到这里的情景。

老板和他的太太都走出来送客。我指着报纸问老板："50年前，你多大年纪？"他告诉我："今年我71岁了。"我告诉他："我今年也71了。"他高兴地搂住我的肩膀一起照张相留个纪念。他对我说："50年了，这个餐馆也办50年了！"

走出餐馆，看看门前贴的营业时间表，餐馆只有周末的晚上，和周三、周一的中午开门揖客。这是这家餐馆又一个与众不同之处。赚的钱够生活，见好就收，不想让工作压迫生活，足够潇洒，足够优雅。世上的爱情故事，见过不少，这样让巴黎的青春芳华在小城白头偕老的故事，第一次见到。春天的夜晚，满城的海棠和杜梨的花朵，和满天的星星，正在怒放。

2018年4月25日于布鲁明顿

手 制 书

那天，在印第安纳大学美术馆里看到一则广告，有手制书展览于下周在大学的美术系举办。手制书，无疑指的是手工制作的书，会是一种什么样子的书？书的内容又会什么样子？与一般印刷体的书有什么不一样的特别之处吗？

如约而去参观，展览在美术系的阅览室，阅览室不大，四周是书架，陈列着来自世界的最新一期美术杂志，其中也有我们中国的美术杂志。中间的几张阅览桌上，陈列着手制书，没有一般展览常见的玻璃罩的阻隔，那些书可以随便翻阅。想也应该是这样才对，手制书嘛，既然是手制的，就也可以用手去翻看，去亲近才对。在这里，手和书是并列的主角。没有手，哪来的这样特制的书？

如今的世界上，书的品种越来越多。农业时代诞生并延续至今的纸质书籍，只是其中一种了。当然，还会是最重要的一种。不过，电子书，这个后起之秀，现在越来越流行。电子书，分为可视和可听的两种，可听的，越发受到司机一族的欢迎，因为可以一边开车一边听，方便书的阅读——应该叫听读。去年获得诺贝尔文学奖的加拿大女作家门罗的小说，在美国，这类的电子书比纸质书卖得或借得还要好。

第一章　总有一些瞬间温暖远去的曾经

除此之外，便是这种手制书，更是后起之秀的后起之秀，越来越流行起来。

手制书，和电子书，呈两极态势发展。电子书，借助的是高科技，是向前发展的产物；手制书，则走的是倒退复古的路，向着农业时代最初纸制书的前身大踏步地倒退，从设计到绘画剪贴书写，从选材料到裁页装订，退回到完全手工制作的个体作业模式，甚至连书上面的图画和文字，也是手工完成的。一新一旧，完成着人们对于书的前世与今生的想象。

展览中的手制书，生动形象地说明了这一点。如果说书不仅仅作为知识的一种载体，也可以是一种艺术的展现的话，世界上所有的艺术，都是既可以朝着激进的方向发展，也可以退回到保守主义方面发展的。那么，手制书更可以实现这样一种艺术个性张扬与多样性纷呈的追求和愿望。在正式出版的传统纸制书中，一种书，是千篇一律的内容和包装，个性被淹没在共性当中。即使有专业藏书家，他藏的孤本是很少见的，大多数的书，他有，你也可以拥有。在手制书中，却可以一本书是一种样子，就像大自然一样，每一片树的叶子，每一朵花的颜色，都不尽相同。如果你藏的是手制书，那么，完全可能你拥有的，是世界的唯一，独此一家，别无分店。

或许，独一性，就是手制书的魅力所在。在这个规模不大的展览中，所陈列的手制书不过几十种，却没有一种是重样的。内容不一样，开本不一样，封面不一样，插图不一样，用的材料不一样，连里面的文字，尽管都是英文，书写的方式却也不一样。

真的像是走进一座天然的五花草地，尽管花不多，也不齐整有序，却不是那种我们司空见惯的人工修剪出来的花圃，所种的花不是品种统一，就是被剪裁得笔管条直的样子统一。这里展现的却是千姿百态，各尽风情。

在这里，有用缎子做的，有用布面做的，即使是用纸做的，纸张的选择也大相径庭，品质和颜色不尽相同。从材质看来，很像是服装秀。不同面料，彰显不同个性，不同的向往和憧憬，雍容华贵的缎子，质朴淳厚的布料，粗犷似沙的硬卡纸，洁白如玉的道林纸，朦胧绰约的硫酸纸……当然，还要和你所要表达的内容相匹配才是。

书的内容，更是五花八门，有一本全部是各种蝴蝶的标本，有一本全部是各种树的照片，有一本书则都是猪的各种形象，全部都是黑白木刻，形态可掬，非常可爱，让你忍不住想起美国作家怀特的童话《夏洛的网》里那头叫作韦伯的好猪。在印第安纳，森林很多，蝴蝶、树木和鸟儿，成为大家的喜爱。而猪在这里是吉祥的象征。每本书画面旁的文字，不管是印刷体，还是手写体，或是艺术体，手工的痕迹很明显，没有一般正规出版的纸制书那么精致整齐，却一样文图并茂，相得益彰。而且，更充满天然的情趣。

有一本书的内容，非常别致，很小的开本，没有其他任何文字，全部都是从手机相互往来的短信里下载，打印在纸上，再贴在书中。来不及仔细细读，猜想是恋人之间的通信，或是和家人的通信。看那每一页故意贴得歪歪扭扭不尽一样，而且是故意

第一章 总有一些瞬间温暖远去的曾经

将原来的文字拆解分行贴上去的,一下子将最为平常的短信,化腐朽为神奇,形成了诗歌的形式,跳跃着心情,响起了回声,真的是奇妙无比。即使一句也看不懂,也会感到很温馨,充满想象力。除了独一性,这种亲近的私密性,恐怕也是它存在的另一种魅力所在。

如今,在美国,这种手制书很流行,成为一种工艺品。这种手制书,老少咸宜,尽人可为,有艺术家的作品,也有普通人的作品;可以制作得很复杂,也可以制作得很简单;可以自己把玩珍藏,也可以作为礼物送给亲朋好友甚至自己的恋人。当然,也可以如这里的手制书一样展览交流,甚至出售。

这里的手制书,全部是印第安纳地区艺术家的作品,既展览,也出售,出售的价格不同,最贵的几百美元,最便宜的只要十几美元。不管你是买还是不买,几位参展的艺术家,站在一旁,更愿意和你交流。如果你是只看不说,他们则凑在一起,兴致盎然地自己和自己交流。手制书的乐趣,并不完全在书成之后,更在于制书的过程。那种完全靠自己手指的运动工作,是农业时代亲近大自然才有的感觉,或者,和钢琴家或小提琴家演奏手中的钢琴和小提琴时,手指触摸琴键和琴弦上的感觉相似。那时候,才会体会得到手制书真的是一种艺术。

什么时候,我也做一本手制书?

2014 年 7 月 22 日于布鲁明顿

新年之叶

入冬几场雨后，树上的叶子几乎落光了。地上铺满树叶，五颜六色，像铺上一层彩色的地毯。每天下午放学，高高从校车上跳下来，见到我的第一句话就是：爷爷，咱们找树叶去吧！便先不回家，沿着落叶缤纷的小路找树叶。

他是想找树叶，让我帮助他一起做手工。

秋末时分枝头上的树叶，或金黄，或红火一片，在秋风的吹拂下，是那样灿烂炫目。如今，由于距离的变化，拿在手中，近在眼前，才发现同样都是枫树，有三角枫、五角枫和七角枫的区别。而且，不同的枫叶，像伸出的不同的触角，活了一般，让那红色的叶脉弯弯曲曲像是有血液在流动。不同流向的叶脉，让叶子的触角有了不同的弧度，那弧度像是舞蹈演员柔软而变幻无穷的手臂，富有韵律，让我们充满想象，便也成为做手工最佳的选择。

我和高高捡了好多这样红色和黄色的枫叶，回到家里，铺满一桌子，找出合适的叶子，用它们做成一只金孔雀和一只红孔雀，连我自己都惊讶，那一片片枫叶怎么那么像孔雀开屏时漂亮的羽毛呢？好像它们就是特意落在地上，等着我们弯腰拾起。高高更是高兴得拍起小手叫了起来，没有想到小小的树叶，摇身一变,竟然可以出现这样神奇的效果。

高高对我说:鱼最好做!没错,只要找好一片叶子,不管圆的也好,长的也好,都可以做成鱼的身子;再找好一片小点儿的叶子。最好是分叉的,比如三角枫,就可以做成鱼的尾巴。只要有了这样两片叶子,一条鱼就算做成了。

那些槭树和石楠的叶子,椭圆形,粗看起来,大同小异,细看大有玄机。石楠叶小,槭树叶大。石楠叶薄,薄得几乎透明,红红的颜色像是过滤了一样,淡淡的胭脂似的,可以随风起舞蹁跹。槭树叶厚,又有光亮的釉色,像穿着盔甲的武士,似乎能够听到曾经挂在树枝上吹来的风声雨声。

槭树叶和石楠叶最好找,几乎遍地都是,我和高高常常会如进山寻宝的人,总有些贪婪,弯腰拾起了这片,又抬头看见了那片,捧在手里一大捧,反复权衡,恋恋不舍,好像它们都是我们的至爱亲朋。我和高高一起用不同的槭树叶做成了不同形状的鱼,圆圆的,长长的,扁扁的,再用绿色的树叶剪成水草,贴在它们的旁边,鱼就像在水里面尽情地游动了。

当然,这些落叶,和枝头上的叶子相比,色彩也不一样了。别看落叶没有了在枝头连成一片的金黄和火红耀眼的阵势,但落叶也不是像落花一样,顷刻辗转成泥,溃不成军。落叶区别于树上叶子的重要之处,在于树上连成一片的金黄和火红,让所有的叶子变成了一种颜色,淹没在相同的色彩之中。落叶散落在草丛中,灌木间,或泥土里,却是色彩不尽相同,彰显每一片叶子舒展的个性,甚至色彩渗进叶脉,都让我们看得须眉毕现,触目惊

正是橙黄橘绿时

心,也赏心悦心。

同样是杜梨树上落下的叶子,经霜和被雨水反复打湿后,每一片叶子上的红色已经相同,那种沁入红色深处的黑色光晕,浸淫红色四周的褐色斑点,像磨出的铁锈、溅上的眼泪似的,似乎让每一片落叶都有了专属于自己的童话故事,更让每一片落叶本身都成为一幅绝妙而无法复制的图画。由于杜梨叶厚实,叶面上有一层釉色,显得很是油亮,每一片落叶都像一幅精致的油画小品。那些随心所欲而富有才华的大色块渲染,毕加索未见得能够胜上一筹。

我常会捡到一片好看的杜梨叶子,招呼高高过来看。高高也特别注意看那些落满一地的杜梨叶子,如果看到一片特别奇特的叶子,也会高声叫我:爷爷,快来看呀,这儿有一片不一样的叶子!

有好多天,我们两人都钟情于杜梨叶。路两旁有好多杜梨树,落下的叶子成堆。我们常常在地上仔细寻找,不放过任何一片闯入眼帘的叶子,常常会有美丽的邂逅而让我们赏心悦目,便常常会听见高高的大呼小叫:爷爷,快看,这里我又看见一片好看的树叶!

这片最好看最别致的杜梨叶,竟然是黑色的。那种黑,油亮油亮的,叶子边缘有一层浅浅的灰色,像黑色的火焰燃尽之后吐出的一抹余韵;像淡出画面之外的空镜头里的远天远水,充满想象的韵味。

我问高高:你见过这样黑色的树叶吗?

他摇摇头,说:没见过。

我对他说:爷爷也没见过。

我们用别的杜梨叶做的热带鱼或大公鸡,都让不同色彩的杜梨叶尽显各自的英雄本色,让那种不同的红色交织成一曲红色的交响。

我们用三片红红的树叶,做成了鸵鸟的身子,剪了一半的叶子做成了鸵鸟的脖子,另外两片叶子,成了鸵鸟的两条大长腿。

高高又用不同形状和颜色的树叶,做成一棵五彩树。这五彩树的名字,是他自己起的。树叶是他自己捡的,自己挑的,自己贴上去的。

树叶手工越做越多,摆满一桌子。高高问我:爷爷,你最喜欢哪个?

我说:我喜欢这个小丑。你们看,这个小丑做得多有趣呀,黄色的叶子成了他的脸,三角枫做他的帽子,五角枫做他的裙子,那两片带刺的绿叶子,你们看像不像他穿的灯笼裤?那片小小的三角形的绿叶做成他的领带,多扎眼呀。最有意思的,还有一个小丑抛在半空中的红苹果。他像不像正在演杂耍?

那个红苹果,是用一小片杜梨树的叶子做成的,是高高的主意。自然,他也喜欢这个小丑,只不过,这个小丑是我和他一起完成的,高高还是最喜欢他自己独自完成的五彩树。

转眼新年就要到了。老师要求大家做准备送给每一个同学的新年礼物。放学回家,高高问我送什么礼物好?我说送你做的树叶手工多好!其实,他也是这么想的。只是,全班20多个同学呢，爷爷，你得帮我！我帮他一起做了鱼、树、花、船……贴在一张张白纸上，用中英文写下了新年快乐的字样。高高想象着把它们带到学校，被同学一抢而光，老师夸奖说真是别致的新年礼物，心里有说不出的高兴！

这些新年礼物用了高高和我捡来的大多叶子，只是那片黑色的杜梨叶，一直没有舍得用。也不是真的舍不得，是不知道用在哪里恰到好处。高高曾经想用它做成一只海龟，它黑亮黑亮的釉色和粗粗的叶脉，还真有几分海龟的意思。也曾经想把它一剪两半，做成两条木船，在上面用银杏叶和红枫叶做成它们各自的风帆。刚上一年级的他还拿不定主意。另外，要是做好了，他想送给老师，又想送给妈妈。到底送给谁，他也没有拿定主意。

2019 年岁末写毕于北京

玩具和游戏

没有一个孩子没有玩具的,哪怕是再简单的原始玩具。因为孩子天生爱玩,玩具和游戏共生,玩具派生出很多好玩的游戏,游戏反过来激发新玩具的层出不穷,满足孩子玩的需要。

从玩具的变化,可以看到世界的发展真是神速。现在的玩具,已经虚拟到在电脑和手机上玩了,花样繁多,刀光剑影,过关斩将,可谓惊心动魄,炫人耳目。不要说我小时候了,那时的玩具有什么呀,记得大院里有钱人家的女孩子抱着一个眼睛能眨动的布娃娃,就足让我们瞠目结舌,算是奇迹了;而我们男孩子只能蹲在地上撅着屁股玩弹球,或者是拍洋画、滚铁环、抽陀螺,都得爹妈给点儿钱买才行。

有了孩子以后,孩子拥有的玩具,已经和我小时候不可同日而语。记得给儿子买的第一个自己会动的玩具,是一个大象转伞,一头大象拉着一辆小车,车上支着一把伞,只要往大象的身上安上电池,大象就可以拉着车转动,车一转,彩色的伞就会漂亮地打开,这是那时候很新鲜的玩具了。

儿子5岁那一年的夏天,他的玩具发生了根本性的变化。那一年的夏天,我去了一趟深圳。那时,深圳的建设刚刚起步,沙头角刚刚开放,在那条人头攒动的中英街上,我给孩子买了一辆遥控小汽车。这是当时我家最现代的玩具了。只可惜我家地方太小，地又不平，小汽车无法跑得开，只好让儿子抱着它到陶然亭公园去玩。小汽车在公园的空地上尽情地奔跑，一直能奔跑到远处的草坪中，像兔子似的钻进草丛中出不来。看着孩子用遥控器控制着汽车左右前后奔突的样子，才会明白不同的玩具，带给孩子的欢乐是多么不同。小汽车上面的天线，在风中颤巍巍像小手一样向他挥舞抖动，让孩子兴奋不已，欢叫声和小汽车的喇叭声此起彼伏。

如今，儿子已经长大，他自己的孩子都长到比他当年玩遥控小汽车还要大的年龄了。我对他说起这些玩具，他居然已经都不大记得了。这让我有些奇怪，便问他还记得小时候玩的什么玩具呢？他说让他记忆犹新的玩具，是当年在家里存放的那些贝壳。

这让我更有些惊奇。比起那些电动玩具，贝壳如果也算玩具的话，大概是很简单甚至是最原始的玩具了。这些贝壳不是买的，许多是他自己从海边捡回来的，一些是朋友送给他的。特别是他光着小脚丫，自己从海边捡回来的那些贝壳，让他格外珍惜，家里只要来了客人，他都会拿出来向人显摆。那些贝壳，给他带来很多意想不到的快乐。好长一段时间里，他对照着一本少年百科辞典，一一查出了这些宝贝的名字，然后把名字写在小纸条上，贴在贝壳上，熟悉得像是自己的朋友。然后，他让妈妈帮助他把其中一些诸如东方鹑螺、唐冠螺、竖琴螺、夜光蝾螺、焦棘螺、虎纹贝……他珍爱的贝壳粘贴在盒中，摆放在柜子里，可以天天和他对视对话，彼此诉说着关于大海和童年许多有趣的

第一章 总有一些瞬间温暖远去的曾经

事情。

6年前,他到法国工作半年,带着他的两个孩子从美国一起住在那里,放假的时候,他和孩子最喜欢到海边去拾贝壳。那时候,老大5岁多,老二才3岁多一点儿,他带着这小哥儿俩,在退潮的沙滩上寻找贝壳,孩子意外发现之后的大呼小叫,大概让他想起了自己的童年。半年之后,他和孩子拾了满满两大瓶贝壳,沉甸甸地带回北京,全部倒在桌子上给我看,然后听孩子细数每一粒贝壳是从哪里的海边捡到的,那股子兴奋劲儿,让我想起了儿子的小时候。

去年年初,他妻子去日本工作半年,全家刚在神户住稳没多少天,日本疫情开始蔓延起来。想去看富士山,看樱花,都没有看成。他们便到没有多少人的海边,还是去捡贝壳。爸爸的爱好,遗传到两个孩子身上。这一次两个孩子都各长了5岁,不仅捡贝壳的劲头更足,对贝壳知识的了解也多了许多。虽说日本不大,但四周被海包围,都不算远。沙滩上的贝壳,像是他们最好的伙伴,在向他们召唤,让他们情不自禁,捡不胜捡。每一次捡到新鲜的贝壳,他们都会通过视频给我看,连说日本的贝壳品种比法国的多。他们还专门到神户边上的西宫贝壳博物馆参观,让他们大开眼界,格外惊异,原来世界上竟然有这么多这么神奇的贝壳!博物馆还赠送他们每人10枚小贝壳,让他们在模拟的袖珍沙滩里自己去找去挑,更是让他们像大海探宝一样雀跃不止。

半年之后,离开日本前,他们特意买了好几个透明玻璃盒子,把捡到的那些贝壳,按照大小和品种分类装进盒中。回到美国，两个小孙子把那些宝贝贝壳统统从盒子里倒出来，摊开满满一桌子，向我介绍都是从哪儿捡到的，它们叫什么名字……兴奋劲儿，不亚于看他们爱看的动画片，玩他们爱玩的那些各式各样的电子游戏和乐高玩具。

今年暑假，他开车带着孩子去佛罗里达。我有些担心，美国疫情那么严重，这时候出门行吗？他劝我放心，他们不去大城市人多的地方，只是去人少的海边。这一年来，孩子都是在家里上网课，憋得实在够呛，得出去喘口气，放松放松。

他们开车开了一天，到了佛罗里达，他们主要去海边捡贝壳。去了一个星期，捡了好多贝壳，回家视频给我看，两个孩子兴奋得不得了，告诉我他们在海里还抓到了海星，海水退去藏在沙滩里的贝壳和寄居蟹纷纷露头儿的壮观场面，特别像大幕拉开之后大戏上演。他们告诉我佛罗里达海里的贝壳和法国、日本的不一样的地方，他们觉得这里的贝壳品种更多，个头儿也更大。而且，海水特别暖和，他们可以畅快地一边游泳一边找贝壳捡贝壳。找贝壳，捡贝壳，成了他们特别的好玩的游戏，和在电脑上手机上或游乐场上玩的乐趣不一样。那里也好玩，但没有这样的乐趣无穷，每天都会有新的贝壳发现，有意想不到的情况出现，每天都让他们有期待而跃跃欲试。

他们还兴奋地告诉我，佛罗里达也有一个贝壳博物馆，就在海边，以人名命名，叫作贝利·马丁斯贝壳博物馆。日本的贝壳博物馆是白色的，这里是座好多颜色的二层楼，比日本的大；日本的小孩不要票，大人门票每张 107 日元，这里的大人一张门票

第一章　总有一些瞬间温暖远去的曾经

20多美元，小孩半价，比日本贵；日本还送贝壳，这里也不送；而且，这里更多是有关贝壳知识的介绍，不像日本的多是贝壳的展览，老大说这里更想教育人，像老师上课。比较之中，看出这些差异，让他们有些愤愤不平，也有些兴奋异常，纷纷说着，就像他们在海里争先恐后发现了好看的贝壳一样——这也是一种发现呢。

他们把活着的贝壳，都放回了大海，把那些干贝壳带回家，成为他们的标本。我对他们说：你们小哥儿俩把从法国日本还有这次从佛罗里达捡回来的贝壳，整理整理，也可以弄一个你们的贝壳展览了！

我不仅是被他们的兴奋所感染，也是为这些贝壳所感慨。时代的发展，日新月异的玩具和电子游戏的变化，带给新一代孩子们更多新颖神奇数字化高科技的惊喜，还有那些琳琅满目百变不止的乐高，都会令他们眼花缭乱，应接不暇，很容易将过去一代的玩具和游戏视为老掉牙，乃至不屑一顾。比如，这些贝壳，无论如何也不会比那些电子玩具和游戏更对孩子有吸引力。我很高兴，儿子和他的孩子居然都很珍惜这些并不起眼、没有一点科技含量的贝壳，并能够从中找到属于他们自己的乐趣。其实，不仅是孩子，我们大人也一样，都会有些喜新厌旧和唯新是举的心理乃至价值观趋向。在日新月异变幻万千的时代，更容易被潮流主要是时尚潮流所裹挟而产生从众心理，情不自禁，不能自拔。名牌的、时尚的、高级的玩具和电子游戏，自然会轻而易举地俘虏我们和孩子的心。最自然、最朴素、最普通、最原始的玩具，原来也可以最富有生命力，可以和孩子的天性与童心童趣，密切联系在一起的。

孩子的童心童趣，其实更多和大自然亲密地联系在一起。贝壳，不过是神奇而丰富的大自然给予孩子和我们的馈赠之一。

2021 年 6 月 10 日写毕于北京

无锡记忆

花　窗

　　第一次到无锡，是 1979 年的夏天。我在南京《雨花》杂志改稿间隙，独自一人坐火车跑到无锡。下火车，过小桥，就近在一家旅馆住下，开始逛无锡。出旅馆大门前，看见院内一面围墙上，开着好多扇小窗。每一扇窗的形状都不一样，圆形、方形、菱形、扇面形、石榴形、如意形……窗檐有碎瓦或碎石镶嵌，呈冰花梅花等花纹。这些花窗都是漏窗，窗后的繁花修竹，摇曳在窗前，让每一扇窗成为一幅不同的画。

　　那是我第一次来到江南，没见过这里的园林，不懂得花窗是江南园林必不可少的元素之一，只是感到好奇，有些少见多怪。这不过是一家不大的旅馆，不过是一面不长的围墙，却精心（也许是习以为常）布满这样花样繁多的花窗。没进无锡城呢，先声夺人闯进眼帘这一溜儿花窗。在我的记忆里，花窗是无锡递给我的一张别致的城市名片。

碧　莲

第二次来到无锡，是四年之后，带着孩子和老婆，一起先到南京，再到无锡，和我上次路线相同。好心的南京朋友为我到无锡住得好一点儿，特意介绍了一位无锡的朋友，让我找她。她叫吴碧莲，刚刚写了一部长篇小说。

她为我找了一家宾馆，条件比我上次来住的小旅馆好许多，每天只要5元。当然，那时我的工资每月只有47元半。是3月初春的季节，在宾馆门前见到她的时候，一个印象，怎么也忘不了：她的手上有冻疮，都裂开了口子。一个江南秀气的年轻女子，这裂开的口子，像蚯蚓爬在她手上，那样不谐调。江南的冬天，比北京难过，也让我看着难过。

我们没有过多的交流。也曾经想过，都在文学这块不大的天地里爬，见面的机会总会有。最好是在夏天里重逢，可以看见满池的莲花，应了她碧莲的名字。这是一个好听的名字。可是，将近40年过去了，再也没有见过她。

她送我的长篇小说《巷恋》，还保留在我的书柜里。

唐诗里写无锡古镇诗有句：千叶莲花旧有香。

泥　人

游惠山，惠山寺、天下第二泉，孩子不感兴趣。那一年，他不到4岁。感兴趣的是惠山泥人。记得那时候，惠山脚下，有很多卖泥人的小店，价格很便宜。

第一章　总有一些瞬间温暖远去的曾经

惠山泥人传统的形象代表，应该是阿福。我先买了一个。孩子不感兴趣，不管传统，看中一个孙悟空抱着个大酒坛子醉酒的泥人，孙悟空这样的形象，很少见，憨态可掬。孩子又相中一套白雪公主和七个小矮人的，白雪公主白裙飘逸，亭亭玉立，七个小矮人身穿各色各种样式衣着，如花簇拥其间。无锡归来，留下最深印象的，对于孩子，是泥人，是孙悟空，是白雪公主和七个小矮人。

我很奇怪，那是 20 世纪 80 年代初期，惠山泥人很有些超前的意识，起码不保守，固守传统造型阿福一类，而是遍地开花，中外神话童话都可以为我所用，一抔惠山泥，捏出万千身。

回家不久，孩子就把阿福送人了。孙悟空、白雪公主和七个小矮人，至今还留着，给他自己的孩子玩。

草　莓

已经忘记住在什么地方，如今让我找，连影子都找不到了。无锡城里变化太大，高楼大厦和宽马路，俨然一座现代化的大都市风貌。

记得那时离住处不远有一个菜市场，几分钟的路，没几步就到。菜市场很小，没有现在菜市场常见的摊位，蔬菜和水果，都是摆在地上，一个个卖菜的人，蹲在地上。清晨洒过水的石板路上，湿漉漉的，让这些菜果，这些卖菜的人都显得很清新。他们都来自附近农村，菜果也都来自农家，属于自产自销。这种小市卖菜的方式，颇具乡间味儿、烟火气，如今见不到了。

047

是个春天的早晨，我走到那里，无意买菜，只是随意遛弯儿。看见一个小姑娘卖草莓。她也是蹲在地上，草莓放在她身边一个浅浅的小竹篮里。草莓个头儿非常小，我还没见过这样小的草莓，小得像一粒粒的红珍珠。每一粒草莓都带有绿蒂，绿得格外鲜嫩，像特意镶嵌上去的一片片翡翠叶，让每一粒草莓都那么玲珑剔透。

我蹲下来，挑草莓，小姑娘不说话，微微笑着望着我。那草莓非常好吃，不仅很甜，关键是有难得的草莓味儿。将近40年过去了，我再也没吃过那么小那么好吃的草莓。不知怎么，每次一吃草莓，总会忍不住想起那次在无锡小市上吃的草莓，想起那个小姑娘。小姑娘有十几岁呢？超不过十二三吧？如今，该是老婆婆了，要是在农村，儿孙都满堂了，也可能早就拆迁，成了无锡城里人。

前两天读《剑南诗稿》，看到这样一句："小市奴归得早蔬。"便又想起那年无锡春天，小市晨归得草莓。

蠡　湖

20世纪80年代，我来无锡多次。每一次，最爱去的地方，是蠡园。这里有范蠡和西施的传说，一个归隐江湖，一个舍生取义；一个在事后，一个在事中。都是人生重要的节点，纵使世事沧桑，再如何春秋演绎，千古如此。

关键这里还有一个蠡湖。和在鼋头渚看太湖相比，因为没有那些多有的亭台楼阁和花草树木点缀（记得那时湖岸边也没有围栏杆），这里更为开阔而平坦，也平静，无风的时候，湖面波平如镜，一望无际，感觉比太湖还要大。

更关键的是，从蠡湖坐船可以到梅园。船是农家小船，一叶扁舟，木橹轻摇，欸乃有声，荡起一圈圈轻轻的涟漪，连接着水天相连的远处。真觉得当年范蠡携西施泛舟而去，就是这样的样子，乘着这样的小木船，消失在烟波浩渺中。

站在船头摇橹的，是当地的农人夫妇。小船上，只坐着我一个游人。湖面上，荡漾着他们两人的影子，寂然无声，只有摇橹的水声和习习的风声。

那时候，我正读应修人、潘漠华和郑振铎的小诗。当天回到住所，模仿着他们的诗，写下这样两行——

摇橹夫妇的影子落在蠡湖上
你们自己把它摇碎了

阿 炳

如今，阿炳成了一个传奇。或者说，成为一个传说。

对于无锡，阿炳不可或缺。为他建一座故居，有些难度。因为当年阿炳穷困潦倒，他住的只是破旧的土屋。如果仅仅是几间这样的土屋做故居，似乎有点儿不像话。如今的故居，土屋背后的雷尊殿旧址，辟为展览室，又从别处移来一座年代久远的老石牌坊，立在土屋一侧，四周种植花草，有了彼此的依托，故居斑驳的土墙，便显得不那么寒碜，而是有些沧桑了。

更何况，故居外面是新开辟的广场，被命名为"二泉映月"广场，广场上，借用老图书馆楼作为背景，立有无锡籍雕塑家钱绍武雕塑的阿炳雕像。这尊阿炳垂头躬身满拉琴弓的雕塑，很给阿炳提气，一甩潦倒气象。这样由几间土屋连带展览馆石牌坊和花木掩映院落的故居，再进而扩展到轩豁的广场，完成了阿炳的彻底翻身解放。

总觉得在故居破旧土屋里，循环播放的《二泉映月》二胡曲，更能让我依稀看到阿炳的影子。无形的音乐，比一切有形的东西更伟岸，如水漫延而无所不在。

校　园

校园，尤其是中学校园，建得能和公园媲美的，实在少见。锡山中学，是这样少见的校园之一。起码，对于见识浅陋的我是这样的。北京最漂亮的中学校园，如今硕果仅存，要数潞河中学，也赶不上它，起码没有它占地面积如此开阔，更没有这样茂盛的江南花木。在南方，我见过最漂亮的中学校园，是广东中山市的中山纪念中学，锡山中学有能力和她媲美。

难得的是，在锡山中学，开设17门艺术课，供学生自由选择，但要求每一位学生一学期学习其中一门艺术课。这些课程，并不参与考试，只是培养学生的艺术修养和品性。学校的主旨是培养"优雅生活者"，而不是只会读死书应对考试的书虫。在一切以高考为轴心的教育体制和理念指挥下，我没有见过一所学校，设立过这样多达17门的艺术课程。曾经多年提倡过的素质教育，在这所校园里，才看见长出绿草红花，修竹茂树，那样生机勃勃，温馨动人。

每年，校园里都会举办一次全校的艺术节。即使在平常的日子里，放学之后，晚饭之后，落日熔金，月上树梢，教学楼的大厅的钢琴会不时响起，有同学会坐下来即兴弹奏一曲。优雅的琴声荡漾在校园里，是为这样美丽的校园最好的伴奏。这样美丽的校园，才配得上这样美好的学生，这样美好的黄昏与夜色。

松花饼

我是第一次吃松花饼。在无锡的太湖之滨，一家农家乐，夫妻店。

春末时分，晚樱未落，茶花将残，小店窗外便是太湖，波光潋滟，奔涌至窗前。仿佛这一切景象，都是为衬托松花饼隆重出场，犹如戏曲里的锣鼓点后主角粉墨登场的亮相。

店家女主人，推荐了这款松花饼，说是时令食品，只有这时候有，过季就吃不着了。吃过云南的鲜花玫瑰饼，也吃过洛阳的牡丹鲜花饼，苏州的酒酿饼，还吃过北京的藤萝饼，都是时令食品。过去人们遵从古训"不时不食"，讲究吃食与节令密切相关，如今这样的传统大面积保留下来的，只有端午的粽子，中秋的月饼，正月十五的元宵了，很多民间曾经流行的时令小吃，断档的很多。

松花饼端上来了，一个硕大的碟子上，只是托着圆圆的一小块。上面覆盖着一层比柠檬黄更深也更明亮的黄色，绒乎乎的，像小油鸡身上新生的黄绒毛。似乎轻风一吹，就能如蒲公英一样被吹散，格外惹人怜爱。

这便是松花了。尝了一口，比起鲜花饼、酒酿饼和藤萝饼，没有一点点的甜味，是一股清新的味道，是雨后早晨松树散发出的味道，并不撩人，不仔细闻，几乎嗅不到，却入口绵软即化。

以前，以为松树不开花，其实是开花的，只是花很小，很快就会落满一地。做松花饼，最难是收集这些细碎的松花，需要把松花晾干，再碾碎成粉。在这个过程中，最怕的是松花变色，而且，最容易变色，必须时刻盯着松花，不停通风阴凉翻晾，才能始终保持明黄如金。

松花下面包裹的是黑米，这是一种糯米，经过一种特殊黑草叶的熏陶，浑身黑如乌金，米香中带有草木的清香。这种黑米，我吃过，但和松花结合一起，第一次吃。这是一种奇妙的组合，一个来自树，一个来自草，两种颜色，两种味道，先在视觉后在味觉中打散，翻了两个跟头，呈现在你的胃里。想想，有点儿像西餐里的双色蛋糕，也有点儿像双色的鸳鸯茉莉花，或者，像钢琴上的双人联弹。

2021年6月29日于北京细雨中

小店木香

这次来苏州,住在平江路隐居酒店,过一座小桥,往里拐一点儿就是。拐角临河处,有一家小店,名为"桃花源记",和隐居酒店的名字倒很搭,一副不知有汉,无论魏晋的满不吝的潇洒劲儿。

这是家小饭馆。门脸不大,木窗泥墙,茅店板桥,古风淳朴。最引人的,是店前的一株木香,从房檐一直垂挂下来,如一道瀑布悬泻,铺铺展展,遮住半个店面,像是一位美人犹抱琵琶半遮面,欲说还休,娇羞含笑的样子,对着门前的石板路,和石板路下的小河流水,游船画舫,蕴藉有情,沧桑无语。

后来,在平江路这一带走,发现不少小店门前,不约而同,情有独钟,都种有木香。

4月的苏州,正是杜鹃花和紫藤花盛开的时候。杜鹃花花蕾大,颜色艳;紫藤花开满架,花串成珠,颜色更是打眼。木香花朵很小,月白色,或淡黄色,没有这两种花那么艳丽夺人。但是,木香花细碎成片,点点滴滴,如同印象派的点彩画,又比它们显得朴素而低调,像印在亚麻布上暗色的花纹,飞花如烟,暗藏心事;微风拂过,如蜂蝶密集飞舞,好像集结一起,兴致勃勃要赶赴什么乡间舞会,更具乡土味和平民气息。这样的木香花，和这样的小店，葡萄美酒夜光杯，最相适配。

南方小店，门前多种有花木点缀，这是占了气候温润和雨水丰沛的便宜。印象深的，还有云南，大理丽江一带的小店门前多有三角梅。和苏州小店相比，三角梅紫红色妖得打眼，显得风情万种，多少有些香艳招摇。还是木香好，内敛一些，朴素一些，似乎更接近古典和乡土的味道，如春茶相比于浓酒，如邻家小妹相对于浓妆艳抹或整过容的二三流明星。

北京的大店小店，以前很少有这样的花木植于门前。珠市口西有家老店晋阳饭庄，门前倒是有一架紫藤，但是，那是以前人家纪晓岚的故居阅微草堂院子里的，前些年扩路时候把院门和院墙拆了，才会如此兀自让这架紫藤站在当街倚门迎客。而今，如南锣鼓巷新开张的小店门前，也很少见花木，倒是有些卡通或其他新潮的店幌招牌。不过，都是人工制作，无法和花木自然气息相通。

曾经有一段时间，小店门前，多置放有大小音箱，播放流行音乐，音量极大，震耳欲聋；邓丽君、刘德华、张学友、童安格的歌声，循环不已，彻夜荡漾，不知疲倦地替店家站台吆喝，招引顾客。这是小店门前历史中绝无仅有的一景，和那时小店里常卖的蛤蟆镜电子表牛仔裤，遥相呼应，相映成趣，刻印下时代变革时粗粝的辙迹，留存着人们不必害羞的记忆。

再早，记得我小时候，家附近的鲜鱼口西口，有家田老泉老店，以前专卖毡帽，后改卖小百货。店前立有一个楠木雕刻而成的黑猴，火眼金睛，双手捧着个招财进宝的金元宝，很是醒目，成为店家的 LOGO。如此特意制作而成的 LOGO 立于门前，在这一带，乃至整个北京城，都很少见。北京的大小店家更讲究的，是店门之上的匾额，小店请凡人草就，大店请名家书写，过去有话说是"有匾皆垿书，无腔不学谭"，谭指的是大名鼎鼎伶界大王谭鑫培，垿指的是当时的翰林院的学士书法家王垿。

当然，这只是京城的讲究，天子脚下，就是穷人家就窝窝头吃咸菜疙瘩，也得切成头发丝那般细，再滴上两滴香油的。远离京城的南方小店，没那么多的讲究，门前随意的一株花木，几丛花草，就是最好的点缀和装饰。自然的气息，最富有天然的情味和野趣，最易于和普通人心相通相融，便也最便于和这座城市的地气和烟火气接通。

苏州小店前的木香，并没有什么浓郁的香味，却是分外沁人心脾。

2021 年 4 月 20 日苏州归来

耦园听曲

相比拙政园，耦园小很多。以中厅为中心，东西分有两座花园。之所以要去耦园，只因为当年钱穆先生携母亲避难曾经在这里的东花园住过。那是1939年的事情了，战火纷飞之时，耦园已经破败如电影《小城之春》里的废园。

出于对钱穆先生的敬重，方才到这里寻访怀旧。来时接近黄昏时辰，又是细雨过后，耦园里风清气柔，异常清静，远不如拙政园游人如织。步入中厅，除服务人员一老一少外，空无一人。厅堂方正轩豁，设有小小的舞台，台前摆满桌椅，还有一面苏州评弹演出的广告。我问身穿一身蓝布长褂的长者：什么时候有演出？告诉我：现在就可以。

这时候，舞台出将入相一门的门帘一挑，走出一位粉裙黑衣的女人，款款走下舞台，走到我面前，递给我一份节目单，翻翻正反两面，对我说：前面是小曲，后面是评弹，你们要听哪一个？然后，又道：小曲每首50元，评弹，单人每首80元，双人100元。

看了一遍节目单，评弹里有《潇湘夜雨》《晴雯撕扇》《钗头凤》几首，我选了双人演唱的《钗头凤》。两人回到后台，拿着三弦，抱着琵琶，走到前台，端坐在一张小桌两旁，轻拨慢挑琴弦，开始演唱，台风很稳。

说实在的，苏州方言，根本听不懂，只知道他们一男一女分别唱出陆游和唐琬各自写的《钗头凤》。之所以选这首，是因为多少知道里面的唱词，隔雾观山，朦朦胧胧，有种似是而非的感觉，可以弥漫起一点儿想象。小时候读这词，也学过这首词的古曲唱法，望文生义，《钗头凤》里的这个"钗"字，和"拆"字同音，便觉得和将陆游唐琬两人生生拆散的"错、错、错"，很是吻合。读中学时，还曾经看过中央实验话剧院演出的话剧《钗头凤》，陆游唐琬都是南方人，话剧里说着一口京腔，总有种违和感。用大鼓书或北方时调唱《钗头凤》，也不大合适，尽管它们都是民间传统的说书演唱形式。还是听吴侬软语的评弹《钗头凤》，最是琴瑟相谐，依依有种身临其境之感。

评弹，来苏州听过几次，在剧场里听，和在这里听，味道还真不尽相同。尽管在哪里听，都是一样听不懂，却总觉得，在苏州园林里听评弹，应该是最地道的选择，就像品春茶要汲虎丘下的清泉水，泡在紫砂壶中，方才相得益彰，滋味别出。园林里的曲径环廊、飞檐漏窗、小桥流水、玲珑山石、茂竹繁花，和评弹的低回婉转、轻柔舒缓、云淡风轻，交相融合，是评弹如诗如画的最佳背景，和评弹的袅袅余音丝丝入扣，水乳交融。这和听大鼓书，要在北京的茶馆里听，味道大不一样。一个地方，有一个地方的风土人情，民间演唱，更是带有地方特色，是一个地方民俗民风与文化基因抹不掉的胎记。

我不懂他们二位演唱的水平究竟如何，只是觉得十分好听。

正是橙黄橘绿时

《钗头凤》本身就具有悲剧色彩，他们二位唱得哀婉动人，琵琶和三弦也弹奏得娴熟悦耳，犹如细雨绵绵。我一边听，一边画他们的速写，乐声轻柔如水，滴溅在画本上，晕湿了几分笔墨。

曲子只是陆游唐琬各自一首词男女交错的演唱，最后合唱陆游词的前半阕。不长，很快，演唱结束。谢过之后，请他们二位在我的速写画上签名留念。二人都姓王，我以为是两口子，不是，问过知道，男的59岁，女的52岁，早年都在艺校学评弹昆曲，毕业后同在苏州艺术团做演员，早早退休，舍不得从小学的玩意儿，便相约一起到这里为游客演唱。男老王笑着对我说：一起来玩玩！女老王指着服务台前的小姑娘对我说：每天和小姑娘一起，我们也年轻一些！

告辞之后，走出中厅，天色渐暗，就要闭园，匆匆走过西花园的织帘老屋，来到城曲草堂前的假山石旁，看见两个身穿漂亮汉服的年轻姑娘正在拍照。心想，这样一身汉服的姑娘，从逶迤的山石后面袅袅而出，还真有点儿时光穿越的感觉。不知道，刚才二王唱的那一曲评弹，她们是否听到？有评弹相伴，有园林依托，有汉服装饰，有声有色，有情有致，才是耦园最佳景色吧？

82年前，钱穆先生就是在这里的城曲草堂二楼著书，写下了《史记地名考》。可惜，今天的这一曲评弹，钱先生，看不到，听不到了。

2021年5月12日于北京

沙湾古镇即景

从广州去沙湾古镇那天的路上，下了一场雨，虽是阵雨，但那一阵下得挺大的。到达古镇的时候，雨停了，挺善解人意的。

沙湾古镇在番禺，如今，番禺成了广州的一个区，从市内坐地铁倒一趟公交车就到，不远，很方便。不是节假日，古镇很清静，走到留耕堂前，人多了起来。留耕堂，是何家宗祠，何家在古镇有不少宗祠。岭南一带，宗祠文化传统悠久，它维持着宗族的团结、信仰，以及文化的传承。何家是古镇大户，一家出了三人中举，其中一位还当了朝廷的驸马爷，声望在古镇绵延长久。留耕堂最早建于元代，现在堂皇阔大的建筑，是清康熙时重建的。留耕堂前，是一片轩豁的广场，成为古镇的中心，留耕堂便当之无愧地成为古镇的地标。

广场四周，几乎布满了画画的学生，一打听，是从广州专门来这里写生的。小马扎上，坐着一个个年轻的学生，稚气的面孔和画板上稚嫩的画作，相互辉映，成为那一天古镇一道别致的风景，为古镇吹来年轻的风。

我最爱看人写生。面对活生生的景物，取舍的角度，感受的光线，挥洒的色彩，个人想象的填充，每个人都不尽相同，非常有趣。这些学生千篇一律都在画水粉画，大概是老师的要求。晚秋雨后的阳光，湿润而温暖，照耀在这些学生的身上、画布上和水粉盒子上，跳跃着五彩斑斓的光斑，让古镇那一刻如诗如画，显得那么幽静和美好。

这时候，忽然广场上嘈杂起来，有学生从马扎上腾地站起来，有的跑向广场那一侧，有的惊慌失措地望着那一侧。我也朝那边望去，那边靠道口是一排房子，有小店，有住家，住家大门旁边是一扇落地的卷扇拉窗。窗上有一道凉棚，凉棚下摆着一溜儿画架、马扎，还有水粉盒，调色的水杯和书包。就看见一个中年男人，气哼哼地从家门出来，不由分说将这些东西一件件抄起，噼里啪啦地朝前面的广场扔去，立刻，一片狼藉，慌乱的色彩涂抹了一地。

有几个学生纷纷跑了过去，想阻止这个男人近乎疯狂的举动，但杯水车薪哪里阻止得了腾腾火苗的燃烧。那个男人依旧发疯似的扔东西，一个画架子正好砸在一个女学生的脑袋上，我看见，她委屈地哭了起来，蹲下来，拾起自己的画架和水粉盒，紧紧地抱在怀里。

一位镇子上的女人骑着摩托车过来，指责着这个男人，骂他衰仔！

一个男子骑着自行车过来，放下车，走到这个男人的面前，给了他一巴掌，怎么可以这样？

这个男人不动了，也不说话，站在那里，呆若木鸡。

那个女人和那个男子，向学生解释，他的脑子有毛病，独立生活都成问题，然后，指着他的房子又说，这房子都是政府出钱帮他新盖的。

本来拿出手机要报警的学生放下了手机。能和精神病人掰扯清什么呢？那个女学生还在无声地哭泣。有女同学搂着她的肩膀，安慰着她。

在学生们的议论中，我听明白了，刚才下雨的时候，学生们到凉棚下躲雨，然后又去和同学交流的时候，一时没有来得及将画具移走，就发生了刚才一幕的闹剧。

女人和男人把学生和那个男人劝开，几个学生把扔出去的画具和马扎拾起，远离凉棚，到别处写生去了。广场上，又恢复了刚才的平静。阳光依旧湿润而温暖地照耀着，洒在广场上一片金光。只有那一片被泼洒出的水粉和水搅和一起的色彩，显得那样杂乱无章，像一幅荒诞派的画。

和江南古镇相比，这里没有水系的环绕，由于经过南宋到元明清几代，建筑风格更为丰富，破坏和改变的不多。老街纵横交错，地理肌理清晰犹存，石板路沧桑还在。除个别人家变为店铺，大多院落依旧保持着原来的烟火气，商业气息还没有那么浓重不堪。细细走走，有一种依稀梦回前朝的感觉。

我在古镇转了一圈，又回到留耕堂前的广场。留耕堂门前一侧，齐刷刷坐满一排学生，对着前面的广场、小店、老街以及更前面一些的池塘，露出镬耳式山墙一角，在写生。

在这一群学生里，我看到了刚才哭泣的那位女学生，我看见她画架的画纸被撕开了一道大口子，她依然坚持在上面画。我站在她的身后，仔细看了看她的写生画，她画的对面那个脑子有

正是橙黄橘绿时

毛病人家的房子,左边是那扇家门,右边是有卷窗的凉棚,凉棚旁边,她多画了隔壁店铺前摆放的一盆花,红艳艳的三角梅开得正旺。

2018 年 12 月 13 日于北京

应无所住

世上有一些人是应该记住的。如果根本就不知道,是见识的浅陋;如果知道了而没有记住,是心无所持,犹如荒漠,撒下再多的种子,也难以发芽。

在南华寺,我见到了虚云大师。说准确些,是见到了虚云大师题写的一块碑刻。

南华寺在广东韶关曲江东 6 公里处,北靠青山,南邻绿水,始建于南朝,有 1600 年的历史,是六祖惠能弘扬禅宗的道场,香火鼎盛,可谓岭南名寺。我是在快出寺门时看到的这块碑刻,不大,青石板上镌刻着清秀的四个大字"应无所住",题款是"虚云时年一百二十岁"。我知道,虚云大师长寿,活了 120 岁。这是他临终前留给世上最后的一幅墨迹,可以和弘一法师最后留下的"悲欣交集"媲美。据说虚云大师圆寂的时候,老梅枯枝突然开起梅花,而寺中菜园里的青菜尽放出了莲花。

有意思的是,旁边一位朋友指着这块碑刻上的"住"字对我说:"这是虚云大师故意少写了一笔,应该是'往'字,应无所往。"立刻,旁边有人反唇相讥:"不对,就应该是'住'字,《六祖坛经》里有记载:'应无所住,而生其心。'"两种解释,两种意思,如果是"往",则来路茫茫心无所依而虚无;如果是

"住"，则了无牵挂而心静禅明，即六祖所说最有名的那一偈：菩提本无树，明镜亦非台，本来无一物，何处惹尘埃。

我对《六祖坛经》一无所知，查了书，知道后者是对的，这是五祖传授衣钵之前，对惠能讲述《金刚经》时说的一句话："应无所住，而生其心。"惠能听后大悟，五祖方才授其衣钵，命其六祖。对惠能，五祖还说了关于衣钵与经法的另外一段话："法则以心印心，皆令自悟自解，衣乃争端之物，止汝勿传。"以我浅薄之见，觉得这应该是对"应无所住，而生其心"的进一步解释，精神上的追求，永远高于身外之物的无谓争端，心才能够澄清明净。

虚云大师就是这样的一个人。1935年，南华寺已经一片凋败，时任国民政府广东省主席的李汉魂将军力邀虚云大师来主持修建南华寺，当时虚云大师已经96岁高龄。历时10年，艰苦卓绝，才有了我们现在看到的南华寺。要知道，这10年中正值抗日战争时期，战火连绵之中，依然痴心不改，一意孤行，修建古寺，这可是巨大的工程，该是多么"应无所住，而生其心"。

在参谒南华寺时，我听说了关于虚云大师这样一件往事，心里对他更加景仰。日本鬼子的战火即将烧到南华寺的时候，是虚云大师将寺中五百木雕罗汉，都藏在了大雄宝殿的三宝佛像的肚子里，逃过了战火一劫。这500木雕罗汉可是南华寺的宝贝，北宋的作品，全部是紫檀，高50厘米，和大雄宝殿墙上的立体泥塑的500罗汉相对应，须眉毕现，极为罕见，如今成了国宝。为了保险，这个秘密只有虚云大师一人知道，一直到20世纪60年代，人们打扫大雄宝殿的卫生时，才偶然发现了三宝佛像肚子里的秘密。"应无所住"，是指个人的修行，洗去尘心；而面对国家面对正义尊严的时候，佛心所向，则是另一番景象。

1935年到1942年这7年中，虚云大师都在南华寺，也就是说，从96岁到103岁，他都在这里，他在这里度过了自己的百年寿辰。战乱的绵延与繁重的修建南华寺工作之中，不知道是否有人为他祝寿。在大雄宝殿的旁边，见到一株拥有250年树龄的菩提，禁不住心中一动，想起古罗马的哲人奥维德，希望自己死后能够变成守护神殿的一株树。这株枝叶参天的菩提，应该就是虚云大师的寿像。我仰头观望，秋高气爽，夕阳辉映下，树冠袅袅升腾起一团红云。

2011年国庆节南华寺归来

好味止园葵

偶尔曾经这样一想，人生最须臾离不开的就是吃了，国内国外大小餐馆，吃得委实不少了，但是，最难忘的，却不在那里，而全在毫不知名的乡村野店。即使过去的日子那么久了，吃的味道，还有那里陈设的一切，都还是那样清晰如昨。真的是怪了。

36年前的秋天，之所以记得如此清楚，因为那是我插队北大荒第一次离开那个小村子，来到了富锦县城。那时，村里没有什么吃的，尤其到了冬天，除了老三样，即冻白菜、冻土豆、冻胡萝卜之外，只有煮上一锅冻豆腐汤，用淀粉拢芡浇上点儿酱油香油，我们称之为"塑料汤"。吃了整整两冬这些东西，胃都吃倒了。来到县城，第一顿晚饭，在一家小馆里吃的，吃的是肉片炒芹菜。不知人家地窖里是怎么保存的，芹菜虽然很细，却很新鲜，炒出来一盘，湛青汪绿，好像刚刚从地头摘下来一样。我再也没有吃过那么好吃的芹菜，一直到现在，只要一想起来，一种脆生生香喷喷略为苦丝丝的芹菜味道，还在嘴里缭绕，令我口舌生津。

大约10年前，从延安下来，车子开了一个来钟点，停在一个村头，进了一家小馆。这是朋友特意带我来的地方，肚子早咕咕叫了，朋友说好饭别怕晚，让我坚持。因为早过了午饭的点

第一章　总有一些瞬间温暖远去的曾经

儿，小馆里空荡荡的，不仅没有一个客人，连店主人都不在了。忙招呼人把店家请了来，来了个陕北汉子，既是老板，又是厨子，说菜是现成的，不过只有一道：手抓羊肉。不一会儿工夫，一小锅热腾腾的手抓羊肉就上来了。手抓羊肉，吃的次数多了，没有吃过这样鲜这样香的。我问老板汤里都搁什么佐料了，这么香？他告诉我，除了葱姜和盐，什么都没放（连油都没放），只是这羊是今早晨天没亮时候宰的，小火炖了整整一个上午。一天就卖这么一只羊，都是从延安下来的游人来吃，宁可饿着肚子跑老远，也到这里吃。就这么简单，就这么好吃，不管是西安，还是北京，再大的餐馆，没脾气。

前两年，又去延安，想那手抓羊肉，如法炮制，下了延安，车子开了大约一个钟点，到了一个村口，却怎么也找不到那家小馆了。也许，这次没有朋友带领，忘记了村名，我认错了地方。但我总觉得，它只是逗了一下我的馋虫，就像童话里小屋灵光一闪消失了。

前不久，去峨眉，一路蒙蒙细雨下山，车子也是开了一个来钟点，停在山坡旁一家小馆前。这回吃的全部都是山野菜，其中一道竹笋炒猪肉，真的叫绝，满座称好。已是初秋时节，居然还有如此新鲜的竹笋，淡淡鹅黄的颜色，娇柔可爱，而且细嫩犹如春芽，入口即化的感觉，颇似水墨画中的水彩一点点地洇进宣纸，慢慢地让你回味。里面的猪肉，也全然不是在超市里买到的那种滋味，虽然肉片切得薄厚不一，但味道鲜美，无法形容其如何鲜美好吃，在座的一位说了这样一句：这才是真正猪肉的味道。这话虽然有些词不达意，却是最好的褒奖了。于是，风卷残云之后，在一片叫好声中，叫店家又上了一盘。

如今，许多东西原本真正的味道，都已经离我们远去，机械化批量饲养的猪或鸡，在屠宰场和超市里整齐划一，包装鲜艳，在餐桌上却在嘲笑着我们的味蕾和胃口。

想想前者在北大荒那难忘的芹菜，是物资极度贫匮的年月里一种向往而已，而后两者则是物质发达之后我们远离大自然崇尚现代化而必然的一种失落。陶渊明曾有句诗：好味止园葵。如今，我们却远于园葵，好味便自然也就远离我们了。人类虽为万物之灵长，却也如狗熊掰棒子，不可能把棒子都抱在自己的怀里，总会得到一些什么，也要失去一些什么，这是能量守恒。

这一次，我记住了那个地方，叫零公里。这是一个奇怪的却也好记的地名，下次去峨眉，好再尝尝竹笋炒猪肉片。

2006 年 11 月 6 日于北京

佛罗里达小记

憋在家里一年有余，儿子一家到佛罗里达玩。这是疫情暴发以来他全家第一次出门。6月的天，还不太热，热带的花木繁茂，有海风轻吹，也算是惬意。车子开进一个州立公园，一辆车只要购买一张5美元的门票，就可以长驱直入。开进公园不远，看见一片沙滩，蔚蓝的大海近在眼前了。

沙滩耀眼，海风习习，高高的椰林，还有星星点点的红花绿草，阳光下，迷离闪烁，风景不错。他们停在沙滩前照相，不远处走过来一家三口，显然，也是来玩的。这一家白人年龄都不算小，最小的大概50岁上下，应该是女儿，老头老太太70多岁或者80岁了，两鬓飞霜，走路有些蹒跚了。

就见这个女儿向他们走来，走到身边，热情地说："我帮你们全家照张相吧！"

美国人一般都很热情，特别是看见一家人或一对情侣在照相，愿意主动帮忙，成人之美。

公园本来就大，疫情闹的，游人稀少，更是难得相见。平常日子里，人和人之间面对面的交流，便也越发稀少，很多都是在网上或手机微信中交流了。即使到超市购物，也是在网上预订，再到超市自取，和超市人员都互不见面。人生不相见，动如参与商。遥远的距离，彼此的交流，如今可以由高科技缩短或替代，却总感到抵不上面对面的交流，这便像是戴着手套握手戴着口罩亲吻一样，失去了真实空间里那种亲近的温馨，即使是对方在说话，都感受不到说话时空气的振动和气息的扑面了。

这样的日子里，萍水相逢的交流，哪怕只是短暂一瞬，也显得亲切而珍贵，尤其是有人主动向你走来。人注定是不需要孤独的，孤舟蓑笠翁，独钓寒江雪，只是诗里面的描写，或者一种非凡人能至的境界。

疫情一年多以来，儿子一直闭门宅家，他在大学里教书，给他的学生上课，也都在线上，和他们没有见面，更很少和外界尤其是陌生人交流。走过来的这个女人热情的话，让他感到亲切，他说了句谢谢，把手机递给这个女人。

女人替他全家照完相，儿子投桃报李对她说：我给你全家也照张相吧！

好啊！女人高兴地说，把手机递给儿子。

手机上出现了这一家三口，微笑着，背后是金色的沙滩、蓝色的大海、高高的椰林，还有叫不出名字的星星点点的小红花，一闪一闪，像跳跃着好多小精灵。

照完相，女人走过来，从儿子手里接过手机时，有些兴奋地对他说："昨天是我50岁的生日。每年过完生日的第二天，爸爸妈妈都会和我一起到这里来照张相，这是我的第50张照片！"

然后，她又说："今天还怕公园里见不到人呢，正好遇见了你！"

第一章　总有一些瞬间温暖远去的曾经

电话里，听完儿子的讲述，我很感动。50年，不是每一个人都有这样的坚持。这不仅需要做孩子的你一个人的坚持，还需要你的父母的坚持。这不仅需要坚持，更需要一家人的心心相印，才会让亲情如水贯通，*潺潺流淌过50年的时光*，让50张照片伴随岁月一起久长。哪怕是再不如意的生活，也有了属于自己的姿态，自己的纪念。

我忽然想起在美国黄石公园发生过的一件事情。那里有一个很深的深谷，年轻力壮的人，上下一个来回，也得需要大半天的时间。一位父亲从年轻时每年生日那一天都要来这里一次，下到这个深谷的谷底，然后再爬上来，这是他给自己每年生日的一份独有的纪念。这一年，父亲老了，实在无法再在深谷中爬上爬下了。但是，他依然来到了这里，他的儿子跟着他也来到了这里。父亲无法上下深谷了，儿子替他父亲到深谷中来回一次。生命的轮回，在坚持中，在亲情中呈现。

我问儿子还记得这件事吗？他听后没有说话。我知道，他和我一样感动。这件事，是10多年前，他第一次去黄石亲眼看到，告诉我的。

疫情再如何疯狂，隔离再如何无奈，亲情是对抗这个残酷世界而慰藉我们的有效良方。

2021年6月23日于北京

第二章

等那一束光

梅岭之恋

想念梅岭已久。

最早的想念,起于50多年前的中学时代,读过了陈毅的《梅岭三章》后。梅岭,便幻化成我青春期的一种向往的意象。梅岭古道,特别是梅岭关楼上那面巨石上雕刻的"梅岭"两个红色大字,如一面旌旗,常会浮现在眼前,随风猎猎飘动。

美好而壮丽的风景,总是在远方;没有见过的远方风景,更是会让青春的心鼓胀如同一面风帆而充满无限的想象。更何况,还有《梅岭三章》这样的诗,还有陈毅这样的英雄。梅岭,那时候,就像古代英雄美人在一起的美人,对于我,那样充满诱惑和向往。

5年前的秋天,和梅岭擦肩而过。那天黄昏,从它的山脚下穿隧道到江西。过隧道前,趴在车窗前眺望梅岭,苍绿的山峰突然阴云密布,瞬间狂风袭来,雷雨大作,斜飞的雨点扑打在车窗上,仿佛是梅岭特意派来的使者,凛冽而苍茫。怪罪我路过它而没有拜访。奇怪的是,车子穿过隧道,那一边阳光灿烂,回望梅岭,仿佛一切并没有发生,恍然如梦,而梅岭阅尽春秋,淡然自若,依旧山色苍苍。不禁想起一句清诗:八面风来山镇定。

这是梅岭留给我最初的印象。这是一部大书,不是一首小

第二章 等那一束光

诗。这是一幅油画，不是一帧水粉。

去年年底，在广州几位朋友的陪伴下，从广州出发，一路北行，过南雄，终于登上梅岭，心里竟隐隐有些激动。想起五年前在山脚下和它擦肩而过的情景，不禁觉得有些神示般的感应，虽没有那般的雷雨，却依旧阴云四合，岭南漫山草木的绿色，显得格外浓郁深沉，不似江南烟雨中的草木那样水嫩轻浮。我在心里对自己说，登梅岭，不像登别处的山，即使是有名的黄山和庐山，也不尽相同。你不是来游玩观赏风景的，而是参拜历史和英雄的。到此一游拍照之后刷朋友圈的轻浮，首先要摒弃。

首先出现在眼前的古道，先让我一步跌入前朝。位于大庾岭的梅岭海拔不高，却地势险峻，古道建得便格外不容易。那种鹅卵石铺就的斑驳古道，虽然经过了整修，却依然存有古迹古风。千年风雨的侵袭所留下的悠久岁月的皱褶，和如今很多经过翻修一新整容过的景点相比，完全不可同日而语。那是历史这部大书镌刻下的印迹。就是梅岭上什么都没有，只有这样一条古道，也是值得来的。

在古道上，看到一对中年夫妇，妻子的腿有些残疾，丈夫搀扶着她，踩着有些湿滑的鹅卵石艰难地攀登，让我心生敬意。望着他们和他们面前这条迤逶向上的古道，仿佛可以一直通向天上，也可以通向历史的深处。这条古道，如一条巨蟒蜿蜒，千年不老，它头吐出的火焰般的芯子，应该就是梅岭的关楼。那是梅岭的华彩乐章。

慢慢地爬，不要着急一下子就看到关楼。心里忽然有点儿像晚年的音乐家柏辽兹，千里迢迢要去见年轻时的恋人一般，明知道她已经苍老，却依然心里充满激动，充满期待，按捺不住急迫的心情，却不由得放慢了脚步。

我坐在古道旁湿滑的山石上画梅岭的速写。山道两旁遍植各种梅树，只是季节未到，除了很少急性子的梅花绽开稀疏的花苞之外，没有梅花如海的盛景。一边画，一边忍不住想，梅岭成名，对于一般人而言，就在于自古以来满山的梅花开放。历史中所说的梅岭起名，源于战国时期南迁的越人首领梅绢的姓氏，人们是不会在意的。或许，这里有中原文化和南粤文化的融合之要义，但人们更在乎梅花盛开之美意。或者说，一含有历史，一含有美学，两种合一，才是梅岭文化之含义吧。

一路向上攀登，一路想，一路画，画画比拍照更让梅岭入味入心。忽然觉得，仿佛恋爱，画梅岭，才像是和它有不断的交流，甚至相拥而有的肌肤相亲。这真的是一直奇怪的心理体验，是在登别处名山未曾有过的。

一直觉得梅岭对于我，不在于风光和风情，而在于梅岭的英雄。梅岭的英雄，最早要数唐代的张九龄。如果不是他向唐玄宗谏言，开凿梅岭古道，如今我们不会有这样的机会和历史邂逅相逢。唐开元四年（公元716年），距今已经1300多年，那时的条件，开凿这样一条险峻的山道，可以想象是多么艰难。史书上没有记载张九龄身居如此要职时有什么贪腐的行迹，却忍不住想起如今有的地方几任交通局长因修路贪腐而前仆后继落马的情景，不觉哑然。

第二章 等那一束光

英雄还要说张九龄的夫人。在开凿山道时，张九龄遇到前所未有的困难，今天开通的山道，明天山石重新闭合。据说，是山妖作祟，需要孕妇之血，方可镇妖解难。不要责怪1000多年前人们的迷信，在幽深莫测的大自然面前，正怀有身孕的张夫人当夜舍生取义，剖腹自尽，血染山崖，帮助丈夫打通山道。巾帼不让须眉，不是英雄是什么？

难怪，后人在梅岭古道旁修建了张文献祠和夫人庙，以此纪念张九龄夫妇。清雍乾时期的诗人杭世骏有诗：荒祠一拜张丞相，疏凿真能迈禹功。可惜，如今，张祠早已不存，夫人庙正在修复，我路过那里时，围起了黄色缎带围栏。张夫人，让我想起苏东坡在惠州时的夫人王朝云，却比王朝云还要壮怀激烈，让人叹为观止。

苏东坡也应该算作梅岭的一位英雄。当年一路被贬，就是过梅岭到惠州的。再贬至海南，十几年后，好不容易大赦，又是要过梅岭回到中原。尽管来时明明知道"问翁大庾岭头住，曾见南迁几个回"，却依然为梅岭留下明艳照人的诗句：不趁青梅尝煮酒，要看细雨熟黄梅。苏东坡算是一位悲剧式苍凉的英雄。

对于我，梅岭英雄的象征，或者说梅岭英雄的代言，是陈毅元帅。他为梅岭留下的《梅岭三章》，可以说是前无古人后无来者的绝唱。中学时代，就是这三首绝句，让我对梅岭一往情深地神往。陈毅的诗写得确实好，尤其是第二首：南国烽烟正十年，此头须向国门悬。后死诸君多努力，捷报飞来当纸钱。那时读得我热血沸腾，觉得只有这样的诗才配得上这样的山，觉得这样的山才配得上这样的诗。这样的山真的是英雄的山,和一些花花草草的山拉开了距离。

走到半山腰,看到一面巨石上书写着《梅岭三章》,用的是陈毅的手书,心里很是激动,仿佛一下看到了当年的陈毅。当年的陈毅在这里打游击,被围20余天,写下了这三首绝命诗。当年的陈毅,才只有36岁,本命之年,那么年轻。

面对这幅巨大的诗碑,我站立良久,也仿佛看到青春时的自己。惭愧的是已经两鬓斑斑,旧日的热血情怀与诗情还剩余多少呢?不仅是我自己,后死诸君,是否都还在一往无前地那样努力?忍不住想起放翁的诗句:气节陵夷谁独立,文章衰坏正横流。不觉心羞面涩。

终于爬到山顶,梅岭关楼就在眼前。那么熟悉,又那么陌生。那么亲切,又那么肃然。仿佛真的见到了青春时的恋人,是梦中的那样年轻吗?还是现实中的这样苍老?在流年暗换中,是否彼此都有了意想不到的变化?

关楼一楼将广东和江西分割,当年就是有了它,才将南北交通连接,梅岭古道,可以说是,沉沉一线通南北,有了以往历史的和地理的意义,有了如今文化的意义和我们怀旧的感情意义。

关楼南面门额上的"岭南第一关",两旁的对联:梅止行人渴,关防暴客来。关楼北面门额上的"南粤雄关",特别是巨石上雕刻的"梅岭"二字,涂以鲜红的颜色,那样光彩照人。这一切,都是中学时代我在画片上见到过的,如今真的展现在眼前,一下子像是活了一样,跳跃到我的面前,有了生气,有了血脉流畅，有了气韵贯通。

　　是的，这才是我青春时恋人的模样，有了这千年不变的关楼，有了这几百年不变的"梅岭"二字（这石碑是清康熙年间南雄知州张凤祥所立），便让这千年古道一下子复活，让我的青春记忆一下子复活，让遥远的历史和今天一下子连接在一起，有了彼此的对话和相互的交流。梅岭，才不像一般旅游胜地，只是秀丽甚至新饰得有些浮夸的山水草木，而像是铁锚一样，沉甸甸地落在我的身心深处。

　　关楼是用一块块巨大岩石垒成，漫长时光的剥蚀和打磨，呈现出沉稳的苍黑色，有了岁月的包浆，无语而沧桑，是历史流传下来的无字书。关楼脚下的石头被磨平，光滑如镜，有的石缝里长出青苔，湿润而清新。天色依旧阴沉，山色蓊郁，幽深莫测。往下望去，古道沉默，仿佛静若处子，却又仿佛随时可以动若脱兔，腾空而起。

　　遗憾的是，古道两旁的梅树没有盛开。但是，又一想，开有开的好处，没开有没开的好处。没开，不仅可以让我有了一份想象的空间，更觉得没有漫山梅花盛开渲染的鲜艳色彩，或许更多一份历史积淀下来的原本的底色。四围沉郁的山色，和苍黑色的关楼便更加融合一体，那样贴切。而那块巨型石碑上"梅岭"两个鲜艳的红色大字，便愈发显得夺目。

　　　　　　　　　　　　　　　　　2019年12月4日梅岭归来

赛什腾的月亮

又到中秋节了,不知道柴达木赛什腾山上的月亮,今年和往年是不是一样的圆?

赛什腾山应该算是昆仑山的余脉,那时候,在青海石油局的冷湖四号老基地,从哪个井队的位置上都可以望到它。望着它,觉得很近,却是望山跑死马,跑到山脚下,至少要花上半天的时间。

那时候,是指1968年。这一年,北京的初三学生甘京生和一批北京的中学生来到冷湖,成为一名石油工人。那时候,他还不到18岁。就在那一年的中秋节,井队放假,他和几个同学约好,一上午就从四号老基地出发,往那座已经望了大半年的赛什腾山走去。那座每天都会映入眼帘的赛什腾山,在柴达木明亮得有些刺眼的阳光照射下,有时候会如海市蜃楼一般缥缈,让甘京生对它充满无限的想象。甘京生喜欢幻想,或许这是他从小时候就养成的习惯,他喜欢独自一人望着天空或树林或校园里的篮球架遐想联翩。大概和他喜欢读文学的书籍有关,那些书让他常常禁不住心旌摇荡,天马行空。

否则,他不会和同学约好向那座秃山走去。去之前,师傅就对他说过:那山上什么也没有,从来就没有人爬上去过,你去

第二章 等那一束光

那儿干啥？他还是执意去了，累了一身的大汗，走了整整一个上午，下午一点多的时候才走到山脚边，吃了点东西继续爬，下午四点多的时候，终于爬到了山顶。山上除了有些芨芨草和星星点点的黄色的野花，真的什么都没有，都是一些裸露的灰色石头，仿佛月球的表面，显得那样荒寂。

但是，甘京生很兴奋，他管这些小黄花叫作赛什腾花，就像老一辈石油人找到了石油把山下那一片井架林立的地方命名为冷湖一样。青春年少能够燃烧激情和幻想，让平凡琐碎的日子焕发出光彩。中秋节的天气在柴达木盆地已经冷了，天黑得也早了。爬上山没有多久，天色就渐渐暗了下来，秋风一吹，有些萧瑟沁凉如水的感觉，同学们都说赶紧下山吧，天再黑下来，下山的路就不好找了。他却坚持要等到月亮出来，好不容易来一趟赛什腾山，又赶上中秋节，没看到月亮怎么行？他对同学说。同学只好陪他一起看月亮。

那是甘京生第一次在赛什腾山看到月亮。那赛什腾的月亮，令他一生难忘。他能说出赛什腾的月亮和北京的月亮有什么不一样吗？他说不清楚，只觉得天远地阔，四周一片荒凉，月亮却和照在北京城里一样，那样浑圆明亮地照在这里没有一点生命气息的石头，和萋萋野草还有他刚刚命名的赛什腾花上。他觉得月亮真的非常伟大，对世界万物无论尊卑贵贱无论远近大小，都是一视同仁得那样平等。

这是第二年我在北京见到甘京生时，他对我说起中秋节爬赛什腾山看月亮时候讲的话。那一年夏天，他回北京探亲，专程来家看我，从青海回京的途中，他一路下车，不停游玩，在洛阳看过龙门石窟，他还在那里买了几本旧书，带回来送我。他的这一举动，让我刮目相看，好不容易有了天数规定好的探亲假，还不早早回家，谁舍得把时间浪费在路上，还惦记逛书店，买几本当时看来无用甚至被视为有害的书？他的浪漫之情，和当时正在热闹闹搞阶级斗争的气氛是多么不谐调。

那是我第一次见到他。他和我弟弟是同学，又同在冷湖为石油工人，他是受弟弟之托来看我的。那一天晚上，他住在我家，我们抵足未眠，秉烛夜谈，聊了很多，他说这番话时，像一个文艺青年。如今，文艺青年像一个贬义词了，其实，真正成为一个文艺青年，并不容易，他必须具有文艺气质之外，更需要一颗怀抱对生活和对文学一样真正的赤子之心。这不是装出来的，而是一生的追求。

甘京生难得，是他并不只是在他18岁那一年心血来潮爬了一次赛什腾山，看了一次中秋节赛什腾的月亮。从那一年开始，每年中秋节他都会爬一次赛什腾山，看一次赛什腾的月亮。20世纪80年代，他调到冷湖石油局中学里当语文老师，兼班主任。他开始带着他班上的学生，每年中秋节爬赛什腾山，看赛什腾的月亮。那些生在柴达木长在柴达木从未出过柴达木的孩子们，从来没有特别注意过中秋节的月亮，更没有爬上赛什腾山看月亮的习惯。甘京生当了他们的老师之后，赛什腾的月亮，成了他们日记和作文中的内容，成了他们学生时代最美好而难忘的回忆。他让这些孩子们看到了虽旷远荒寂却属于柴达木自己独特的美。

第二章　等那一束光

甘京生离世已经 20 多年了。他是因病去世的,他走得太早。如今,他教过的第一批由他带领爬赛什腾山看月亮的学生,已经 40 多岁,他们的孩子到了读中学的年龄。不知道还会有哪一位老师带他们爬赛什腾山看中秋的月亮?

赛什腾的月亮!

2013 年 9 月 18 日中秋节前夕写于印第安纳

风中华尔兹

那天的晚上,风很大,公共汽车站上没几个人等车,车好久没有来,着急的人打的早走了,剩下的人有些无奈。这时候,走过来一个姑娘,黑暗中看不清她的面孔,但个头高挑,身材苗条,穿着一条长摆裙子,还是很养眼。但公共汽车并没有因养眼的姑娘的到来而提前进站,等车的人们还在焦急地望眼欲穿,有人在骂街了。

不知这位高个的姑娘是刚逛完商厦,还是刚赴完晚宴,或是刚刚下班,总之,她显得神情愉悦,一点儿也不着急,竟然伸展修长的手臂,在站牌下转了两圈。是几步华尔兹,风兜起她的长裙,旋转成了一朵盛开的花,汽车站仿佛成了她的舞台。

这一幕,留给我的印象很深,记得那一晚的站牌下,对这位突然情不自禁地跳起华尔兹的姑娘,有人欣赏,有人侧目,有人悄悄说:神经病!我当时想,同样的夜晚,同样的大风,同样的焦急,人家姑娘的华尔兹,能够在自娱自乐之中化解焦灼,是本事,也是一种平和的心态。

有一天,我路过我家附近不远的一个小区,小区的大门口有一间不大的收发室,收发室的窗前挂着一块小黑板,黑板上密密麻麻地写着几门几号有挂号信,几门几号有汇款单,无论是阿

第二章 等那一束光

拉伯数字,还是汉字,都写成斜体的美术体,分外醒目。一笔一画,一丝不苟,写得正经不错。走过那么多的小区,还从没见过哪里的收发室前的小黑板上有这样好看的美术字呢。

有意思的是,我看见收发室里坐着的一个小伙子,正拿着支笔,正襟危坐,往纸上写着什么。好奇心驱使我走了过去,和小伙子打招呼,一看他正在练美术字,双线镂空的美术字,满满地写在了一张废报纸上。我夸他写得真好,他笑着说天天坐在这里没事,练练字解闷呗!

其实,解闷的方法有多种,喝喝小酒,看看电视,下下棋,都可以解闷。小伙子选择了写美术字,即使往小黑板上写邮件通知,也要用美术字写得那样整齐,那样好看,就像学校里出版报一样正规。我对这个小伙子心生敬意,因为并不是什么人都有他这样的本事,能够将日常琐碎的事情做成如此赏心悦目,让自己看着,也让别人看着,那么舒服。

曾经在网上看到浙江湖州一位叫李云舟的小伙子,和我见过的这个小区用美术字写黑板的收发小伙子,有异曲同工之妙。李是一个小区的保安,他向他的主管提了好多建议,都没有被采纳,一气之下,不干了。不干了,他的辞职信写得不同一般,竟然是用文言文的赋体形式写成。你可以说他怀才不遇,你也可以指出他的赋有这样那样的毛病,但你不得不承认,那赋古风悠悠,洋洋洒洒,有典故,有文采,还有他的抑制不住的心情,或者那么一点自尊和自命不凡。于是,这篇赋体的辞职信迅速在网上走红,而李被称之"湖州第一神保"。也可以这样说,这是中国第一赋体的辞职信呢，简称"中国第一赋辞"。

生活中，并不是每天都会下雨，也不是每晚都出星星；花好月圆总是属于少数人，月白风清总是属于幸运儿。大多人，大多日子，却是庸常琐碎、寡淡无味，甚至会有许多苦涩和不如意，怀才不遇的折磨会更多。能够如这两位小伙子，即使写再平常不过的邮件通知，也要写成与众不同的斜体美术字；即使写再卑微不过的辞职信，也要写成一唱三叹的赋体。我想，这也许就是我们常常说的一种对生活的态度吧？是古诗里说的：行到水穷处，坐看云起时；是罗大佑唱过的：胜利让给英雄们去轮替，真情要靠我们凡人自己努力；是那位大风里焦急候车的姑娘，将生活化为了华尔兹，让哪怕是滋生出来那一点点的艺术，也会有一点点快乐，温暖我们自己的心吧？

2010 年春节于北京

等那一束光

老顾是我的中学同学，又一起插队到北大荒，一起当老师回北京，生活和命运轨迹基本相同。不同的是，他喜欢浪迹天涯，喜欢摄影，在北大荒时，他就想有一台照相机，背着它，就像猎人背着猎枪，没有缰绳和笼头的野马一样到处游逛。攒钱买照相机，成了他那时的梦。

如今，照相机早不在话下，专业成套的摄影器材，以及各种户外设备包括衣服鞋子和帐篷，应有尽有。退休之前，又早早买下一辆四轮驱动的越野车，连越野轮胎都已经备好。万事俱备，只欠东风，只要退休令一下，立刻动身去西藏。这是这些年早就盘算好的计划，成了他一个新的梦。

他就是这样一个人，我说他总是活在梦中，而不是现实中，便总事与愿违。现实是，他在单位当第一把手，因为后任总难以到位，过了退休年龄两年了，还不让他退。他不是恋栈的人，这让他非常难受。终于，今年春节过后，让他退休了。这时候，我们北大荒要编一本回忆录，请他写写自己的青春回忆，他婉言拒绝，说他不愿意回头看，只想往前走，他现在要做的事不是怀旧，而是摩拳擦掌准备夏天去西藏。等到夏天，他开着他的越野车，一猛子去了西藏，扬蹄似风，如愿以偿。

终于来到了他梦想中的阿里，看见了古格王朝遗址。这个700年前就消失的王朝，如今只剩下了依山而建的土黄色古堡的断壁残垣，立在那里，无语诉沧桑般，和他对视，仿佛辨认着彼此的前生今世的因缘。

正是黄昏，高原的风有些料峭，古堡背后的雪山模糊不清，主要是天上的云太厚，遮挡住了落日的光芒。凭着他摄影的经验和眼光，如果能有一束光透过云层，打在古堡最上层的那一座倾圮残败的宫殿顶端，在四周一片暗色古堡的映衬下，将会是一帧绝妙的摄影作品。

他禁不住抬起头又望了望，发现那不是宫殿，而是一座寺庙，白色青色和铅灰色云彩下，显得几分幽深莫测，分外神秘。这增加了他的渴望。

他等候云层破开，有一束落日的光照射在寺庙的顶上。可惜，那一束光总是不愿意出现。像等待戈多一样，他站在那里空等了许久。天色渐渐暗下来，他只好开着车离开了，但是，开出了20多分钟，总觉得那一束光在身后追着他，刺着他，恋人一般不舍他。鬼使神差地，他忍不住掉头把车又开了回去。他觉得那一束光应该出现，他不该错过。

果然，那一束光好像故意在和他捉迷藏一样，就在他离开不久时出现了，灿烂地挥洒在整座古堡的上面。他赶回来的时候，云层正在收敛，那一束光像是正在收进潘多拉的瓶口。他大喜过望，赶紧跳下车，端起相机，对准那束光，连拍了两张，等他要拍第三张的时候，那束光肃穆而迅速地消失了，如同舞台上大幕

第二章　等那一束光

闭合，风停雨住，音乐声戛然而止。

往返整整1万公里，他回到北京，让我看他拍摄的那一束光照射古格城堡寺庙顶上的照片，第二张，那束光不多不少，正好集中打在了寺庙的尖顶上，由于四周已经沉淀一片幽暗，那束光分外灿烂，不是常见的火红色、橘黄色或琥珀色，而是如同藏传佛教经幡里常见的那种金色，像是一束天光在那里明亮地燃烧，又像是一颗心脏在那里温暖地跳跃。

不知怎么，我想起了音乐家海顿，晚年时他听自己创作的清唱剧《创世记》，听到"天上要有星光"那一段时，他蓦地从座位上站起来，指着上天情不自禁地叫道："光就是从那里来的！"那声音长久地在剧场中回荡，震撼着在场的所有人。在一个越发物化的世界，各种资讯焦虑和欲望膨胀、搅拌得心绪焦灼的现实面前，保持青春时分拥有的一份梦想，和一份相对的神清思澈，如海顿和我的同学老顾一样，还能够看到那一束光，并愿意等候那一束光，是幸福的，令人羡慕的。

2011年11月2日于北京

像施了魔法一样

今年三八妇女节那天,在天坛双环亭北侧的小树林中,我看见有个人在画画。以前,在天坛,能看见有好多人画画,去年疫情以来,几乎再没有见到,这是这一年以来我见到的第一个画画的人。

我走了过去,是位女士,坐在一个黑色的小塑料桶上,面前支着个画架,正在画一张中国水墨画,画的是面前灰色的内垣墙,和墙前的几棵疏枝横斜的枯树。这天的气温不高,最高只有零上 10 摄氏度,又有些雾霾,天和地都是灰蒙蒙的,和这一道灰墙和几棵枯树,倒是色调很搭。身后不远处的双环亭内,有几拨老人呼叫着,扑克牌打得正欢,她在这里安静地画画,相得益彰,构成那天下午天坛一景。

我站在她身后看她画画。她画得不错,一看就是那种经过一定训练的。再看她的装备,铁制正规的画架,画架前的台子上,有墨有水有彩色的颜料和大小好几支画笔。地上放着一个硕大的布袋,里面装着画具和画本,布袋旁边倒着一幅水彩画,一看,画的是她旁边几棵参天大树,背景隐约有双环亭,翠绿和红色的柱子和座椅,明艳跳跃。显然是刚刚画完的,湿漉漉的,还没有干。我弯腰拿起这幅水彩画,夸赞道:画得真好!她立刻礼貌地

第二章 等那一束光

站起身来,和我聊了起来。

这是一厚本水彩画,我翻看着,里面有她画的漓江山水、东京景物,还有北京动物园和白塔寺的风景。我问她用的什么牌子的水彩,她告诉我是梵高牌,是好一点儿水彩颜料中较便宜的,你看,我画上用的颜料多。我又请教她这纸是不是有点儿厚和粗糙了些?她摇摇头说:"这是专业的水彩纸。"最后,我把疑问抛向她:"您的这些画怎么有点儿像水粉了?"她点头说:"好多朋友也说我用色太重了。"我附和着说:"水没有完全把颜料洇开,水彩的感觉,没有完全地出来。"

这样一说,她望了我一眼,问道:"您是不是也画画?"

我说:"我也画,但没有您画得好!"

她立刻热情地说:"我们有个画画的群,叫北京写生群,全国很多大城市都有这样的群,一个海外回来的年轻人组织的,定期组织大家到各处写生,参加的人大多是退休的,也有画家呢,是免费的。你也可以来,大家凑在一起,互相学习!"

我们聊了起来。仿佛天坛遇故知,画画,如一道清水回环缭绕,将陌生的人与人之间迅速沟通,心地湿润清新起来,连身边的枯树枯草也回黄转绿了。

我知道了,她今年63岁,姐姐是画画的,受姐姐的影响,耳濡目染,从小跟着姐姐学。长大以后,分配工作到一所中学的校办厂当工人,学校正缺美术老师,看她会画画,调去当美术老师。老师需要文凭,后来考入教师进修学院美术系,学了两年。那时候,孩子正小,一边抱着孩子学,一边教学生,一边自己画,一直到55岁,在这所中学退休。

我对她说:"您这也是半科班出身呢,怪不得画得这么好!"

她摆摆手说:"2017年,我才正经学水彩。花钱在网上学,有老师教。这不,最近又学中国画。她指指画架上的画。"

我说:"看您这幅画得是中西结合,中国画没有阴影,您这树有。您这树的叶子,不是芥子园里的画法,用的是皴笔,也不是中国画的皴笔用法,有点儿西洋画印象派里点彩的写意。"

她有些得意地笑了:"您还真懂画。"

我连忙说:"是喜欢,不是懂,看您的画,真是羡慕您!您的风景画,画得多好啊!"

她立刻纠正我,说:"其实,我的人物画画得更好。"

我指着地上的布袋问:"这里有吗?"

我没带。说着,她拿出兜里的手机,自言自语道,这里也没有。然后,她从兜里又掏出另一个手机,说道:"这里有几张。"便打开手机找到让我看,是张男子的头像,钢笔,流畅的线条,简洁的轮廓,逼真的眼神,画得真好。翻到后面几张,是钢笔风景速写,更漂亮,见水平。我对她说:"看您这些画得多好啊!怎么不接着画了呀?这些风景,要是钢笔淡彩,多好啊!"

她说:"人物画,得有模特,谁愿意一坐坐上一个小时等你画呀?你给人家画丑了,人家还不高兴。钢笔淡彩,以前我也画过,画幅都小,还是画水彩好,水和颜色的融合再蔓延开,特别地有意思。"

我说:"您这是越画越好,不满足以前小幅的了,是想往专

第二章 等那一束光

业上靠呢！"

我们两人都笑了起来。人往高处走，水往低处流，画画，让她的心气儿越老越高。三八妇女节，一个人跑到天坛来，自己给自己庆祝一下。

她家住阜成门，是骑电动车过来的。电动车，前几年接送孩子，如今，派上了新用场。这些家伙什，都能塞进大布袋里，放在电动车上，比挤公交车方便。这一个大布袋，挺重的呢。画画，像施了魔法一样，让这么重的东西和这么远的路，变轻，变近，让她的生活变得优雅快乐而有意思起来，更让她自己变得年轻。

2021 年 6 月 9 日于北京

放翁优雅自画像

晚年放翁的日子，过得并不那么舒心，北望中原，王师之梦未竟，又多病在身，甚至缺吃少穿。但是，放翁却过得比一般人都要潇洒，优雅。这和他面对人生和生活的态度相关。放翁晚年诗作，就是这样人生与生活的真切写照。读放翁晚年诗，非常有意思，即使已经过去了800多年，依然可以镜鉴，让人思味。

对于年轻时候曾经"三万里河东入海，五千仞岳上摩天"之类的功名追逐，这时候，他说"薄技雕虫尔，虚名画饼如"，这是他的清醒；他说"试看大醉称贤相，始信常醒是鄙夫"，这是他的自嘲。以往再如何风光，到了晚年，洗尽铅华，都是平常人一个。心态的平衡，将曾经有过再辉煌的自己，归于鄙夫而非贤相或名士，是优雅姿态的思想支持。

对于人老之后身体渐多的疾病，放翁有一首《示村医》："玉函肘后了无功，每寓奇方啸傲中。衫袖戥橙清鼻观，枕囊贮菊愈头风。"前半联说的是他不信那些奇方妙方。他还有一句"屏除金鼎药，糠秕玉函方"，是他对于名贵药方的一贯态度。后一联是他对于头痛鼻塞这样的小病一种轻松和放松的态度。他还说"养生妙理本平平，未可常谈笑老生"。他不像我们将养生学置于老年那么显著的位置而须臾不肯离开。将生老病死看淡看轻看

第二章 等那一束光

透,是优雅生活的心理依托。

对于饮食起居,他的态度更是一种放松,这种放松,是先将欲望稀释清淡,再加随遇而安。对于住房,他没有我们今天人们越来越大的居住面积的需求与占有的渴望,他只求茅屋可住,说是"茅屋三间已太宽","故应高卧有余欢"。对于穿戴,他喜欢粗布,说是"溪柴胜炽炭,黎布敌纯绵"。对于饮食,他崇尚喝粥,说是"熊蹯驼峰美不如"。他写过一首《菜羹》的小诗——"地炉篝火煮菜香,舌端未享鼻先尝",一副自足自乐老头儿乐的样子。

当然,他不是什么时候都只是以喝粥为标榜,遇到美食美味,他也兴奋异常:"蟹束寒蒲大盈尺,鲈穿细柳重兼斤"。遇到肥鱼和大闸蟹,他一样不客气。而且,他还喜欢喝酒,他写有一首诗:"社日淋漓酒满衣,黄鸡正嫩白鹅肥。弟兄相顾无涯喜,扶得吾翁烂醉归。"这便是一种放松的态度,不是我们现在常见的老年人过于讲究的养生,这不能吃,那不能喝,把自己拘束在一种贪生怕死的可怜境地。重要的是,对于日常起居日子期望值降低,其实就是对生活欲望的降低。欲望,可以助人生奋争进取,也可以泄人生渐失真正的乐趣与真谛,而陷入欲望编织的各种华丽的罗网。欲望的消解,是优雅生活的价值标准的重新调适。

作为普通人,饮食男女,我们谁都要面对这样日复一日庸常的生活。而且,随着儿女长大成人,远离了我们,我们面对的不仅是日子的庸常,还有日子的寂寞孤独。如何让这样庸常琐碎寂寞孤独的日子，过得有点儿意思，进而能够稍稍优雅，放翁的做法值得借鉴。

"团团箬笠偏宜雨，策策芒鞋不怕泥。"不怕的不仅是风雨泥水，更是不怕箬笠芒鞋布衣被人乃至被自己也瞧不起的普通庸常，这是对于生活一种达观的态度。

"敲门赊酒常酣醉，举网无鱼亦浩歌"，如此潇洒，也许我们一般人，很难做到，或者觉得没有捕到鱼还傻呵呵在那儿浩歌，有点阿Q。不过，这也是放翁对于不如意生活一种旷达的表示。我们谁都曾经有过这样那样的不如意，学一点儿放翁这样的旷达，也许能够在不如意面前尽可能不失态，尽可能多少保持一点儿优雅。

放翁晚年，常有他逛附近小市村店或小担过门而即兴写下的诗句，写得那么平常，那么随意，那么像如今我们的生活。我非常喜欢放翁这样接地气的诗句。"市桥压担蒪丝滑，村店堆盘豆荚肥""邻家人喜添新犊，小市奴归得早蔬""小担过门尝冷粉，微风解箨看新篁"，写得真的是好，这里的奴，可不是奴隶，是仆人之谓，就是如今的保姆。小市带露的早蔬，小担送上门的凉粉，配以邻居新添的小牛犊，随微风冒出的新竹做背景，是一幅多么清新而富有生气的画面，市井，家常，烟火气，又富有诗意。难怪放翁要说"小市莺花时痛饮，故宫禾黍亦闲愁"，就是皇宫也难比呢。一闲愁，一痛快，这便是放翁的优雅了，即便是庸常琐碎的日子，也可以过出属于自己的优雅来。

当然，作为读书人，放翁的优雅，更在于读书。他写读书的

第二章　等那一束光

诗句颇多，"插架图书娱晚暮，满滩鸥鹭伴清闲""暮年於书更多味""醉里心宽梦里闲"，这是他暮年真实的生活场景和内心的写照。即使人老眼花再如何，他说"岂知鹤发残年叟，犹读蝇头细字书"。他强调和讲究的，是读书之味和心境之闲，只有闲，才能读书读出味道；读出了味道，才能让自己的心境放松。这里的闲，就是静，面对物欲翻腾市声喧嚣而能独守的一份心静气定。这是书独能给予他的。所谓闲或说静，是优雅的一种表现形式和气韵。

放翁还有这样一句诗，特别有意思："独居漫受书狐媚。"孤独一人，书对于他有一种狐媚之感，实在是少有的比喻，是日后清时《聊斋》里读书人才有的迷离的感觉。这种狐媚，对于年轻人可以理解，对于已经年过八十的放翁，真的很奇特，让我想起美国作家乔·昆南在《大书特书》一书说"书是我的情人"的比喻。

独居漫受书狐媚，不仅是一个好的比喻，更是一种好的状态和心态。是放翁为我们画出了一幅格外优雅别致的自画像。

2021 年 6 月 21 日夏至改毕于北京

腊肠花

来广州多次，从没有注意过腊肠花。这种花，北京没有。

前些日子到广州，正好赶上邱方的新书《花有信，等风来——我的二十四番花信风》的首发式。主持人知道我和邱方之间长达几十年作者编者的关系，问我读了这本书，有哪些地方打动了我？我告诉她，打动我的有三点：第一点，这本书主要是写花画花，纸上开花，字间栖鸦，可以看出她对大自然的感情；第二点，她打破了花的世界和自己情感的世界之间的界限，使之交融，你中有我，我中有你，让花的世界变成了丰富的情感世界；第三点，写花，画花，是她从小的梦想，她心无旁骛，专心一意，一辈子坚持做一件事，不容易，不是每一个人都能做到的。

活动结束后，漫步在广州初夏浓郁的夜色中，环市东路两旁种有好多棵腊肠树，这种树长得很高，鹤立鸡群于别的树木之上，绿叶间开满腊肠花。这是邱方非常钟爱的一种花，她兴奋地特意指给我看。在街灯的辉映下，腊肠花明黄鲜艳，一串串，犹如盛放后垂挂在夜空中不灭的烟花。

这是邱方的这本书中写过画过的花。翻开书，先找到写腊肠花这一篇，重看她写它们"一树一树的黄花，一串串垂挂着，宛如一串串风铃，在风中摇头晃脑地歌唱；又像无数的蝴蝶在聚

第二章　等那一束光

会,在阳光下闪着金色的光芒,又清新又俏皮"。每天,她就是在这条路上下班,从家到出版社。夏日突如其来的暴雨中,金色的腊肠花随雨点纷纷而落,腊肠花又有一个好听的名字,叫"黄金雨"。雨中从这条落满腊肠花的路上,她跑回家,或跑到办公室,发现鞋子和裙子上,沾满了腊肠花金色的花瓣。她说"落花不逐流水,却来逐我衣,心里是有小小惊喜的"。腊肠花,和她有缘。

在这条路上,她和路两旁和过街桥上下好多旁人不在意的花树结缘。不仅有腊肠花,还有三角梅、玉兰花、黄花风铃木……她不停地拍照它们,也不停地拍照春天风雨中落叶漫天的绿色的雨,即使马路中间落叶萧萧,被车轮带起,她也觉得漂亮得像一群群枯叶蝶翩翩起舞,在她的眼睛里,"这是环市东路春天最壮观的景色"。

花的美丽,和人性中的丑陋;花的脆弱,和人的柔韧;花的一刻绚烂,与人生命漫长的苦痛对比,都是带有命定般悲剧意味的。邱方的文字中,更多写出的则是悲剧意味中情感的温软、绵长与蕴藉。或者可以说,以情感的世界观照花的世界,对抗悲剧的意味,渗透着卑微渺小却"野百合也有春天"一样的人生价值,可以慰藉我们自己,安放我们自己情感的一方天地。在她的水彩画中,也可以看出这样的意思,笔触细致清瘦而带有一丝小心,色彩淡雅朦胧而略显几分忧郁。雪泥鸿爪,皆是心迹;落花流水,蔚为文章。不竞不随万事足,有书有画一生闲,构成了她编辑生涯特别是退休生活的图景和愿景。

想到这时候,我的心里忽然有些感动。想起刚才邱方新书发布会上对主持人讲的话,竟然忘记了最重要的一点:这是她出版的第一本书啊。我不仅替她高兴,而且,非常感慨。感慨的原因,这是她的第一本书。作为编辑,她仅仅为我就已经编辑出版过十几本书,为他人更不知编辑出版过多少本书。刚才在会后我曾经问她统计过没有这一辈子到底编辑过多少本书?她摇摇头,记不起来了。她的编辑工作是出色的,有目共睹的,曾经被评为出版界的全国劳动模范。但是,这却是她自己的第一本书,出版在她退休之后。而惭愧的我,在她的手下出版了这么多本书,两相对比,竟然是那么不成比例。"书中固多味,身外尽浮名。"我只能颇多感慨地想起了放翁的这句诗,觉得说她最合适。

作为作者,离不开编辑,作者和编辑是鱼水关系,亦师亦友。从某种程度上讲,编辑是作者背后的推手,一般读者看到的是文章或书籍上作者的名字,编辑隐在后面,像风,看不见,却吹拂着作者前行。写作几十年,负责我的稿子的责任编辑有很多,有不少从当初年轻到如今退休,他们都令我难以忘怀和感慨。邱方是其中之一。

不知为什么,回到北京,想起邱方,总还想起广州环市东路上的腊肠花。她的家,她曾经供职的出版社,都在这条路上。她就是这样一年四季每一天每一天,从这里走过,拍照下鲜花和落叶,然后静静地为它们写下绵软的文字,画出她钟爱的水彩画。没有人会注意到一个娇小瘦弱的姑娘,在这条广州普通的路上,渐渐地走成了一个退休的老人家。只有腊肠花花开花落,伴随她

第二章 等那一束光

走到春深秋晚时节。她自己说:"花开花落,便是人生。"也伴随她一路拾花而行,让平凡的日子变得芬芳美好。她引用川端康成的话说:"美是邂逅所得,美是亲近所得。"

2021 年 6 月 15 日端午后一日于北京

猫脸花

47年前,我在一所中学里教书。那一年刚刚入夏,天就拼命地下雨,而且,很奇怪,必是每天早晨下,中午停。每天上午第一节课前,就看老师们陆续进得办公室,大多都被雨淋湿,个个狼狈得很。印象最深的是有一天,一位教化学的女老师骑自行车来晚了,因为她第一节有课,刚进办公室,就听她抱怨:这雨也太大了,我裤衩都湿透了!大家知道她在为迟到开脱,开脱就开脱吧,犯不上说自己的裤衩,多少有点儿让人不好意思。

没有想到,第二天,就轮到我不好意思了,出门没多远,我的自行车车锁的锁条突然耷拉了下来,挡住了车条,骑不动了。雨下得实在太大,我拖着车,好不容易找到个自行车修理铺,修车师傅帮我修好车锁,我骑到学校,小半节课都过去了,学生看见的是淋成落汤鸡的我出现在教室的门口。

下午放学,骑上车没多远,车锁的锁条"当啷"一声,又耷拉了下来,又没法骑了。先去修车吧。修车铺离学校不远,修车的家伙什都放在屋子窗外的一个工作台上,屋里就是家。修车的是个20多岁胖乎乎的姑娘,比我教的学生大不了几岁,长得不大好看,一脸粉刺格外突出。心想,肯定是接她爸爸的班,也肯定是学习不怎么样,不得已才来修车。

第二章 等那一束光

不过，人不可貌相，小姑娘修车很认真仔细，见她拉开工作台上满是油腻和铁末的抽屉，一边找弹子，一边换车锁里坏的弹子，却怎么也找不到合适的。她有些抱怨地对我说：谁给您修的锁？拿个破弹子穷对付，全给弄坏了，真够修的！话是这么说，说得跟老师傅数落徒弟似的，她却很有耐心地从抽屉里不停地找弹子，然后对准锁孔，把弹子装进去，不合适，再把弹子倒出来，重新装，像往枪膛里一遍遍地装子弹，又一遍遍地退出来，不厌其烦，也不亦乐乎。工作台上，一粒粒小小的银色弹子，已经头挨着头摆成一排，夕阳下闪闪发光。

开始，我心里在想，如果上学的时候有这份专心就不至于来修车了。后来，我为自己冒出来的这多少有些偏见甚至恶毒的想法而惭愧，因为她实在是太认真了，流出了一脑门的汗。为了这个倒霉的锁，耽误了她这么长的时间，又挣不了几个钱。

其实，她完全可以对我说这个锁坏了，修不了啦，换一个新的吧。她的工作台旁，就放着各种样子的新锁。换新锁，可以多挣点儿钱。我开始有点儿替她感到委屈，有些不落忍地这样替她想。可她却依然较劲地修我这个破锁，好像那里有好多的乐趣，或者非要攻占什么重要山头，不把红旗插上去誓不罢休。而且，她还像个小大人似的，以安慰的口吻对我说：您别急，一会儿就好了！省得您过不了几天又去修，受二茬子罪！

我站在那儿看她修，看得久了，无所事事，就四下里闲看，忽然看见她背后的窗台上摆着两盆花。是两盆草本的小花，我走过去细看。花开的颜色挺逗的，每一朵有着大小不一的紫、黄、白三种颜色，好像谁不留神把颜色洒在花瓣上面，染了上去，被夕阳映照得挺扎眼。没话找话，便问她："这是你种的？什么花呀，挺好看的！"

她告诉我，这叫猫脸花。她又告诉我，这是她爸爸帮助她淘换来的药用的花，把这花瓣揉碎了，泡水洗脸，可以治粉刺。然后，她冲我一笑："说是偏方，也不知道管用不管用！"

锁修好了，再也没有坏，一直到这辆车被偷。

现在，我知道了，她说的猫脸花学名叫三色堇。其实，我读中学的时候，读过的外国文学作品中，好多地方写到了三色堇，觉得这个名字那么洋气，那么有文学味儿，让我对它充满想象，甚至想入非非。

前不久，看到巴乌斯托夫斯不吝修辞地形容它："三色堇好像在开假面舞会。这不是花，而是一些戴着黑色天鹅绒假面具愉快而又狡黠的茨冈姑娘，是一些穿着色彩缤纷的舞衣的舞女——一会儿穿蓝的，一会儿穿淡紫的，一会儿又穿黄的。"

我想起了那个满脸长满粉刺的修车姑娘。当初，她告诉我它叫猫脸花。

2020 年 5 月 30 日于北京

小店除夕

去年夏天，我们社区里新开了一家小店，主要卖蔬菜水果，兼卖米面油盐。小店虽小，也算是五脏俱全，方便了社区人家。己亥年除夕，小店还在开着，要开到下午，专门等着那些工作忙碌晚回家的人，可以到这里买他们需要的东西，尤其是过年包饺子的韭菜。

小店虽然只开了小半年，但天天往来，已经和大家很熟悉，成为街里街坊一般亲切。人们早已经看得门儿清，是从河北乡间来北京打工的一家子经营这个小店。父亲和母亲整理果菜，不时地清扫一些挑剔的顾客随手掰下的菜叶，儿子开一辆面包车负责进货，儿媳妇在电子秤前结账收银。沙场点兵，倒也各在其位，一家人忙忙碌碌，脚不拾闲，把小店弄得井井有条，红红火火。

父母和儿子都是扎嘴的葫芦——不大爱说话，儿媳妇爱说，嘴也甜，叔叔阿姨、爷爷奶奶的，叫得很亲，人们都爱到小店里买东西，省了走路到外面的超市去，像是又回到过去住胡同的时候，胡同里的副食店（过去我们管这样的小店叫作油盐店），虽然没有现代超市那样繁华，却绝对没有假货过期货或缺斤少两。如果忘记带钱或者带的钱不够，完全可以下次再补上。如果是老人，买的东西多，儿子会主动上来帮你扛回家。如果你生病了，

正是橙黄橘绿时

下不了楼，出不了门，只要你和小店扫下了微信，在微信告诉一声，他们可以送货上门。小店成了大家的菜园果园后花园和开心乐园。

除夕这一天，小店开到了下午，然后，他们全家坐上儿子开的那辆面包车，回家过年。两个多小时的路程，只要不耽误除夕夜的饺子和鞭炮就行！儿媳妇笑吟吟地对来到小店里的客人，一遍又一遍重复说着，脸上一遍又一遍绽放出甜美的笑容。

有人给小店送来福字和剪有卡通猪的窗花，这一家子都贴在了小店的窗户和房门上。人们说，是让你们带回家过年贴的。儿媳妇笑着说：现在就是过年了，贴在这里，我们不在，也显得喜兴，让它们替我们看店！

下午两点多了。小店里剩下的货物还有不少，特别是水果，香蕉、苹果、梨、橙子，还有新鲜的草莓和刚进不两天的阳桃。如果卖不出去，他们又带不走这么多，这一走，得过了正月十五才回来，全都得烂在这里。儿媳妇还在一直笑吟吟地结账收银，和街坊说着过年的话，爹妈的脸色有些发沉，心里一定担心这么多卖不出去的水果，都砸在手里可怎么办！

吃过午饭休息过后的街坊们，专程到小店里买东西的不多，路过这里的不少，一看小店还开着门，这一家子还没有回家过年，都走进小店，好奇，也关心地看看，问问。自从社区里有了这家小店，这里人来人往，进进出出，热闹得很，也让人们亲近得很。以前买个菜买个水果，就是买瓶酱油，也都得跑老远去超市，超市很大，进去了，就淹没在人海里，谁和谁都不认识。有

第二章 等那一束光

了这家小店，人们出家门抬脚就到，进来都是街坊，相互搭个话，越来越熟悉，越说话越多，小店成了大家的一个公共客厅，买了菜，买了水果，买了酱油醋糖，还交流了好多信息，说了好多家长里短的亲切的话。

儿媳妇见这么多人进来，高声叫喊着："所有的东西都半价处理了呀！"街坊们都明白了，油盐酱醋糖，一瓶子一瓶子，一袋子一袋子，放在这里没问题，这些蔬菜和水果，必须得都卖出去，要不就损失了啊，那都是钱，都是这一家子的辛苦的血汗呀。

于是，不管需要不需要，进来的人，每个人手里都从货架上取下点儿东西，不一会儿，儿媳妇的电子秤前，居然排起了长队。儿媳妇把东西上秤称好，打出小票，递给人们，不忘说句："阿姨，您看看，小票上是不是打上了半价，要不是，您告诉我一声。"人们说："不是半价，我们也会买的！"还有人对儿媳妇说："待会儿回家，我会告诉街坊，让大家都来，你放心，这点儿东西都能卖出去！"

我站在队后，听着这些话，心里很感动。在这座陌生的社区里，从来没有听到过这样亲切而贴心的话。普通百姓之间的良善，是温暖彼此最美好的慰藉。过去的一年，哪怕有再多的不如意和委屈，这一刻，也都随风而去。一年四季，有这样的一个年要过，真的很好，值得期待。

四点左右的时候，我专门到小店门口，货物真的都卖出去了。这一家正在打扫房子，然后锁上门窗，看见了我，向我挥挥

正是橙黄橘绿时

手,鱼贯般挤进面包车。面包车鸣响一声喇叭,扬长而去。望着车远去,西天正落日熔金。

2019 年春节于北京

大年夜

我家住的小区里,有家小理发店。15年前,我刚住进这个小区,它就存在。14年来,花开花落,世事如风,变迁很大,它依然偏于小区一隅,没有任何变化。别的理发店都重新装潢了门面,在门前还装上了闪闪发光的旋转灯箱什么的,连名字都改作美发厅了。它依然故我,很朴素,也很有底气地存在着,犹如一株小草,自有自己的风姿,并不理会花的鲜艳和树的参天。而且,别的理发店里伙计不知换了几茬儿,甚至老板都已经易人。它的伙计一直是那几个,老板始终是同一个人。什么事情,能够坚持14年恒定不变,都不容易,都会老树成精的。

想说的是去年大年三十的事情。虽然事情已经过去了快一年,但印象很深,每一次去小店理发,见到老板都忍不住想起这件事情,而且会和他谈起。他总会哈哈大笑,笑声震荡在小店里,让回忆充满暖意和快乐。

因为常去那里理发,我和这位老板很熟,其实,小区好多人图个方便,更图老板手艺不错,都常去小店。大家都知道每年春节前是他生意最好的时候,他会坚持到大年三十的晚上,一直到送走最后一位客人,然后回江西老家过年。他买好了大年夜最后一班的火车票,他说虽然赶不上吃团圆饺子,但这一天车票好买，火车上很清静，睡一宿就到家了。

一般我不会挤在年三十晚上去理发，那时候，不是人多，就是他着急要打烊，赶火车回家。但那几天因为有事情耽搁了，我一直到了大年三十的晚上，才去他那里。时间毕竟晚了，进门一看，伙计们都下班回家了，客人也早已经不在，店里只剩下他一人，正弯腰要拔掉所有的电插销，关好水门和煤气的开关，准备关门走人了。见我进门，他抬起身子，热情地和我打过招呼，把拔掉的电插销重新插上，拿过围裙，习惯性地掸了掸理发椅，让我坐下。我有些抱歉地问他会不会耽误他乘火车的时间。他说没关系，你又不染不烫的，理你的头发不费多少时间的。

我知道，理我的头发确实很简单，就是剪一下，洗个头，再吹个风。不到半个小时，就完活儿了。但毕竟有些晚了，还是有些抱歉。迎来送往的客人多了，理发店的老板都是心理学家，一般都能够看出客人的心思。他看出我的心思，开玩笑对我说，怎么我也得送走最后一个客人，这是我们店的服务宗旨。

就在他刚给我围上围裙的时候，店门被推开了，进来一个女人，急急地问："还能做个头吗？"我和老板都看了看她，30多岁的样子，穿着件墨绿色的呢子大衣，挺时尚的。我心想，居然还有比我来得更晚的。老板对她说："行，你先坐，等会儿！"那女人边脱大衣边说："我一路路过好多家理发店都关门了，看见你家还亮着灯，真是谢天谢地。"

等她坐下来，我替老板隐隐地担忧了。因为老板问她的头发怎么做，她说不仅要剪短，要拉直，而且关键是还要焗油，这样

第二章 等那一束光

一来，没有一个多小时，是完不了活儿的。等她说完这番话时，我看见老板刚刚拿起理发剪的手犹豫了一下。

显然，她也看出来了老板这一瞬间的表情，急忙解释，带有几分夸张，也带有几分求情的意思说："求您了，待会儿，我得跟我男朋友一起去见他妈，是我第一次到他家，而且还是去过年。虽说丑媳妇早晚得见公婆，但你看我这一头乱鸡窝似的头发，跟聊斋里的女鬼似的，别再吓着我婆婆！"

老板和我都被她逗笑了。老板对她说："行啦，别因为你的头发过不好年，再把对象给吹了。"

她大笑道："您还是真说对了，我这么大年纪，也是属于'圣（剩）斗士'了，找这么个婆家不容易。"

我知道，时间对于老板的紧张，赶紧向老板学习，愿意成人之美，便让出了座位，对老板说："你赶紧先给这位美女理吧，我不用见婆家，不急。"她忙推辞说，那怎么好意思。我对她说，老板待会儿还得赶火车回家过年。她说，那就更不好意思了。但我抱定了英雄救美的念头，把她拉上了座位，然后准备转身告辞了。老板一把拉住我说："没你说得那么急，赶得上火车的。正月不剃头，你今儿不理了，要等一个月呢！"我只好重新坐下，对老板说，那你也先给她理吧，我等等，要是时间不够，就甭管我了。

那女人的感谢，开始从老板转移到我的身上。我想别给老板添乱了，人家还得赶火车回家过年呢，便想趁老板忙着的时候，侧身走人。谁知悄悄拿起外套刚走到门口，老板头也没回却一声

111

把我喝住："别走啊！别忘了正月不剃头！"看我又坐下了，他笑着说，您得让我多带一份钱回家过年。说得我和那女人都笑了起来。

老板麻利儿地做完她的头发，让她焕然一新。都说人是衣服马是鞍，其实人主要靠头发抬色呢，尤其是头发真的能够让女人焕然一新。但是，时间确实很紧张了，老板招呼我坐上理发椅时，我对他说，不行就算，火车可不等人。老板却胸有成竹地说："没问题，你比她简单多了，一支烟的工夫就得！"

果然，一支烟的工夫，头发理完了。我没有让他洗头和吹风，帮他拔掉电插销，关好水门和煤气的开关，拿好他的行李，一起匆匆走出店门的时候，看见那个女人正站在门前没几步远的一辆丰田RAV4的旁边，挥着手招呼着老板。我和老板走了过去，她对老板说："上车，我送你上火车站。"看老板有些意外，她笑着说："走吧，车着着，候着您呢。"老板不好意思地说："别耽误了你的事。"她还是笑着说："这时候不堵车，一支烟的工夫就到。"

丰田车欢快地跑走了。小区里，已经有人心急地燃放起了烟花，绽放在大年夜的夜空，就像突然炸开在我的头顶，挺惊艳的。

2014年2月5日立春后一日写于北京

客厅里的鲜花

朋友丹晨夫妇在美国新买了一套单体别墅，靠近普林斯顿老镇，临达拉维尔河，我笑着打趣说是亲水豪宅呢。她也笑了，说是二手房，上下两层，小巧玲珑，特别是花园，不是面积奢华的那种，但收拾得花是花，草是草的，错落有致，四周一圈柏树，中间几株雪松，靠餐厅落地窗的一面，特意种了一株修剪得矮小的五叶枫，两侧栽的是书带草和玉簪。朋友一看就喜欢上了，本来已经订下了另外一套别墅，且交付了订金，却喜新厌旧地当场决定退掉那套，选择了这一套。

这一套的房主是一对退休的白人老夫妇。在美国，老年人大多不跟子女一起居住，他们的房子，一般是越住越小，因为退休收入减少，也因为体力减弱，收拾房间和花园已经力不可支，便卖掉大房子，搬进老年公寓，拿到卖掉房子的那一笔钱，舒舒服服，手头宽裕地安度晚年了。

拿到钥匙的那一天，朋友约我和其他几位朋友一起看房子。花径缘客扫，先看见花园收拾得干干净净，草坪上新剪的草，剪草机留下的整齐痕迹很明显。走进房间，已经四壁一空，家具都搬走了，但墙壁、地毯、楼梯、壁灯、落地窗和白纱窗帘，都还显得簇新，真想象不出这是住了十多年的老房子。

我对丹晨说，这对老夫妇还真不错，临搬走之前，把这里收拾得干干净净。丹晨说，这对老夫妇和这套房子很有感情，他们对我们说你们搬进来一定要好好爱护，特别是这个小花园，从一开始的设计到后来的维护，有这一对老夫妇这十多年太多的心思。

更让我没有想到的是，丹晨指给我看，客厅吧台上摆着一个瓷花瓶，花瓶里插着几支天蓝色的绣球花和几支金黄色的太阳菊，四围还点缀着几簇各种颜色的我叫不出名字的小花。丹晨告诉我，这花瓶和鲜花，都是主人留下的，显然是在搬走的这一天特意买来的。丹晨说上午他们来交接房子拿钥匙的时候，一对老人还在忙着把最后几个大箱子搬上卡车。但他们没有忘记买下瓶鲜花，留给新主人。

那一刻，那一瓶鲜花，在空荡荡的客厅里显得格外醒目，漂亮鲜艳得如同雷诺阿笔下的鲜花。

花瓶旁边，立着一张精美的对折贺卡。我拿起来一看，上面密密麻麻写满了钢笔字，这张贺卡，竟然也是原来的主人留下来的。丹晨大声地对我说：念一念，上面都写着什么？我说：是在考我吗？我英语拙劣，但贺卡上的这些字大致还认得，大意是房间的新主人：今天你们就搬进了这个新家，希望你们能够喜欢它。也希望你们在这里度过你们一生中美好的时光，让这里伴随你们一直到老，到生命的尽头。我大声地念了起来，回声轻轻地在挑高客厅回荡着。看得出，一起来看新房的人，都有些感动了。

第二章 等那一束光

那一刻，我的心头也忽然一热，同样为这对老夫妇感动。因为我实在不知道，在我们这里买二手房的时候，会有多少人能够如这对老夫妇一样，在临搬走之前，不仅为你整理好花园、打扫干净房间，还为你留下一瓶鲜花和这样一帧写满感人肺腑词语的贺卡？我们这里，疯狂的二手房交易，房子的老主人和新主人，已经完全成为赤裸裸的金钱关系，而房间便只剩下了居住面积和建筑面积以及疯长的价格和锱铢必较或水涨船高的心理斗法，少了人居住的人的气味，更别说人情味和鲜花的芬芳气味了。

丹晨的老公这时候从厨房的壁橱里拿来一瓶香槟和几支玻璃杯，跑进客厅高兴地叫了起来：快来开香槟，咱们来庆祝庆祝乔迁之喜。香槟的泡沫如雪花一样从瓶口喷涌出来的时候，我才知道，这香槟和玻璃杯也是这对老夫妇特意留下来的。

2010 年 7 月 28 日于普林斯顿

芝加哥奇遇

我觉得，那应该算是一次奇遇。

那天，去芝加哥交响大厅听他们演奏海顿的大提琴音乐会，在芝加哥大学前的海德公园那站赶公共汽车，紧赶慢赶，还是眼睁睁着车门旁若无人般"砰"的一声关上，车屁股冒出一股白烟跑走了。只好等下一辆，心里多少有些懊恼。就在这时候，慢悠悠地走过来一位老太太，满头银发，身板挺括，精神矍铄。我没有想到，下面是音乐会演出之前，老天特意为我加演的一支序曲。我应该感到庆幸没有赶上那辆车，否则，将和这位老太太失之交臂，便也没有了这次奇遇。

等车的只有我和老太太，闲来无事，便和老太太聊起天，偏巧老太太也是爱说的人，一起打发漫长的等车时间。老太太是德国人，开始和丈夫在爱沙尼亚工作，第二次世界大战之后，爱沙尼亚被苏联占领，一直到1952年，才有机会离开那里，她和丈夫来到美国。丈夫研究生物学，在芝加哥大学当教授，后来又当了系主任。老太太便落地生根一般，一直住在了芝加哥，再没有动窝。

一边听着，心里一边暗暗算着，老太太得有多大年纪了？从来芝加哥到现在就已经过去了58年，再加上在爱沙尼亚工作的

第二章 等那一束光

时间，起码有 80 多岁了。可看老太太的样子，哪里像呀。我们这里 80 多岁的老太太，谁还敢再挤公共汽车？尽管一般不问外国女人的年龄，我心里的疑问还是忍不住地问出了口。老太太的回答，让我无比惊讶，老天，她竟然整整 90 岁了，这简直有点儿像是老树成精了。

她看出来我的惊讶，连说我是 1920 年生人，天真地证明着自己，绝对没有错。我忙说没想到您的身体保养得这样好。她笑着摆摆手说，不是保养，是常常听音乐会的结果。

原来，我们是同道，都是去听芝加哥交响乐团的海顿大提琴音乐会。一下子，涌出同是天涯爱乐人，相逢何必曾相识的感觉。心里一个劲儿地想，这个世界上还有几个 90 岁的老太太，能够有如此的兴致，身板如此硬朗，大老远地挤公共汽车去听一场音乐会？不敢说是绝无仅有的奇迹，也实在是难得一遇的奇遇。

车一直没有来，让我们多了一些交谈的机会。我知道了，老太太一生中最大的爱好就是音乐，芝加哥交响乐团是陪伴她半个世纪的朋友，从库贝利克到索尔蒂到巴伦博依姆，几任指挥走马灯一样轮换，她对乐团却葵花向阳一般始终如一，每年在它的演出季里挑选自己钟爱的音乐会，挤公共汽车去听，是她这些年的坚持。听到这里，我对老太太肃然起敬，无论什么事情，能够坚持这么长时间，就都不是一件简单的事情了。许多的经历，一次两次，也许说明不了什么问题，但坚持下来，放在人生的长河里，能随着时间一直流淌至今，即使穿不起一串珍珠，也穿起了属于自己最珍贵的记忆。尤其到了老太太这样的年纪，人和人之间显现出来的差别，不在于地位、房产或儿孙的荣耀，除了身体，最主要的就是能够拥有属于自己的回忆，这是一笔无人企及的最大财富。

不过，老太太也有属于自己的遗憾，那就是丈夫的工作忙，这辈子没有陪她听过一次音乐会。如今，丈夫早已经先她而去，她依然坚持自己一个人去听音乐会。她对我说，丈夫虽然没法陪她听音乐会，但一直都特别高兴她去听音乐会，每一次听完音乐会回到家里的时候，丈夫总会听她讲讲音乐会的情景，便也和她一起分享了美妙的音乐，成了生活中最难忘的时光。

本来说好的，丈夫要陪她听一次音乐会的，票都提前订好了，丈夫却住进了医院，再也没有起来。

是莫扎特。老太太没有告诉我是哪年的事情，只告诉我要去听的是莫扎特的音乐，话音里并没有什么特别的哀伤，核桃皮一样皱纹覆盖的眼睛里闪着亮光，那里面也许更多的是回忆和怀念吧。我猜想，在没有丈夫的日子里，听音乐会不仅成了老太太爱乐的一种习惯，也成了她和丈夫相会的一种方式。

车来了，我要搀扶她，她却很硬朗地一个人上了车。这一晚的音乐会，是我听过的音乐会中最奇特的一次。因为有了老太太奇特年龄和奇特经历的加入，就像在乐谱里加入了奇特的配器，在乐团里加入了奇特的乐器一样，让海顿的大提琴多了一层与众不同的韵味。特别地觉得低沉的大提琴，那么像是一位饱经沧桑却又保持一腔幽怀的老人。

2010年6月17日于新泽西

女人和蛇

欧文小镇是印第安纳州一个非常小的袖珍小镇，之所以出名，是因为这里有温泉。100多年前，一位德国医生就是冲着温泉买了一块非常大的地，建立起一座疗养院。岁月沧桑，世事更迭，如今这里成了一座州立公园。

来到公园，才知道公园占地面积非常大，森林资源丰富，远不止温泉。如今的人们在公园里建了一座自然中心，其实就是一座小型的自然博物馆。这是一座赖特式的现代建筑，里面展览这里独有的矿物树种花草动物等历史和标本，还有活物。活物中最多的是鸟、乌龟和蛇。

正是中午，乌龟和蛇正在午餐。我第一次看见乌龟和蛇吃东西，它们被迁出展柜，被放在很大的塑料箱中。乌龟吃小鱼，还可以理解，蛇居然也吃小鱼，真的难以想象。蛇吃小鱼，伸出蜿蜒的脖子，吐出长长的芯子，在一瞬间就完成了进餐的整个动作，那劲头颇像壁虎捉虫，非常好玩。

我和孩子们正在围着箱子看蛇吃小鱼，一位身穿工作服的老太太走了过来。她告诉我们，这条蛇今天已经吃了十几条小鱼了，刚才是它吃的最后一条小鱼。说着，她弯腰蹲下来，将手臂伸进箱子里，把那条蛇拿了出来，对我们说："你们可以摸一摸它,它很听话,不伤人的。"那条蛇足有七八米长,碗口那样粗,顺着她的胳膊,像是电影里的慢镜头一样,缓缓地蜿蜒着,舒展着身子,蜷伏在她的胸前。那样子显得很温顺,但我没敢去摸,倒是孩子们兴致勃勃地跃跃欲试,引起欢快的笑声,蛇见多不怪,不动声色地依偎在老太太的胸前。

老太太接着告诉我们,这条蛇是10年前她在展览馆门口看见的,它像是要爬进展览馆,按照我们的话说就是缘分了。老太太弯腰抱来了它,一直养到了今天。说着,她走到展柜前,把蛇放了进去,又引我们到展台前,打开一本画册,翻到有一条小蛇的那一页,说这就是10年前拍下的照片。

13年,她将一条小蛇养大成一条蟒蛇一般粗大。并不是所有的蛇都是农夫和蛇伊索寓言里的蛇,这条蛇通人性,13年朝夕相处,和老太太成了好朋友。这应该是人和大自然的关系。老太太笑着告诉我们,这条蛇特别有趣,最爱闻巧克力的味儿,虽然它并不吃巧克力。有一次,在喂它食吃的时候,她刚刚吃了一块巧克力,被它闻到了,蛇的嗅觉特别灵敏,以后只要你一吃巧克力,它老远就能闻得到,就会显得很兴奋,向你爬过来。而且,以后几乎每一次再喂食的时候,它都要你张开嘴,看看你嘴中有没有巧克力。那样子,就像一个孩子。

老太太是一个心直口快爱说话的人。也许,是整天和这些不说话的动植物打交道闷得慌吧,她渴望和人交流。不过,这只是我带有偏见的猜度,很快就被她的话所打破。她好像猜透了我对她的揣摩,告诉我们她自己的经历。原来她是从小在这个小镇上

第二章 等那一束光

长大，考入大学，学的航天工程，硕士毕业之后，有一份很不错的工作。但是，大概是这里独特的自然环境对她的影响至深，她爱的是这里的森林和森林里的动植物，于是她常常会到这个自然中心里来，开始当志愿者，一当当了10多年，人家看她确实是想到这里来工作，就把她接收为正式的工作人员。她高兴地说，这是她最愿意做的工作。一个人，一生中能够有一个理想的爱人，有一个美满的家庭，有一份自己愿意做的工作，就是最幸福的了。

当我听完老太太这番话，对她刮目相看。如今，对幸福的认知已经五花八门，并不是什么人都能够如她一样，舍弃优越的工作而在一个小镇当一个自然中心的工作人员，单调而寂寞地对待她的那些乌龟和蛇的。

想起一辈子写森林大自然的俄罗斯作家普列什文曾经说过的话："世界是美丽非凡的，因为它和我们内心世界相呼应。"他在这里说的第一个"世界"，就是森林和大自然，有了这个大世界，我们内心的小世界才有可能会形成。他同时又强调："一个人是很难找到自己心灵同大自然的一致的。"他在这里强调的"很难"，是指的如我一样的一般人，但他和这位老太太却属于心灵和大自然相呼应相一致的人。

临离开欧文小镇的时候，取了一份介绍小镇的册页，那上面居然和我们的城镇一样，爱用宣传口号为自己立言：Sweet Owen。想想，这个sweet，用在这位老太太身上，倒也真合适。这个sweet，对于她是甜蜜，更是幸福。

2014年5月27日记于欧文小镇

城市的想象力

在美国中西部，圣路易斯比芝加哥的历史要久，规模也大，号称"西部之门"。可看的地方很多，比如密西西比河畔著名的拱门、城西世博会遗址开辟的比纽约中央公园和芝加哥林肯公园还要大的森林公园、获得美国城市设计大奖的市中心的城市花园等。但我选择的是城市博物馆。是专程慕名前往。为了一个叫作罗伯特·卡西里（Robert Cassilly）的人。

起初，我不明白为什么卡西里把这个地方命名为城市博物馆。它离市中心很近，是一座10层大楼，现在开放的是一至四楼和顶层的露台。这里完全是一个儿童乐园，但和诸如迪士尼乐园等儿童乐园完全不同的是，除露台上有一个旋转轮盘的大型电动游乐项目外，没有一点儿高科技的影子，楼上楼下，脚前脚后，遍布洞口，你可以随意从任何一个洞口进去，在斗曲蛇弯的洞中钻来钻去，不知会从哪一个洞口钻出来，眼睛一亮，别有洞天。很可能是一个新的楼层，也可能是一个新的游乐场，也可能是一个长长的滑梯，坐上去载你滑到别处。大楼的天井，被充分利用，变成了一个神秘的山峰，里面布满纵横交错的暗道机关，可以看到传说中的神女和动物雕塑，在迷离灯光下闪烁着诡异的光；也可以通向不同的楼层，替代了格式化的升降电梯。

第二章 等那一束光

到处可以看到孩子们止不住的笑脸，到处可以听到孩子们惊异的尖叫。简直就像迷宫，就像地道，地道全都是用结实的钢丝和钢管组成，孩子们，也有好奇的大人，在幽暗的洞中爬行，像鼹鼠挖洞，像泥鳅钻沙，带给人的乐趣，和高科技的游乐场完全不同，是一种全新的体验，说其新，是因为你完全靠自己的手和脚感受意想不到的新奇，那种感觉，有点儿像走进童话中神秘的森林，或阿里巴巴探宝的芝麻开门关门的山洞。

所有这些创意，都来自罗伯特·卡西里。他就是想用最朴素的方法，甚至是工业时代最原始的方法，创造电子时代现代科技所不能带给孩子们的乐趣。

不过，这只是卡西里的初衷之一。在注意到这些洞口和地道之外，必须注意到各层楼的空间所陈设的东西，你才会明白他为什么把这里叫作城市博物馆。大厅里所有的柱子都被重新包裹。包裹的材料五花八门，有碎瓷片，有废钢管，最新奇也最漂亮的是电子排版早就不用的铅板字母和图片磨具。柱子焕然一新，是我在别处完全没有见过的最神奇的柱子。大厅里还有残缺的大理石雕像镶嵌成过廊的门框；吊车吊着废矿石，立在水池边成了新颖的装饰；老式的旧壁炉变成冰激凌小卖部的窗口；破旧的钢琴任人弹奏别人永远听不懂的音符……所有这些东西，都是卡西里从城市收集来的。其中最醒目的是一架管风琴立在客厅正中，成为孩子照相的好道具。那是卡西里从纽约一家老剧院里收购来的废弃不用的老古董。

看到这一切，你才会多少明白卡西里心底的愿望。所有这一切在城市现代化进程中被废弃的东西，也就是我们常说的可以送进垃圾场的废品，在这里都焕发出新的色彩和活力，被重新定义而有了艺术的魅力。这就是为什么卡西里把它称为城市博物馆的理由。在这里，孩子们可以尽情玩耍，也可以看到城市发展过程中所遗留下来的轨迹，就像风飘过后留下一缕并未过时的清凉。

卡西里是一位城市雕塑家。但是，他不是那种非常出名的雕塑家。在美国，他的名气远远赶不上理查德·塞拉（Richard Serra），也赶不上塞拉的雕塑大气磅礴，占据城市要津。尽管在纽约曼哈顿游乐场有他的河马，达拉斯动物园有他的长颈鹿，圣路易斯街头有他的乌龟和蝴蝶，但这些雕塑只是一些动物小品。因此，他不是那种发了大财的雕塑家。每一个人有各自不同的生活追求，每一个艺术家也有各种不同的生活追求，各自所挣下的钱所花费的方向，便可以清楚地看出追求的不同方向。有人买下豪宅，有人买下美女，有人买官鬻爵……1983年，卡西里买下了这幢大楼，这里原来是一家制鞋公司。圣路易斯最早是靠贩卖毛皮起家而建的城市，当年因皮鞋制造业成为美国重镇。时代发展，皮鞋制造业沦落，工厂和公司门可罗雀，他以每平方米7.42美元的价格，很便宜买下这幢2.3万平方米的大楼。买下它，就是想把它改造成为一个公共空间。难能可贵的是，卡西里不像我们有些雕塑家和画家，腰缠万贯之后，想到的只是扩大自己的私人空间，企望的是别墅或以自己名字命名的美术馆之类。当然，这没有什么不对，只是和卡西里相比，艺术的空间和心灵的空间不同罢了。

第二章　等那一束光

一时卡西里没有想好把它变成一个什么样的公共空间。他希望别出心裁，这考验他的想象力。一直到1995年，他想好了建这个城市博物馆，他请来了20位和他志同道合的艺术家一起参与了这个博物馆的建设。他不是那种只出钱不出力的主儿，而是身体力行，事必躬亲。奋斗两年，1997年，城市博物馆开张，免费对公众开放。

有意思的是，从开放之始，博物馆并未完全建成，一直到现在，10层大楼只完工了4层。在大门之外，依然可以看到堆满各种建筑材料和从城市收集而来的废旧物品。一切都还处于现在进行时态。卡西里14岁开始迷上雕塑，常常逃学跟一位雕塑师学艺，后来他游学欧洲，我猜想他一定是受到了西班牙建筑艺术大师高迪的影响，高迪在巴塞罗那的神圣家族大教堂和居埃尔公园，建了100多年，还在建设之中。而且，我在一楼和二楼的餐厅里，看到座位和柱子都是用彩色瓷片和各种贝壳装贴而成的爬虫等动物图案，色彩极绚丽，和高迪的居埃尔公园里座椅和柱子那种古摩尔式的变种图案非常相似。可以看出卡西里的借鉴能力，帮助他完成他对城市的想象。在这里，他希望更多的人和他一起对这座他的故乡城市增添一些想象力，这种想象力，不是那种我们通常渴望的私人居住的建筑面积和使用面积，而是想象它返璞归真的童趣和美好，以及无限伸展的可能。所以，在这里，一切城市的废旧物品都被他点石成金，成为艺术。

卡西里说："到城市博物馆转转，让你引起求知的欲望，不是要求你知道它们背后的知识，而是让你惊讶，哦，太神奇了！

如果是神奇的东西，就值得保存下去。"他说得很朴素，这是他的审美观，也是他的价值观。

很遗憾，城市博物馆开张五年后，即2002年，开始收费了，每张门票12美元。这并非卡西里的愿望，实在是无力坚持。因为进行中的一切都需要钱。而且，2000年，卡西里收购了圣路易斯城北的一片混凝土工地，他想把那里改建成一个城市艺术的新的公共空间，为大众服务。可惜，2011年，他在那里开着推土机干活时摔下山，不幸身亡。

在城市博物馆，我在各个角落里寻找有关卡西里的介绍。按照我们惯常的思路，他出钱出力乃至付出生命寄托着他对这座城市的爱和梦想的地方，怎么也该有他的一点痕迹。最后，只是在一楼玻璃墙的一块玻璃砖上看到他的一张不大的照片，下面有两行小字，一行写着他的名字和生卒年月：1949—2011；一行写着：城市博物馆艺术总监。

2014年8月12日圣路易斯归来

第三章

手 扶 拖 拉 机 斯 基

你是否要去斯卡布罗镇

《斯镇之歌》，是我很喜欢的一首歌。这是一首老歌，如今，翻唱这首歌的人很多，在网上，尤其在抖音里，到处都是。好听的歌，可以不厌其烦地反复唱，反复听。不过，听这首歌最好听原文，哪怕听得似懂非懂甚至根本不懂，最好不要翻译成中文，听中文的歌词，味道全无，连旋律跟着一起变味走形。

我最喜欢听保罗·西蒙和莎拉·布莱曼唱这首歌。保罗·西蒙是原唱，最早听他唱的时候，还没有莎拉·布莱曼的版本。两个人的风格不同，保罗·西蒙是吟唱，地道的民谣唱法，木吉他伴奏恰到好处；莎拉·布莱曼是梦幻，唱得更为抒情，多少以美声改变了民谣风，电子乐伴奏相得益彰。

如果说保罗·西蒙像一幅画，莎拉·布莱曼则像一首诗。保罗·西蒙带我们回到从前，那个逝去的遥远的青春岁月；莎拉·布莱曼带我们飞进未来，一个不可知的想象世界。歌声好像两个人影，一个站在过去的树荫下，一个站在前面的月影中，都是朦朦胧胧，似是而非。

不知别人听后感觉如何，我听保罗·西蒙，这种细雨梦回的感觉更强。特别是唱的头一句——"你是否要去斯卡布罗镇"，语调极其平易，倾诉感极强，仿佛不是问别人是否要去，而是你

第三章　手扶拖拉机斯基

自己跃跃欲试，真的就要出发，有火车汽车马车或自行车，停在前面，正等着你。

我相信，每一个人，都有这样一个想要去的地方。

那个地方可以是斯镇，也可以是你自己想要去的任何地方。对于我，去的这个地方，很实在，触手可摸，感觉是在校园的甬道上，在北大荒的荒草地上，在刚返城那年白杨树萌发绿意的春天还没有建好的三环路上。那里真的有你想见的人，和想见的景和物。

听莎拉·布莱曼，没有这种感觉，而感觉是在朦胧的月夜，是在迷离的梦中，水波潋滟，人影幢幢，遥街灯火黄昏市，深巷帘笼玉女笙。

听莎拉·布莱曼，感觉一切不那么真实似的，像飘浮在云彩里；听保罗·西蒙却觉得实在，一脚踩在地上。因此，说实在的，两者都听，我更喜欢听保罗·西蒙。他更接近我内心的真实，和想象中的真实。仿佛他唱的是我心里的声音，以一种平易的方式，娓娓道来，蒙蒙细雨一般，打湿我的衣襟，渗透进我的心田。莎拉·布莱曼唱的更多像是我梦呓中的回音，遥远，缥缈，空旷幽深，吟罢欲沉江渚月，梦回初动寺楼钟。

相比较而言，莎拉·布莱曼的声音，像是经过处理的，犹如美容过后的容颜焕发，颗粒状爽朗，照射感明亮，穿透力极强；保罗·西蒙更接近人声的本色，有些柔弱，似喃喃自语。保罗·西蒙自己曾经说过："我的声音不是那种穿透力和震撼力的声音，我的声音听起来很软。"《斯镇之歌》作为一首老民谣，保

正是橙黄橘绿时

罗·西蒙的唱法更原汁原味，莎拉·布莱曼的唱法，则是民谣的窑变，让同样一首歌，变换成另一种风貌，而多姿多彩，风情万种。

《斯镇之歌》特别迷人之处，是四段歌词每一段都重复用了一连串的意象——"欧芹、鼠尾草、迷迭香和百里香"，反复吟唱，水流回环。每一次我听，都觉得像是在唱北大荒荒原上夏季里那一片五花草甸子，尽管没有鼠尾草、迷迭香和百里香这么多洋味儿的花草，那些乌拉草、苜蓿草、达紫香和野云英，也足可以与之媲美，和歌中要去斯镇问候的那位真挚恋人（a true love of mine），告诉她做一件亚麻衬衣、要她把石楠花扎成一束之类，一样地相衬适配。香草美人，是没有国界的，是世人所爱的。没错，在这首歌里，这些花草很重要，没有了这些花草，斯镇的姑娘就没有那么美好，亚麻衬衣和石楠花束就没有那么令人向往，这首歌也就平庸至极。

这些"欧芹、鼠尾草、迷迭香和百里香"，还不完全是我们诗歌传统里的比兴，而是这首歌的背景，是这首歌的命门。或许，就是这首歌的魅力所在。音乐和歌词——也就是诗，两者融合一起，化为了艺术，才能够在歌声流淌的瞬间，让我们感动，让我们回忆，让我们直抵曾经经历的地方，或现在向往的地方。也可以说，就是直抵我们的内心绵软的一隅。好的歌曲，应该这样，而不是词曲两张皮，词和曲不挨不靠，词可以任意修改，像一面时髦的旗子或一个百搭的挎包，能够披挂在任何的曲子里；曲子可以人尽可夫，随便配词，像一张包子皮，能够包裹任何一

第三章　手扶拖拉机斯基

种馅料，今天三鲜，明天牛肉大葱。

每一次听这首歌中唱到"欧芹、鼠尾草、迷迭香和百里香"时，总会让我想起北大荒的五花草甸子。有意思的是，草甸子上，没有我的什么恋人，也没有人能给我做的什么亚麻衬衣，和我要献给什么人的石楠花束，有的只是荒原，萋萋荒草，无边无际，随天风猎猎，直连到遥远的地平线。那时候，喊的口号是开垦荒原，向荒原进军，向荒原要粮！当然，那时，也还没有听过这首歌。那时候，我们听的唱的更多的是样板戏。

"欧芹、鼠尾草、迷迭香和百里香"！a true love of mine 和她亲手缝的亚麻衬衣、亲手打的石楠花束！一个时代有一个时代的歌，一个时代有一个时代的意象，一个时代有一个时代你曾经去过的和你梦想要去的地方。

2021年6月1日于北京

即使你没去过卡萨布兰卡

卡萨布兰卡，是一个地名，是一部电影的名字，也是一首歌曲的名字。可以说，是这部电影和这首歌曲，让这个地名出名。

如今视频发达，将电影里的镜头和歌曲混剪一起，不过倒是很搭。特别是英格丽·褒曼那忧郁深情的眼神，简直是歌手贝蒂·希金斯歌声最完美生动而形象的延伸，将听觉和视觉合二为一，交错迭现，水乳交融，那样温婉动人。

贝蒂·希金斯曾经来过中国，特别是听他和我国女歌手金池合唱的这首歌，更让我感动。乐团的打击乐减弱了些音量，贝蒂·希金斯唱得更加节制，副歌无歌词吟唱部分，金池唱得美轮美奂，最后一句两人天衣无缝、细致入微的和声，比原本贝蒂单人唱得更加美妙动听，韵味十足。

多年之前，我头一次听这首歌的时候，只记住了其中两句歌词。

一句是"难忘那一次次的亲吻，在卡萨布兰卡；但那一切成追忆，时过境迁"。

一句是"我没有去过卡萨布兰卡"。

这两句歌词镶嵌在同一首歌里，有些悖论的意思。这当然有贝蒂自己恋爱的经历和想象，但在我第一次听来，只是觉得没

第三章 手扶拖拉机斯基

有去过卡萨布兰卡,却在那里有一次次的亲吻,而且都还很是难忘。这怎么可能?

但是,生活中不可能的事情,在歌声里变成了可能。歌声包括一切艺术在内,可以有这样出神入化的神奇功能,产生这样的化学反应,帮助你逃离现实中不尽如人意的生活,而进入你想象的另一个世界。哪怕你只是在做想入非非的白日梦。于是,你没有去过卡萨布兰卡,却可以在那里有一次次的亲吻,而且比在北京上海还要刻骨铭心,很难忘怀。

时空的错位,现实中的幻觉,恰恰是回忆中的感情尤其是爱情的一种倒影,或者说是一种镜像。所谓时过境迁的感慨与想象,以及此情可待成追忆,只是当时已惘然的怀旧与伤感,才会由此而生。犹如水蒸发成气而后为云,又由云变为雨,纵使依然洒落你的肩头,清冽湿润如旧,却不再是当年的雨水。这便是与生活不尽相同或完全没有的艺术的魅力。艺术,从来不等同于生活。它只是生活升腾后的幻影,让你觉得还有一种比你眼前真实生活更美好,或更让你留恋、怀念和向往而值得过下去的生活。

很多时候,我们都会在心里突然萌生这样由时空错位而产生的幻觉和情感。这种幻觉和情感,帮助我们接近艺术,而让我单调苍白的生活变得有了一些色彩和滋味。我们会在看到某一个似曾相识的场景时候,忽然想起曾经走过或相爱过的地方,特别是曾经相爱的人已经天各一方,杳无音信,这种感觉更会如烟泛起,弥漫心头,惆怅不已。

记得我和女同学第一次偷偷地约会,是我读高一那年的春天，在靠近长安街正义路的街心花园。那里原来是一道御河，河水从天安门前的金水河迤逦淌来。这里是新中国成立后北京城建成的第一个街心公园，新栽的花木，一片绿意葱茏，清新而芬芳。特别是身边的黄色蔷薇，开得那样灿烂，我们就坐在蔷薇花丛旁，坐了那么久，天马行空，聊了很久，从下午一直到晚霞飘落，洒满蔷薇花丛。具体聊的什么内容，都已经忘记，但身边的那一丛黄蔷薇花，却总怒放在记忆里。

时过将近60年，前几天到天坛公园，在北门前看到一丛黄蔷薇正在怒放，忽然停住了脚步，望着那丛明黄如金的蔷薇，望了很久，一下子便想到了那年春天正义路街心花园的约会。"一切成追忆，时过境迁"，卡萨布兰卡的旋律，弥漫心头。

很多年以前，我第一次来到莫斯科，住下之后，迫不及待地先跑到红场，因为这是我青春时最向往的地方。已经是快晚上8点，红场上依然阳光灿烂，克里姆林宫那样明亮辉煌。不禁想起当年在北大荒插队时候写过的诗句：要把克里姆林宫的红灯重新点亮，要把红旗插遍世界的每一个地方！不觉哑然失笑。就像歌里唱过的一样："我没有去过卡萨布兰卡"，那时，我也没有去过克里姆林宫，却不妨碍我的一次次激情膨胀，梦想着登上克里姆林宫的宫顶，然后朝着沉沉黑暗的夜空，点亮它的每一盏红灯。

那一天。真的来到了莫斯科，一切那么陌生，又那么熟悉；一切似曾相识，又似是而非。一直到很晚，才看见夜幕缓缓在红场上垂落，克里姆林宫的红灯，才开始随着蹦上夜空的星星一

第三章　手扶拖拉机斯基

起闪烁。"一切成追忆，时过境迁"，卡萨布兰卡的旋律，弥漫心头。

很多回忆，不尽是亲吻；很多感情，不尽是美好。甜蜜也好，苦涩也罢；美好也好，痛苦也罢；自得也好，自责也罢。时过境迁之后，过去曾经发生过的一切，才会水落石出一般，清晰地显现。这时候的追忆，如果真的有了些许的价值，恐怕都是时空错位的幻觉和想象的结果。而这样的幻觉和想象，恰恰是艺术的作为。一部电影，一首歌曲，便超出它们自身，你和它们似是而非，它们却魂灵附身于你，为你遥远的记忆和远逝的情感点石成金，化作一幅画，一首诗，一支曼妙无比的歌。

即使你根本没有去过卡萨布兰卡。

2021 年 5 月 4 日于北京

手扶拖拉机斯基

张蔷这个歌手的名字,如今的年轻人,已经不大熟悉了。尽管 1986 年她曾经上过美国大名鼎鼎的《时代》周刊,唱片总销售量叹为观止地高达 3000 万张,恐怕在中国流行乐坛上是绝无仅有的奇迹。

在 20 世纪 80 年代,我爱听她的歌。那时候,她出了好多盘磁带。那个年月,还没有流行 CD,更谈不上抖音或手机下载音乐。那时候,她 17 岁,刚刚出道,磁带盒的封面上,一个圆圆脸膛儿的小姑娘,很可爱很清纯的样子。那时候,我的儿子还没有上小学,刚到懂得听歌的年龄。我们一起在音像店琳琅满目的磁带面前,记得很清楚,是在和平里。看得我们眼花缭乱,不知挑哪一个好,儿子指着她,问我怎么样?我问儿子:"就买这盘了吗?"儿子果断回答:"就买这盘。"于是,盲人摸象一般买下了它。拿回家放在录音机里一听,不错,我和儿子都很喜欢。

她唱的是那种迪斯科节奏和风味的摇滚,明快,清爽,听着挺新鲜,感觉挺年轻的。不过,她更多是翻唱别人的歌。《野百合也有春天》《潇洒地走》《月亮迪斯科》《拍手迪斯科》《你那会心的一笑》《轰隆隆的雷雨声》……她那略带沙哑嗓音却青春明澈的歌声,一直到现在都还感到很亲切,不少歌,到现在竟然我还

第三章　手扶拖拉机斯基

会唱。这是以后听流行歌曲从来没有过的奇迹。

那时候，我正在写作关于中学生的长篇小说《青春梦幻曲》，忍不住让小说里的主人公也喜欢上张蔷的歌，不止一个地方，在小说里让她唱起了张蔷的歌。有意思的是，有读者读完我的小说，特意去找张蔷的磁带听。

我觉得张蔷特别适合孩子听，适合孩子唱。她的歌，很清纯，很青春，很开朗向上，清澈透明如同露珠儿，沁人心脾，又有那么一点亮色，即使还有那么一点淡淡的忧愁和烦恼，不过也是快乐的和幸福的。和后来的小虎队相比，她多了一点忧郁和厚度；和再后来一些的花儿乐团相比，她多了一点自然和亲切。和那时与她年龄相仿的程琳相比，她多了一点亲近和天真，像是一个容易说出心里话的孩子。如果和电影影星相比，她比那时的山口百惠还要年轻，比现在的周冬雨多一点儿俏皮和可爱，少了一点儿沧桑和曲折。

后来，有很长一段时间，听不到她的歌，她销声匿迹了。有人说她出国了。一直到2008年，她终于又露面了，在北京举办了"80.08"的个唱音乐会。不过，重新听张蔷的歌，已经看山不是山，看水不是水，融入了主观的情感和印象。重新听张蔷的歌，其实是在倾听自己的记忆，只不过她歌中的青春和自己的青春叠印在了一起，她的歌声中顽固流淌着过去的那些日子的光和影，落霞与孤鹜齐飞，秋水共长天一色。而在2008年听她的歌，找不到以前的感觉了，一切时过境迁，歌声显得那么缥缈，似是而非。花无百日红吧，谁也不可能风光无限，独占歌坛永久。

正是橙黄橘绿时

自2008年至今，已经又过去了13年。前两天，偶然间听到张蔷唱的一曲新歌，名字叫作《手扶拖拉机斯基》。没有想到这么多年过去了，她还在唱，她还能唱，而且唱的不是老掉牙的老歌，而是让人耳目一新的新歌。对比年轻的摇滚歌手，她真的算是前辈了，宝刀不老，重整旗鼓，实属不易。

关键是这首歌，她唱得实在不错。曲风还是迪斯科的老旋律，歌词颇具谐谑乱搭混搭的风格，杂糅着年轻人的调侃和她这样年龄的人的感慨，而非一般常听到的小情小调。记得零星的几句词：在这莫斯科郊外的夜晚，听不到那崇高的誓言……加加林的火箭还在太空，托尔斯泰的安娜卡特琳娜，卡宾斯基柴可夫斯基，卡车司机出租司机拖拉机司机……曾经英俊的少年，他的年华已不再……由一个偶然冒出来的拖拉机司机，带出这样糖葫芦一串串的各种斯基，让她唱得动感十足，异常年轻，根本想象不出她已经是一个五十开外的人了。

不知怎么搞的，她唱的这首歌，让我突然想起莫斯科的一位老朋友。1986年的夏天，我去莫斯科结识的尼克莱。他年龄和我一般大，黑海人，列宁格勒大学（现在的圣彼得堡大学）毕业，学的就是汉语专业，毕业后先在电台工作，后调到杂志社。他说一口流利的汉语，让我们之间的交流非常顺畅，从而一见如故。他非常好客，在我离开莫斯科的前一天晚上，邀请我到他家做客。那个夏天的夜晚回来的时候，尼克莱怕我不认识路，又陪我走出他家，走在莫斯科郊外寂静的街上，走到地铁站去坐地铁，一直把我送回到我住的俄罗斯饭店。

第三章　手扶拖拉机斯基

　　岁月如流，人生如梦，一晃，30多年过去了，尼克莱和我一样已经年过七旬。加加林的火箭还在太空，曾经英俊的少年，他的年华已不再……张蔷这歌唱的！从托尔斯泰、柴可夫斯基一直唱到尼克莱，我自己，还有她自己！

　　　　　2021年6月16日端午后两日北京细雨中

当你穷困潦倒的时候

到纽约，我在格林尼治很想找到一个名叫"问号瓦"的酒吧。我是在鲍伯·迪伦的自传里，知道了这个名字。这是一个古怪的店名。由于人生地不熟，时间又匆忙，可惜，我没有找到。

鲍伯·迪伦曾经住在这间酒吧的地下室里。

像许多不安分的年轻人一样，鲍伯·迪伦离开家乡北明尼苏达的梅萨比矿山，来到纽约，开始就住在这里。这是一间肮脏而潮湿的屋子。那是他20岁的寒冷的冬天。年轻的时候，谁都有过一些寒气逼人的日子的。在楼上酒吧里，他用口琴为人家伴奏谋生，过着朝不保夕的日子。就像现在那些居住在我们北京郊区农民房子里或蜷缩在城里楼房地下室里的"北漂一族"一样，让心目中音乐的理想之花，开放在一片近乎无望的阴暗潮湿和寒冷之中。

有一天，鲍伯·迪伦忽然看见范·容克（Dave Van Ronk），披着一身雪花突然走进"问号瓦"酒吧。他是"煤气灯"酒吧的歌手。同样都是在酒吧唱歌的，却不可同日而语，酒吧的名气不一样，在于酒吧的歌手名气不同，范·容克可是位著名歌手，属于大腕。而在当时，鲍伯·迪伦还是个无名小卒。他极其崇拜范·容克，在来纽约之前，他就听过范·容克的唱片，而且像

第三章　手扶拖拉机斯基

现在我们很多模仿秀的歌手一样，对着唱片一小节一小节地模仿过他的演唱。鲍伯·迪伦曾经这样形容范·容克："他时而咆哮，时而低吟，把布鲁斯变成民谣，又把民谣变成布鲁斯。我喜欢他的风格。他就是这个城市的体现。在格林尼治村，范·容克是马路之王，这里的最高统治者。"

人高马大的范·容克意外而突然出现在"问号瓦"酒吧，让鲍伯·迪伦异常地惊异和激动，一时不知该如何是好，只是远远地站在一边看着范·容克。他看见范·容克抖落身上的雪花，摘下手套，指着挂在墙上的一把吉布森吉他要看。酒吧里的人立刻把吉他取下来给他看，就在他看完并拨弄几下琴弦之后，显得不大满意转身要走的时候，鲍伯·迪伦鼓足了勇气，一步上前，"把手按在吉他上，同时问他如果要去'煤气灯'工作，该找谁。……范·容克好奇地看着我，傲慢，没好气地问我做不做门房。我告诉他，不，我不做而且他可以死了这条心，但我可不可以为他演奏点什么。"

这一段描写，是功成名就之后鲍伯·迪伦在自传里写的话。足见那时他的自信，而非事后的修饰或改写。

他们就这样认识了。他的自信，让范·容克留了下来，听听这个愣头青要演奏些什么。那天，鲍伯·迪伦为范·容克演奏了一曲《当你穷困潦倒的时候没人认识你》。这曲子选得非常有意思，颇具象征意味。它既像一种自嘲，也像一种暗示，甚至是挑战，充满弦外之音。不知是他有意地选取，还是无意中的巧合，随意中抛出的一枝邀宠的橄榄枝，或是心存挑战的带刺的玫瑰？

在鲍伯·迪伦的自传里，没有写。

范·容克听完这支曲子之后，面无表情，没有说什么。但是，从范·容克的眼神里，他已经听见范·容克在对他说，小伙子，当你穷困潦倒的时候，不是没人认识你！

鲍伯·迪伦便从"问号瓦"走到了"煤气灯"，开始了和范·容克一起演唱的生涯。他每周可以有60美金的薪水进账，这是他来纽约之后第一次有了相对稳定的收入。这个坐落在麦克道格街上在20世纪50年代首屈一指的酒吧，将带着他改变命运。

第一天晚上，鲍伯·迪伦去那里演唱，在走向"煤气灯"的半路上，他在布鲁克街一个叫米尔斯的酒馆前停了下来，走进去先喝了点儿酒，镇定一下自己的情绪。他毕竟有些激动。对于一个刚刚20岁的年轻人，面对即将到来的命运转折，激动是可以理解的，不可避免的。

但是，想一想，这样命运的转折，仅仅是范·容克给予他的吗？如果命运中没有范·容克出现呢？或者命运中根本就没有范·容克这个人呢？又会怎样呢？鲍伯·迪伦命中注定就要在"问号瓦"寂寂无名地待上一辈子吗？换句话说，如果仅仅有范·容克这么一个大腕出现，而鲍伯·迪伦没有年轻时才会有的勇气、自信和勇敢的漂泊闯荡，他还是蜗居在家乡北明尼苏达的梅萨比矿山里，能够有这样命运的转折吗？更进一步说，如果鲍伯·迪伦没有在底层的学习磨炼，包括对着范·容克唱片一小节一小节地仔细而刻苦的模仿，在艰苦的环境和条件下，锤炼下了自己的实力,能够有这样命运的转折吗?

如果说勇气和自信是一只翅膀,刻苦的学习磨炼和长时间的坚持积累,又是一只翅膀,才可以让命运如鸟而并非如蚊蝇一样盲目地飞撞,才可以在你穷困潦倒的时候、在不期之遇中得以振翅飞翔,曾经付出的一切痛苦和磨难,才会将丛生的荆棘最后编织成鲜花的花环。

"出了米尔斯酒馆,外面的温度大概是零下10摄氏度。我呼出的气都要在空气中冻住了。但我一点也不觉得冷。我向那迷人的灯光走去……我走了很长的路到这里,从最底层的地方开始。但现在是命运显现出来的时候了。我觉得它正看着我,而不是别人。"鲍伯·迪伦在自传中这样说。这里说的"走了很长的路"和"从最底层的地方开始",并不仅仅指从"问号瓦"走到了"煤气灯"这一段路,而是人生中更长也是必须走的一段路。帮助鲍伯·迪伦走好这段路,我以为就是命运这只大鸟锤炼他的那一对翅膀,才能够让他走好这一段路。而且,比起一般人如我们,他不是走,而是最终飞翔过这一段路。

在纽约,在格林尼治,我没有找到"问号瓦"的酒吧。我找到了鲍伯·迪伦——年轻时的鲍伯·迪伦,还有年轻时的我自己。

2021年6月25日改毕于北京雨中

听民谣小札

在流行音乐中，我喜欢听民谣。一个人，一把吉他，就那样简单得不能再简单地吟唱。单纯的歌声，单纯的吉他，没有什么杂音，没有什么杂念，有些慵懒，甚至有些信马由缰、散漫无章，一任水从罐子里淌出，流湿了一地，甚至濡湿了自己的脚，还是那样唱着，弹着。歌声有些单调，反复着一种至死不渝的旋律；吉他有些醉意似的，晃晃悠悠着声音，炊烟一样袅袅飘荡在空中；眼睛望着远方，焦点却不知散落在哪里，一片迷茫，如同眼前的草地里的草在风中和阳光中疯长，摇曳的草叶间翻转着一闪即逝的微弱的光斑。

而且，民谣歌手，没有眼下一些歌手选秀大赛中的浮华之风；没有那种比赛着恨天怨地的大幅度动作；没有那鲜亮的服装，夸张的服饰；没有那些龙腾虎跃，搔首弄姿；没有那些大飙高音，甚至海豚音，似乎唱歌就得像卖东西，谁吆喝得嗓门儿高谁的就好。无论歌手，还是听众，似乎已经不会静静地，好好地唱歌，好好地听歌。朴素的装束，朴素的声音，和朴素的唱风，一起在沦落。

只有民谣歌手，如莲出清水，如月开朗天，吹来一缕难得的凉爽清风。民谣歌手，让人听着舒服，看着舒服，让人觉得，在

第三章 手扶拖拉机斯基

这个越来越喧嚣浮华奢靡的世界，朴素，喃喃自语般的声音，即使微弱，还是需要的。

民谣不是民歌，尽管它们拥有民歌的元素。民歌，是历史遥远的回声；民谣则是对民歌的借尸还魂——当然，这只是比喻，民谣的生命力旺盛，一直活力四射于今天。只不过是想说，民谣更多的是介入现实的生活之中，带有今天的地气和烟火气。

最近一些年，听我们国内的民谣不多，但我喜欢并敬重那些坚持民谣吟唱的歌手。在市场和手机视频音频的双重冲击下，在电视台歌手选秀节目的名利诱惑下，还能够坚持并以坚韧的创作力艰难生存的这种民谣歌手，已经被淘洗得所剩不多，他们的生存状态以及衍生的创作生态，都极其不容易。唯其不易，才让我越发地珍重。

在这些民谣歌手中，朴树和赵雷，是我很喜欢的两位。

偶尔听到赵雷的《成都》，很喜欢他那种漫不经心的低声吟唱，觉得那歌声的旋律简单不造作，是从心底里自然而有节制地流淌而出，词曲咬合得自然熨帖，吉他的伴奏也不炫技地喧宾夺主，而和歌声肌肤相亲，水乳交融，是地道的民谣。他的歌词也极其朴素，大白话中道出真情，流露出庸常生活中那一点难得的诗意，朴素而情真，而不是那种花式的满口玲珑。"和我在成都的街头走一走，直到所有的灯都熄灭了也不停留；你挽着我的衣袖，我把手揣进裤兜；走过玉林路的尽头，坐在小酒馆的门口……"尽管吟唱的还是年轻人的情思与生活的丝丝缕缕，却在寻常街景情态中能捕捉到况味人生的动人之处，让人可以会心会意。

朴树的《清白之年》，我更加喜欢，更让我感动，它的曲风和歌词，都清澈如一潭绿水，却能静水流深，映彻云光天色。歌里唱道："我情窦还不开，你的衬衣如雪。盼望着白杨树叶落下，眼睛不眨；心里像有一些话，我们先不讲，等待着那将要盛装出场的未来。"写得不错，唱得更好。尤其是"盛装出场的未来"那一句，透露出朴树的才华。那是一种美好的向往，或者是一个憧憬和梦想。这个"盛装出场的未来"，只有青春时节衬衣如雪，只有白杨树叶纷纷落下，才和它遥相呼应，背景吻合，将写意的心情和线性的时间叠印交织，它才会不时地隐约出现，如惊鸿一瞥，魅惑诱人；如青蛇屈曲随身，又咬噬在心。

当然，如果这首歌唱的只是这些，尽管有一个"盛装出场的未来"句子，也只是一道漂亮的彩虹，会瞬间消逝。幸亏它还有下面的歌唱："数不清的流年，似是而非的脸，把你的故事对我讲，就让我笑出泪光。""就让我笑出泪光"，不算是朴树的水平，但老眼厌看南北路，流年暗换往来人，看过那些似是而非的脸之后，还愿意倾听"你的故事"，一丝未散的温情之中，多了几许无言的沧桑。

接下来，他唱道："是不是生活太艰难，还是活色生香，我们都遍体鳞伤，也慢慢坏了心肠。"舒缓而轻柔的吟唱之中，唱得真是痛彻心扉。在我们司空见惯的怀旧风里，蓦然高峰坠石，即使没有砸到我们，也会让我们惊吓一阵。这句词是崔健在《新鲜摇滚》里唱的"你的激情已经过去，你已经不是那么单纯"的

第三章 手扶拖拉机斯基

变奏,比崔健唱得更加锐利——不再单纯,和坏了心肠,两者悬殊,朱碧变易,一步跨过了一条多么宽阔的河,分野出前浪与后浪。这是这首歌的核儿,一枚能够扎进我们心里的刺,看谁敢正视,看谁又敢拔出。

《清白之年》,在这里才显示出题目之中"清白"二字的尖锐意义。有了这句歌词,让这首歌变得不那么千篇一律地庸常。相比赵雷的《成都》,显然从街的尽头而更上层楼。只是结尾收的太稀松平常:"时光迟暮不再,一生不再来。"但收尾的笛子吹得余音袅袅,替他弥补了许多。

尽管如朴树赵雷这样的歌手依然顽强不歇,却掩盖不住如今的民谣无可奈何沦落的现实。这让我很是惋惜。除了客观世界的残酷现实,民谣歌手自身存在的问题,其实也是值得躬身思味的。在我听民谣浅显的历史看来,起码有这样几点,显示了民谣自身的先天不足。

一是题材局限,格局不大。缅怀青春,男欢女爱,风花雪月的过多,而且,即使这样常见也是为众人所喜爱的题材,如朴树和赵雷这样能将之唱出味道的歌手,也不多见。我们的民谣,除了周云蓬在《中国孩子》中,对当年克拉玛依大火中丧生的孩子唱出过沉重的声音,很少见对现实果敢的介入,表达对现实的态度,对世界的发言,而大多躲在南山南,或北海北。我们更愿意沉湎于大理的风花雪月里。

所以,我们难以出现如鲍伯·迪伦一样的民谣歌手,更不会如鲍伯·迪伦一样能够从20世纪60年代,坚持唱到现如今整整

147

半个多世纪。同其他流行音乐相比，民谣不属于年轻的专利，它可以寿命长久，鲍伯·迪伦就是例子，更是榜样。

在鲍伯·迪伦最鼎盛的20世纪的60年代，他敏锐地感知着60年代的每一根神经，面对60年代所发生的这一切，他都用他嘶哑的嗓音唱出了对于这个世界理性批判的态度和情怀：1961年，他唱出了《答案在风中飘》和《大雨将至》，那是民权和反战的战歌；1962年，他唱出了《战争的主人》，那是针对古巴的导弹基地和核裁军的正义的发言；1963年，他唱出了《上帝在我们这一边》，那是一首反战的圣歌；1965年，他唱出了《像滚石一样》，那是在动荡的年代里漂泊无根、无家可归的一代人的命名……

在60年代，他还唱过一首叫作《他是我的一个朋友》的歌。他是在芝加哥的街上，从一个叫作艾瓦拉·格雷的盲人歌手学来的，他只是稍稍进行了改编。那是一首原名叫作《矮子乔治》流行于美国南方监狱里的歌。这首歌是为了纪念黑人乔治的，乔治仅仅因为偷了70美金就被抓进监狱，在监狱里，他写了许多针砭时弊的书信，惹恼了当局，竟被看守活活打死。鲍伯·迪伦愤怒而深情地把这首歌唱出了新的意义，他曾经一次以简单的木吉他伴奏清唱这首歌，一次用女声合唱做背景重新演绎，两次唱得都是那样情深意长感人肺腑。他是以深切的同情和呼喊民主自由和平的姿态，抨击着弥漫着60年代的种种强权、战争、种族歧视所造成的黑暗和腐朽。

60年代，他还唱过一首更为众人所知的有名的歌《答案在风

第三章 手扶拖拉机斯基

中飘》:"一个男人要走多少路,才能被称为男人;一只白鸽要飞越多少海洋,才能够在沙漠入眠;炮弹还要发多少次,才会被永远禁止……"对这个动荡强悍的世界,鲍伯·迪伦这样发自思想深处的天问的歌词,穿越半个多世纪,依然唱响在今天。

我们从鲍伯·迪伦那里学会了从木吉他改用电吉他,却始终还是没有寻找到民谣力量存在的真正答案,而让我们的民谣还是在风中飘。我们不再像滚石一样了,不再重返61号公路了,我们只是站在午夜成都的街头,看着所有的灯都熄灭了,看着人群熙熙攘攘却过尽千帆皆不是,而只能走到街的尽头,坐在小酒馆的门口。

二是文学性欠缺,歌词太水。这样的先天不足,即使是这两年传唱不错的一些民谣,也常常存在。《董小姐》中,"爱上一匹野马,可我的家里没有草原"。《南山南》中,"他不再和谁谈论相逢的孤岛,因为心里早已荒无人烟"。都显得有些作文的痕迹。不说"野马"和"草原","孤岛"和"荒无人烟"的比喻并不新鲜,就是这两首不同的歌中的这两句歌词的句式,都是悖论式的转折,竟那样相同,便可以看出我们的民谣缺乏文学的积累和训练,而显得有些捉襟见肘。

《奇妙能力歌》的歌词,写得要干净爽朗,一唱三叠,韵味十足。只是,"我看过沙漠下暴雨,看过大海亲吻鲨鱼,看过黄昏追逐黎明——没看过你",每一叠里,这样的重复吟唱的句式,运用的依然是悖论式的转折。

《理想三旬》的歌词:"时光匆匆独白,将颠沛磨成卡带;已

149

枯卷的情怀，踏碎成年代……"词句精心构制，多重比喻意象叠加，却显得作的痕迹刻意而明显。只要和朴树的《清白之年》相比，便可以看出差异。《清白之年》中的白杨和白衬衣，也是意象，比"卡带"和"独白"要自然贴切得多。《清白之年》也抒发了"未来"这样的年代感，但"盛装出场"的比喻，要比"磨成"和"踏碎"形象动人；同样寄托着情怀，却将情怀抒发得不那么直白。

其实，现代诗中有不少是民谣风的，特别是一些打工者紧密贴近现实与心境的诗中，极其适合改编成民谣的，但我们的民谣歌手不是对其视而不见，就是根本没有看到。我们的民谣歌手，需要和诗人结盟，借水行船，而不能止步于浅表层的口语化的甚至是口水化乃至犬儒化的表达。

美国前辈民谣歌手伍迪·格思里，他曾经是鲍伯·迪伦崇拜的老师。在他的经典民谣《说唱纽约》中，有这样两句歌词，让我很是难忘，一句是"我吹起口琴，吹得撕心裂肺，只为每天得个一块钱"，一句是"很多人餐桌上的食物不多，他们却拥有很多刀叉"。前一句，在写实的平易中，集中撕心裂肺的那一点上，道出吹琴者的心酸。后一句，在写意的对比中，让歌词溢出生活之外，给我们一些社会与人生的遐想和反思。我们缺少如伍迪·格思里这样的文学素养，便缺乏这样生活的提炼，将司空见惯的生活感受化为诗和哲思，便容易满足于生活的琐碎，以为卤煮和杂碎汤就是北京小吃的化身，以为琐碎就是民谣的精髓，再找一点儿花花草草和大而无当的形容词的点缀，和心情感情碎片涟漪的荡漾，便以为是诗一样的歌词。我们满足于小打小闹。

三是风格单调，缺少对民歌的学习和借鉴。阿兰·鲍尔德在他的《民谣》一书中说："真正的民谣是一种口头现象，是依靠保存在不依靠文字的民众口舌之间的一种叙事歌。"也就是说，民间口头传唱的歌，更具有草根性，也是民谣最重要的特点和源泉之一。前些年，有一位民谣歌手叫苏阳，他的民谣典型学习的是宁夏花儿小调。这种花儿小调，便是"不依靠文字的民众口舌之间的一种叙事歌"。浅吟低唱中，像在一杯清凉的井水中又加上了棱角分明的冰块，越发地透心凉的感觉，清洌，而爽朗，犹如西北辽阔田野上空那一直能够连接着地平线的莽莽长天，风格格外明显动人。

听苏阳的《贤良》中的那鼓声，听《劳动与爱情》中那板胡，虽然只是点缀，真的听得让人心动，有种想哭的感觉。这是只有西北的音乐元素，苍凉，粗放，随意，漫不经心，赤裸着脊梁，晒黑了脸庞，云一样四处流浪，风一样无遮无拦，草一样无拘无束，紫外线一样，刺青一般暗暗地刺进你的肤色之中。

这两首民谣，《劳动与爱情》唱的是农民工："太阳出来照街上，街上走着一个吊儿郎，卷起铺盖我盖起这楼，楼高十层我住在地上。东到平罗麦子香，西到银川花儿漂亮，人说那蜜蜂最勤劳，我比那蜜蜂更繁忙……"特别是那句"卷起铺盖我盖起这楼，楼高十层我住在地上"听得让我感动，虽然只是楼和人浅显的对比，但无奈的辛酸，残酷的现实，唱得那样朴素而真切。

《贤良》唱的是三娘教子一类事，却将传统的唱法反串成现实的寓言:"一学那贤良的王二姐,二学那开磨坊的李三娘。王二姐月光下站街旁,李三娘开的是个红磨坊,两块布子做的是花衣裳……"这种一唱三叠的方法,明显是民谣的影子甚至翻版,只不过,再不是当年的三娘断机织布,教子学业有成成才成人,而是让孩子去站街叫卖皮肉生意。每段后面都有一段副歌,唱的是"你是世上的奇女(男)子呀,我就是那地上的拉拉缨。我要给你那新鲜的花儿,你让我闻到了刺骨的香味儿"。如此刺鼻刺骨,我们以为的"堕落",他们的父母却认为是一种"贤良"。

这两首歌明显都直接借鉴了民间说唱的样式,宁夏花儿小调的曲风非常浓郁、地道。可惜,如今,苏阳不见了,这样认真而有意识向民歌学习的民谣也少见了。

其实,我们国家多民族,拥有多少不同民族风格的美妙的民间小调呀,我们的音乐里以前并不缺少这样的民谣小调,周旋唱的《四季歌》等那些歌,刘天华拉的《二泉映月》那样的二胡曲,王洛宾改编的那些新疆民歌,应该都属于那样的小调,至于陕北信天游里的酸曲,内蒙古的长调短调,还有青海的花儿,东北的二人转,其中不少都是这样的小调。可是,在民谣中,我们现在已经不怎么能够听得见了。

苏阳的歌里,曾经有这样的几句歌词:"我要带你去我的家乡,那里有很多人活着和你一样,那里的鲜花开在粪土之上,像草一样,像草一样。"我非常喜欢这句歌词,谈到民歌,就像"鲜花开在粪土之上"一样,民间或来自底层的民歌,似乎有一种更粗野、更直露的美学,或民间逻辑,而这正是矫情乔装之后的民谣中所少有的，甚至是没有的，或者说是再怎样模仿也学不到的。没有在粪一样的环境中磨砺过的人，是不会真的知道粪土里面也能长出花来的。现在我们的一些民谣里，不少是一种城市精英或流浪的小布尔乔亚假想出的事不关己式的民间，是移植到南山或鼓楼的似是而非的桃花源。这样会让我们的民谣渐渐地不再姓"民"，而只成为一种自拉自弹的吟唱，是蘑菇池里游泳而非宽阔一些水域中的驰骋，便也就渐渐地失去了自己的根基。

尽管民谣有如此的不足，我还是愿意听民谣。我相信每一个人的心里都会有属于自己的音乐，在一个特定的时刻和音乐家的演奏或演唱他乡遇故知一般地相契合。音乐是个奇妙的东西，只要你的心中有它，它就一定能够在你的心中回荡起来，即使一时没有回荡起来，必定有一种旋律在远方等待着你，和你心中的向往遥相呼应，就像树上的叶子，有远方的微风吹来，即使你还没有感到叶子在动，其实叶子已经感受到风的气息了。民谣，就是我向往的那种远方的微风，轻轻地拂来，带来远方雨的湿润和草的芬芳，以及地平线上地气氤氲的蠢蠢欲动。我渴望听到它，听到新鲜的它，蓬勃发展的它。

2020 年 5 月 5 日写于北京

青春致幻剂

《加州旅店》，是美国老牌"老鹰"乐团的一首有名的老歌，仅此《加州旅店》这一张专辑，就卖出了1100万张这样惊人的数字。歌中唱的是一个驾车行驶在高速公路上的人，被引到加州旅店，他不知道那其实是一家黑店，他在里面尽情地跳舞饮酒，最后发现自己已无法脱身。歌中最后唱道："你任何时候都可以付账，但你永远无法离去。"这家加州旅店，是象征？是写实？如果不是那一代和美国70年代历史息息相关的人，便很难理解这些空洞乏味而显得颓废的歌词，居然在20多年之后"老鹰"乐团复出也能够使他们如此疯狂。就像我们现在的假货盛行、房价飞涨，下一代很难理解一样，只可惜我们没有这样类似《加州旅店》的歌流行。

听《加州旅店》这样的老歌，就像看那个年代遗留下来的老照片，在我们看来颜色已退，面目凋零，但对于和那段历史荣辱与共的一代人来说，却是踩上尾巴头就会动的啊。这首似乎有些老掉牙的老歌，给美国这一代人端起了怀旧的最好的酒杯。

这种情景，很像如今我们的歌迷听邓丽君、听罗大佑、听蔡琴、听崔健时，那种我们中国特有的怀旧感情和感觉。事过境迁之后，歌词都只是次要的，即使忘记都没有什么关系，只要那熟

第三章 手扶拖拉机斯基

悉的旋律蓦然间响起，就能够听得出来那过去了的生活，再遥远也立刻近在咫尺；或者说一想起那过去的生活，耳边便总能不由自主地响起与之对应的那熟悉的旋律，一下子把许多想说的话都在音乐中淋漓尽致地体现出来了。音乐成了那段历史的一个别致的饰物，即使许久未见，只要看见它，立刻他乡遇故知一样，引起无限青春岁月的回忆。音乐的引子只要一响起，便如泄洪堤坝拉开闸门一样，无法遏止，开了头，就没了个头。音乐的作用有时就是这样奇特。

1973年，"老鹰"乐团出版这张《加州旅店》唱盘的时候，我在北大荒插队，在那一年的秋天割豆子，一人一条垄，一条垄八里长，从清早一直割到天黑，结了霜带着冰碴儿的豆荚，把戴着手套的手割破，一片齐刷刷的豆子前仆后继还在前面站着。这样的日子，就像长长的田垄一样没有尽头，希望消失在夜雾笼罩的冰冷的豆地里。

我现在在想，那时属于我们的音乐是什么？在北大荒漫无边涯秋霜封冻的豆地里，什么样的音乐如同"老鹰"的歌一样伴随着我呢？

我仔细想了想，有这样三部分的音乐在那时伴随着我们这样一代人：一是在知青中流传的自己编的歌，一是苏联那些老歌，再有便是样板戏。真是这样，在收工的甩手无边的田野里，在冬夜漫长的炕头上，在松花江黑龙江畔开江时潮湿的晨风里，在白桦林柞树林的树林里，在达紫香和野百合开花的田野里……有多少时候就是那样情不自禁地唱起了这些歌，有时唱得那样豪放，有时唱得那样悲伤,有时唱得那样凄凉。记得有一次到完达山的老林子里伐木,住在帐篷里的人,收工之后,夜里躺在松木板搭的床铺上,睡不着觉,齐声唱起了苏联的老歌,一首接一首,唱着唱着,竟然全帐篷里的人没来由地都哭了起来,哭声越来越大,以至响彻了整个黑夜。

在有人类的历史中,没有文字甚至没有语言时就先有了音乐,音乐是历史的一块活化石,是即使我们说不出也道不明的历史最为生动的表情或潜台词。明白了这一点,也就明白了,前些年在北京的舞台上,上演一出由浩亮、刘长瑜、袁世海等原班人马出演的现代京戏《红灯记》时,为什么那么多人为之兴奋雀跃,竟然和"老鹰"乐团复出一般遥相呼应,不分中外地雷同。熟悉的旋律,熟悉的戏词,乃至熟悉的一招一式,都会唤起那一代人共同的集体回忆。《红灯记》的内容已不是什么主要的了,样板戏和我们知青自己编的歌,以及那些苏联的老歌所起的作用,在这时的作用是一样的,只是作为一种象征,作为载我们溯流回到以往岁月的一条船。它们能够让时光重现,让逝去的一切尤其是青春的岁月复活,童话般重新绽开缤纷的花朵。不知道别人听到它时想到什么,我在听到它时就会忍不住想起那时的待业和割豆子,在特殊的音乐的荡漾中荡漾起一代人那无情逝去的青春泡沫。

每一个时代会有每一个时代的音乐,这个时代的音乐就成了这一代人的精神饮品,在当时和以后回忆口渴时饮用。便也成为这一代人心头烙印上的钙化点或疤痕,成为这一代人抹不去记忆里一种带有声音图案的标本，注释着那一段属于他们的历史。就像一枚海星、海葵或夜光荧螺，虽然已经离开大海甚至沙滩，却依然回响着海的潮起潮涌的呼啸。当然，有时候，音乐就是这样成了我们的一种青春致幻剂。

2016 年 11 月 6 日写毕于北京

昨日重现

《昨日重现》是一首老歌。我第一次听，是20多年前，卡朋特唱的，朴素真诚，没有花里胡哨，唱得很幽婉动听，倾诉感和怀旧感很强。那歌词即使不能完全听懂并记牢，但那一句"yesterday once more"，如丝似缕，却总也忘不了。

这一次，朋友发来视频，配放这首歌的画面，是黑白片的老电影，里面出现了《罗马假日》的赫本，和《魂断蓝桥》的费雯丽。选得真的是好，如果选彩色电影，还会有这样的效果吗？赫本和费雯丽是这首歌深沉的两个声部，她们的出现，让歌词"yesterday once more"从旋律中飞出，变成了动人的画面。

在这两部老电影中，赫本的清纯，费雯丽的忧郁，让人感动。想起第一次看《魂断蓝桥》，是刚刚粉碎"四人帮"的时候，电影是在体育馆里放映的，费雯丽迎着车灯光迷离走去，很多人都在暗暗落泪，我也一样，觉得费雯丽是那样让人难忘。前年，去美国的飞机上，电视里可以选择的电影很多，我选择了老电影《罗马假日》，赫本让我想起自己年轻的时候，青春期再如何迷茫与蹉跎，也是美好的，赫本就是青春的一种象征。

出演《罗马假日》时，赫本才23岁，那实在是一个令人怀念的年龄。费雯丽演《魂断蓝桥》时27岁，却已经经历生离死

第三章 手扶拖拉机斯基

别。23岁时,我在北大荒;27岁时,我刚回北京,在郊区一所中学里教书。那时候,父亲突发脑出血去世,家中只剩下老母亲一人,我只好和青春恋人在北大荒春雪飘飞的荒原上离别。我没有赫本如此美妙的罗马假日,却有着和费雯丽一样的生离死别。

那时候的电影,真的是那样叫人难忘;那时候的演员,真的是那样叫人迷恋。日后好莱坞的明星也出了不少,却总觉得没有那个时期的明星让人信任。特别是女演员,如赫本和费雯丽,她们所表演出来的清纯和真情,让人觉得就是生活中的真实,在她们青春洋溢的脸上,看不到一点的风尘、脂粉与沧桑。而我们如今的影视屏幕上那些女演员,能找到哪位是赫本和费雯丽一样的清纯与真情呢?她们的脸上,让我看到更多的是风尘、脂粉和久经沧海难为水的沧桑,以及徐娘半老偏要扮嫩的从心灵到肉体的一体化的虚假。

同样,如今我们也缺少如《昨日重现》这样真情自然倾诉的歌声。尽管我们的晚会上载歌载舞的大歌很多,尽管我们的电视中真人选秀的歌手很多,吼叫着比试嗓门,像书法里比试怪写法一样,比试着怪唱法的很多,却很难听这样和赫本与费雯丽一样清澈纯情的歌声。我们那些陕北信天游里的酸曲,内蒙古的长调短调,还有青海的花儿,都不知道跑到哪儿去了。我们缺少这样自我吟唱式的歌唱,是因为我们已经缺少了这样朴素的表达方式。从历史的原因来说,和我们社会曾经长期处于假大空的状态有着明里暗里的关系,或是无奈的藕断丝连,或惯性的轻车熟路。从现实的原因来看,流行文化和消费文化致命到骨髓的影响，我们更愿意九百九十九朵玫瑰式的和爱你一千年一万年不变的感情奢靡和空泛的抒发。朴素的表达方式便这样理所当然地被抛弃，真诚便这样轻而易举地被阉割。难以找到《昨日重现》，难以找到赫本与费雯丽，便是理所当然毫不奇怪的了。

红颜薄命，赫本只活到 64 岁，费雯丽更短，只活到 57 岁。她们创作的《罗马假日》和《魂断蓝桥》，让她们始终定格在青春时清纯的模样。

卡朋特死得更早，只活到了 32 岁。她的生命，留存在她的歌声里。

《昨日重现》，真的是一首百听不厌的好歌。赫本、费雯丽和卡朋特，连同我们自己的记忆，都会在这样的歌声里不止一次地重现。

"yesterday once more！"

2016 年 9 月 12 日于北京

我们便身在天堂

一般人们会更关注奥运会的比赛,我却更关心奥运会的音乐。在赛场上听到的歌声,和在音乐厅里听到,感觉完全不同。其实,从音响效果上讲,奥运会赛场上远远赶不上音乐厅。但是,无论身在其中,还是坐在电视机前,听得我总是非常感动,甚至激动。记得20年前的巴塞罗那奥运会的闭幕式上,我坐在体育场内,听到卡雷拉斯和莎拉·布莱曼合唱一曲,特别是看到他们在自己的歌声随圣火渐渐熄灭而终止后激动地拥抱在一起的时候,我忍不住流下了眼泪。后来,我买了一盘闭幕式现场录音的CD,但是,拿回家放进音响里再听,满不是一回事,再无法听出当时的感觉。

今年夏天伦敦奥运会闭幕式上的音乐,歌声占据了绝对的主角,简直成了一个简版英国摇滚史一样的专场音乐会,是历届奥运会都没有出现过的奇迹。其中,有一个68岁的老歌手叫雷·戴维斯,是英国老牌"奇想乐团"的主唱。他唱了一首《日落滑铁卢》的老歌,令我非常感动,至今依然清晰在耳。他唱得非常幽婉抒情,其中有一句"只要注视着滑铁卢的落日,我们便身在天堂",那种真切却又格外珍惜的感情,真的很动人。

滑铁卢是伦敦一座有名的桥,电影《魂断蓝桥》里说的那座蓝桥，就是戴维斯歌里唱的滑铁卢桥。是因为它的历史，它的故事，才让它的落日不同寻常又韵味悠然，以至于让戴维斯如此深情缅怀地吟唱，并那样坚定地认为便身在天堂了吗？

其实，那不过是伦敦的一座古桥而已，就像我们北京天安门的金水桥，或者天津海河上的解放桥一样的吧。可是，我又在想，我们何曾注视着金水桥或解放桥的落日，然后能够感动得或感觉到自己便身在天堂呢？起码我自己，无论年轻的时候，还是后来的悠悠岁月里，无数次经过金水桥和解放桥，无数次看过荡漾在金水河和海河水里的落日，但是，我没有一次感受到雷·戴维斯唱道的"我们便身在天堂"的感觉。

是的，天堂是一种感觉，而不是一个如教堂、如饭堂、如酒店、如别墅，或者像马尔克斯所幻想的如图书馆一样的实体。天堂不是为了满足我们物欲要求的地方，也不是安放我们死后的身体并能够将我们灵魂升天的地方。天堂只是抚慰我们精神、栖息我们感觉的地方。你感觉到它了，它便存在；你感觉不到它，它便不存在。

只是如今，在强大的物欲的冲击下，身为物役的我们，感觉已经迟钝，感觉远远赶不上对于金钱和权力的嗅觉、对于美食和美女的味觉、对于古瓷或古画的触觉，似乎来得更灵敏一些。

我们也可能会想起看看落日，但一般更乐于到长江黄河边看那长河落日圆，或到大西洋边看那半洋瑟瑟半洋红。是那种旅游中的落日，是那种彩色照片上的落日。我们更注重那背景，那情调，那新买的新款尼康或佳能单反相机拍下的照片的效果和回味

第三章 手扶拖拉机斯基

的说辞。我们常常忽略掉身边的常见易见的事物，便也就容易常常从金水桥或解放桥或任何一座比滑铁卢桥还要古老的桥旁边走而视而不见。那曾经无数次灿烂而动人的落日，可以让我们感动得觉得那一刻"我们便身在天堂"的情景，便也就无数次地和我们失之交臂。

说到底，我们对于天堂的要求过于实际，或者过于奢侈，不像雷·戴维斯唱的那样简单，简单得如同一个孩子得到了一支棒棒糖或一个氢气球，就可以欢蹦乱跳，将发自心底的笑声飞进而出，变为美丽的歌声。

真的，如果不是雷·戴维斯在伦敦奥运会上重新唱起了这首《日落滑铁卢》，我根本不知道这个世界上还曾经有过这样一首这么动听的好歌。是戴维斯将一首老歌点石成金，仿佛一棵梅开二度的老树，重新焕发出魅力和活力。

不过，有一点，我想如果没有奥运会的背景，没有圣火随美好的音乐一起渐渐熄灭，雷·戴维斯的歌声还会这样动听而让我们难忘吗？会不会被我们忽视，甚至擦肩而过而素不相识呢？真没准就是这样呢。想到这里的时候，雷·戴维斯的滑铁卢落日，和奥运会的圣火，一起升起，又一起消逝，更一起燃烧并灼伤我的心头。

如今，我们的各种音乐大赛很多，出的各种唱盘更是多如牛毛，但是，我们似乎缺少这样的歌。腾格尔的《天堂》，唱的是他的草原故乡，当然，故乡也可以是我们的天堂，腾格尔唱得也很美，但毕竟还是实体。天堂是不存在的实体，它只存在我们的

正是橙黄橘绿时

想象中，我们的感觉里。我们的歌，往往愿意唱的内容很大，天堂便显得离我们很远。我们往往愿意唱得很空泛，天堂便显得越发地虚无缥缈，让我们只是唱唱而已，自己并不相信。

2012 年夏写于北京

谁听到那唱歌的风

这一片茂密的森林叫黄树林,离布鲁明顿市大约10公里。当年,即1907年到1926年,斯蒂尔(T.C.Steele)曾经在这里生活了整整20年的时间。他是美国早期负有盛名的印象派画家,1900年巴黎、1904年圣路易斯、1918年巴拿马三届世博会上,都有画作展出,他的很多作品,画的就是这一片森林风光。

斯蒂尔的林中故地很好找。醒目的标志牌,指示下公路往西拐3.2公里即是。在一片坡地上,散落着几座红色的房子,被绿树簇拥,红得醒目,绿得明心,油画般,又童话般,呈现在面前。正是雨后的下午,林中的空气清新而湿润,微风中的树叶飒飒细语,远近的树木静静地矗立在那里,像是远遁尘世的隐者,陪伴着这位已经逝去了88年的画家。

走近红房子,先看到的是办公室、美术教室和博物馆。博物馆像一座谷仓,我猜想是后建的,里面陈列着斯蒂尔的生平照片和不多的画作,他的大部分作品在印第安纳波利斯的美术馆、印第安纳博物馆和印第安纳大学里。我第一次见到斯蒂尔的画,便是在印第安纳大学,很多是他早期的画,画面大多是田野和森林风光,色调有些晦暗。

还有一幢尖顶房子,沿坡地斜立着,面对草坪,四周百合、

正是橙黄橘绿时

萱草和太阳菊,是专门为今天的画家而设立,现在这里定期会请一位画家住在这里绘画,体验当年斯蒂尔的生活。这是向斯蒂尔致敬的一种方式。

再往前走,才是斯蒂尔的故居,是一排平房,褐色的坡顶,红色的墙身,很长,一侧有一个开阔的露台,很熟悉,那是斯蒂尔当年画过的,他画得很漂亮,一看就怎么也忘不了。只是,画中的露台前有一株参天的大树,如今没有了,露台前簇拥着一丛灌木,绿意葱茏,如浴后披散秀发的女人。屋前是宽敞的小院,花木扶疏,斯蒂尔也曾经画过,画面上曾经出现过他的外孙女,还是个孩子。如今,岁月如风长逝,当年的小姑娘即使还在人世,也多年的媳妇成婆婆了。可惜的是,房子里住着人,大概是斯蒂尔的后代,无法进去仔细看。

斯蒂尔出生在印第安纳州欧文镇,那里离这里不远,我曾经去过一次,是一个袖珍小镇,四周是田野和森林,大约离这里20多公里。他的父亲是个农民,兼做马鞍,家族里没有美术因子的遗传。所以,我相信,绘画是一种天才的本领,后天的学习,只会让他如虎添翼。斯蒂尔7岁学画,却没有什么专业的训练,长大后在印第安纳波利斯和芝加哥画广告和人像为生,其经历和如今北京聚集在宋庄的一批流浪画家类似。如果不是一个叫赫尔曼的好朋友鼎力相助,也许他就一辈子泥陷"宋庄"。

当时,赫尔曼看他那么痴迷画画,便找了12人,每人出资100美元,加上他本人,一共凑出1300美元,送他到慕尼黑皇家美术学院学习,要求是学成回来送他们每人他画的画。这一年,

第三章 手扶拖拉机斯基

斯蒂尔33岁。5年后，他毕业回到印第安纳波利斯，留学镀金没有给他带来什么变化，他还是靠画广告和人像为生。不过，他的心里已经展开了新的画卷。他不想总是画广告和人像，最想画的是风景，他的画风因此大变，不再像以前那样色调阴沉晦暗，而是色彩明朗而丰富，光线在画面上跳跃，有了印象派的风格。他甚至攒钱买了一辆马车，为的就是到乡间和林间旅行，捕捉森林中瞬间的万千变幻，画他最想画的风景。他在那时候来到了这里，相中了这一片美丽幽静的黄树林。

1894年，是他命运转折的重要一年，这一年，他47岁。印第安纳波利斯艺术学会在芝加哥举办美术展览，选中他多幅风景油画。这一次的展览，让斯蒂尔声名大噪。他的画开始卖出了大价钱。1900年，印第安纳艺术学会买下了印第安纳波利斯的廷克大厦，创办了海伦艺术学校，斯蒂尔也搬进廷克大厦居住。1907年，斯蒂尔有了足够的钱，终于买下了黄树林这片他钟情的林中绿地，买下了眼前我看到的这幢红房子，经过翻修改造，变成了他人生后20年的栖息地。

他称廷克大厦是他的冬宫，称这里是他的夏宫。他还非常富有诗意地把这幢红房子叫作"唱歌的风"。

房子露台一侧，沿石砌的台阶蜿蜒走下，是一片轩豁的草地，再往前走，便是密密的森林。林子前，有一座古老的小木屋，看屋前牌子的介绍，叫"路边博物馆"，是1870年苏格兰人造的房子，原在离这里8公里的地方。1907年，斯蒂尔来这里时便看中了这座小木屋，后来把它买下，移到这里。移到这里的原因，是这里有一条斯蒂尔修的小路，沿着这条斗曲蛇弯的小路，可以通向密林深处，那里有一条清澈的小溪。

因为是雨后，沉积去年落叶的小路有些泥泞湿滑，左右横刺过来的枝条牵惹衣裳，阳光被枝叶筛下变成暗绿色，时光在那一瞬间回流到以前，想象着斯蒂尔每天走在小路的情景，仿佛和晚年达尔文与卢梭常常散步的林间小路一样，帮助他们的思考和写作，使得达尔文有他的进化论的著作，卢梭有了《一个孤独的散步者的遐思》，斯蒂尔也神助般有了他那样一批出神入化的画作。

斯蒂尔将这条小路命名为"沉默之路"。

为什么沉默？想起如今的喧嚣和舌灿如莲的热闹，或许沉默才显得可贵而难再。对于一切富于创造性的工作而言，沉默永远是最需要的。沉默源于并依赖于内心。森林就是沉默的。

晚年的斯蒂尔把他住的红房子，和这片静谧的森林，以及这条"沉默之路"，称作是"精神避难所"。他说："对于有些人来说，这样的精神避难所是必要的。对于保持身心健康、继续成长，是有必要的。在这里，我选择了'避难所'这个词，是经过深思熟虑的，因为这个地方不是为了娱乐休闲，更是为了受到启迪。"

或许，这就像我们先辈所说的天人合一，让大自然洗礼我们尘埋网封的心灵和精神。或者，像是巴黎郊区的巴比松，大自然是艺术最好的老师和守护神，养育了一批"画家"一样，也养育了斯蒂尔等一批画家。事实上，自斯蒂尔来到这里后，一批画家

第三章　手扶拖拉机斯基

也先后来到这附近，印第安纳一批画家在这片森林中成长并蔚为成名。

1926年，将要80岁的斯蒂尔心脏病发作逝世于这幢红房子里。

站在这幢红房子面前，想起斯蒂尔当年称它是"唱歌的风"。风还在习习地吹，只是不知谁还能如斯蒂尔一样听得见四面林中吹来的歌声。

我听到了吗？

2014年6月9日于布鲁明顿

胡萝卜花之王

一年前，我就见过这个男孩。那时，他总是在布鲁明顿市中心的农贸市场里唱歌。这个农贸市场每周六日上午开放，附近农场的人来卖菜卖花卖水果，很多城里人愿意到这里来买些新鲜的农产品。他总是选择周六的上午站在市场的一角，抱着把吉他唱歌。

那时，他总是唱鲍伯·迪伦的歌，每一次见到他，他都是在唱鲍伯·迪伦，他对鲍伯·迪伦情有独钟。只是，那年轻俊朗像是大学生的面孔，光滑如水磨石，阳光透过树的枝叶洒在上面，柔和得犹如被一双温柔的手抚摸过的丝绸，没有鲍伯·迪伦的沧桑，尽管他的嗓音有些沙哑，并不像一般年轻人的那样明亮。心里暗想，或许他喜爱鲍伯·迪伦，但他真的并不适合唱鲍伯·迪伦。他应该唱那种爱情或民谣小调。如果他爱老歌，保罗·西蒙都会比鲍伯·迪伦合适。

不过，听惯了国内各种好声音比赛中歌手那种声嘶力竭或故作深情的演唱，他更像是自我应答的吟唱，心很放松，很舒展，如啼红密诉，剪绿深情的喃喃自语。他不做高山瀑布拼死一搏的飞流宣泄状，而是溪水一般汩汩流淌，湿润脚下的青草地，也湿润梦想中的远方。他的歌声让我难忘。

第三章 手扶拖拉机斯基

今天，他再次出现在我的面前，依然站在布鲁明顿的农贸市场上，站在夏日灿烂阳光透射的斑斓绿荫中。和去年一样，他穿着牛仔裤和一件蓝色的圆领T恤，脚下还是穿着高腰磨砂牛仔靴，好像只要到了这个季节他家里家外一身皮，只有这一套装备。他的脚下，还是那把琴匣，仰面朝天地翻开着，里面已经有了人们丢下的纸币和硬币。那一刻，真的以为时光可以停滞在人生的某一刻，定格在永远的回忆之中，歌声和吉他声，只是为那一刻伴奏。

但是，琴匣边的另一个细节，立刻告诉我逝者如斯，一年的时光已经过去了，人生可以有场景的重合，也可以有故人的重逢，却都已经物是人非。那是一叠CD唱盘，我蹲下来看，上面有醒目的名字"Blue Cut"。他已经出唱盘了，每张5美金。站起身，禁不住仔细端详他，发现他比去年胖了不少。想起去年还曾经画过他的一张速写，把他的人画矮了些，他人长得挺高的，去年像一个瘦骆驼，今年已经壮得如一匹高头大马。

有意思的是，他不只是抱着那把吉他，脖颈上还挂着一个铁丝托，上面安放着的一把口琴，成了他的吉他的新伙伴，里应外合，此起彼伏。而且，今年他唱的不是鲍伯·迪伦，而是美国组合"中性牛奶旅店"的歌。这支乐团20世纪90年代中期成立，然后解散，去年又重新复出，颇受美国年轻人欢迎，他们的音乐浅吟低唱、迷惘沉郁，洋溢民谣风，歌词更是充满幻想和想象力，处处是象征和隐喻。更有意思的是，站在他前面不远处，有一个和他一样年轻的姑娘，身穿一袭藕荷色的连衣裙，一直笑吟吟地望着他唱歌,那目光深情又如熟知的鸟一般,总是在我们几个听众和他之间跳跃,无形中透露出她的秘密,我猜想一定是这个小伙子的女友或恋人。我想起这支"中性牛奶旅店"曾经唱过的歌:"我们把秘密藏在不知道的地方,那个曾经爱过的人你不知道她的名字。"在去年他可能不知道她的名字,今年,他知道了。他的歌声便比有些忧郁的"中性牛奶旅店"多了一些明快。

一年过去了,总会有很多故事发生。禁不住想起罗大佑的歌:流水带走光阴的故事,改变了一个人。不仅是光阴改变了一个人,歌声也改变了一个人,一个人也可以改变自己的歌声。他从鲍伯·迪伦变成了"中性牛奶旅店",一下子从20世纪的五六十年代,飞越到新世纪。

我们点了一首歌,请他唱,还是"中性牛奶旅店"的歌:《胡萝卜花之王》。他换下脖颈上挂着的口琴,弯腰向身边的一个袋子,我看见里面装的都是大小不一的口琴。是他的"武器库",除了吉他,他的装备多了起来。他换了一把小一点儿的口琴,开始为我们演唱《胡萝卜花之王》。这是一首关于爱情和成长的歌,青春永恒的主题。在口琴和吉他声中,头一段歌词像在显影液中轻轻地洇出来:"年轻时你是一个胡萝卜花之王,那时你在树间筑起一座塔,身边缠着神圣的响尾蛇……"嗓音还是以前那样有些沙哑,却显得柔和了许多,像是有一股水流淌过了干涸的沙地,让沙地不仅绽开胡萝卜花,也绽开星星点点的其他野花,还有他的那座神秘的塔和那条神圣的响尾蛇。

我往琴匣里放上5美金,买了一盘他的"Blue Cut"。他和

第三章　手扶拖拉机斯基

那个身穿藕荷色连衣裙的姑娘一起对我说了声谢谢。告别时问他是不是印第安纳大学的学生。他点点头说是印第安纳大学音乐学院的学生。我问他学的什么专业，他说是古典音乐。然后不好意思地笑了。身边的姑娘也笑了起来。这没什么，古典音乐不妨碍流行音乐，以前"地下丝绒"乐团的鲁·里德和约翰·凯尔也是学古典音乐的。

回家的路上，听他的这盘"Blue Cut"。由于是在录音棚里录制的，比在农贸市场听的要清晰好听，第一首歌，简单的吉他和口琴伴奏下他那年轻的声音，尽管有些沙哑，却明澈如风，清澈如水。还有什么比年轻的声音更让人能够在心底里由衷地感动的呢？一年的时间里，他没有让年轻的脚步停下来，他也没有如我们这里的歌手一样疯狂地拥挤在各种电视好声音的选秀路上，只是选择了这样一条寂寞却清静的路，课时在音乐学院学习，业余到农贸市场唱歌，有能力出一张自己的专辑，不妨碍歌声传情捎带脚谈谈恋爱。只不过一年的时间，却让我看到了青春的脚步，成长的轨迹。尽管，肯定有不少艰难，甚至辛酸，但哪一个人的青春会只是一根甜甘蔗，而不会是一株苦艾草，或一茎五味子，或他唱的那朵胡萝卜花呢？想想，倒退半个多世纪，1957年，在一辆黑羚羊牌的破卡车的后座上，他曾经喜爱的鲍伯·迪伦，那时和他一样年轻，不是从家乡北明尼苏达的梅萨比矿山，穿过印第安纳州，昏沉沉地坐了整整一天一夜24小时大卡车，去纽约闯荡他的江山吗？说青春是用来怀念的，只是那些青春已经逝去的人说的话；青春是用来闯荡的。

正是橙黄橘绿时

  车子飞驰在布鲁明顿夏日热烈的阳光下。车载音响里响起"Blue Cut"中的第二首歌，是女声唱的，不用说，一定是一直站在他身边的那位藕荷色连衣裙姑娘。青春，有艰难相陪，也有爱情相伴。那是他的胡萝卜花之王呢。

2014 年 6 月 23 日于布鲁明顿

永远的草莓园

正如诗人梦想成为歌手,哪怕是著名的诗人,也只是梦想而已。比如金斯伯格,正经练过一段摇滚并组织乐团公开演唱过,但到底还是没有成为一名歌手。一般的歌手要想成为一名诗人,可以说更是痴人说梦。毕竟这是两个不同的行当,因为在我看来如果说歌是地上跑的白羊的话,那么诗是天上飘的白云,能够将歌升为诗,需要的不仅是才华,还要靠神助才能长上飞翔的翅膀。

但是,约翰·列侬(John Lennon)却是摇滚歌手中百里挑一的难得的诗人。所以,我听列侬在唱歌的时候,总是觉得是在听一位诗人在吟唱。这和听别的歌手唱歌绝对不一样。

我爱听列侬的歌,不仅在于他在摇滚史上绝无仅有的地位,也不仅仅在于他那尖锐而撕心裂肺般的嗓音。我喜欢他那种对于世界的关注,不是那种社论式的大气磅礴,而是他独特的诗人式的关注,完全跳出一般流行歌手的范畴。我们的一般流行歌手有时也唱些这样宏观的歌曲,只是把它们当作公益歌曲或晚会歌曲来唱唱罢了,那种别人替他们编好的词和曲调总是那样千人一面般地相似,连他们自己都不大相信。你看得出他们的嘴巴甚至事先设计好的肢体在动,却看不出他们的心在动。列侬不是这样的，他总是能及时而准确地把握住时代的脉搏，唱出他自己的那一份的感情，来对这个世界做出他自己的发言。

我很难忘记第一次听列侬唱《圣诞快乐》的情景。不是圣诞，是初春的季节，回黄转绿，风柔柔地吹，仿佛在为他的歌伴奏，是那种恰如其分的伴奏，歌声和天气一样地让我感动。同样的圣诞歌曲，列侬没有唱教堂的钟声和雪地上铃儿响叮当。那一年，是越战终于结束的时刻，他唱道："现在是圣诞了，你在今年做了一些什么？又一年过去了，新的一年要来临了。现在的圣诞，我希望你能找到快乐。我身边的亲爱的人，无论是老人还是年轻人，这是一个非常快乐的圣诞，我希望再没有任何恐惧，因为战争已经结束了……"真的，我真是非常感动，这是一个歌手更是一个诗人的歌。听这样的歌，我想起那张有名的照片：听到第二次世界大战刚刚结束的消息时，一个美国水兵在街头情不自禁地与一个女郎抱吻。我相信列侬和那个美国兵和那个女郎的心情是一样的，只是他的歌中充满激动之后更深的感情期待，才在那一年的圣诞夜唱得这样平易却深切动人。

列侬还有一首非常有名的政治歌曲叫作《想象》（这也是他一盘磁带专辑的名字），同样是他对世界的发言，但那绝对是诗的发言，虽然有些浪漫和乌托邦，但他对世界和平统一的向往，让你无法不感动，感动他的真诚的同时，感慨我们有些歌手的浅薄和贫乏。你会感到列侬一步就迈过了那种浅薄却装点得豪华如同游泳场里的蘑菇池而走向那样宽阔的水域，立刻有一种"潮平两岸阔，风正一帆悬"的感觉。那一连串的排比是他对你我这样

第三章　手扶拖拉机斯基

普通百姓的直抒胸臆："想象这里没有天堂，这很简单，如果你想试试的话。我们的下面也没有地狱，我们的上面是天空。想象所有的人民，只为今天的和平生活；想象没有国家，想象没有杀戮，想象没有牺牲，想象没有宗教，这一切并不难做到。想象没有占有没有贪婪没有饥饿四海之内皆兄弟……你可以说我是做梦的人，但我不是唯一的一个，我希望有一天你能加入进来，那么世界就能变成一个。"

他的另一首《工人阶级英雄》，同样对普通百姓做着这样关于他这样顽固的世界梦想的真诚提示和蛊惑："在你死时，你应该知道什么是微笑。你不应该成为墙上的照片，如果你想成为英雄，那么你跟着我。"这首歌让列侬唱得极其委婉，倾诉感很强，听起来非常像俄罗斯的民歌，尤其能让我们接受，仿佛列侬在向我们掏心窝子，一下子和我们很近，活要活出个人样儿来，要有自尊，别只做墙上的照片，即使戴着大红花再怎样风光，毕竟只是墙上的照片。

很多的时候，作为歌手列侬愿意成为诗人，愿意成为人民的代言人，广播喇叭一样，大声发言，用我们现在的话说是主旋律。对于这个时代对于这个世界，他不回避主旋律；站在摇滚歌坛上，列侬愿意是一个大写的我。可以说，在这一点上，整个世界摇滚歌坛上，无人可以与他比肩。

如果仅仅这样，列侬只是马雅可夫斯基似的诗人。可贵的是，列侬在很多的时候毫不隐讳地将自己个人的生活融入进他的歌里。这使得他不仅有能力把握宏观叙事，而且得心应手地用歌声抒发自己的微观生活。这使得他伸手可摘天上星辰、俯首可触海底珊瑚，成了横跨阴阳两界的人物，处处都能让他点化为诗行。他便和那些一般只会吟唱男欢女爱的流行歌手，拉开了无法逾越的距离。

列侬唱自己的生活，同猫王普莱斯利不同，猫王只是唱自己的爱情。可以说，在摇滚史上，是列侬第一次将个人生活中的亲情和友情，那样真挚动人又别致亲切地融化在他的歌词和旋律里。无疑，最有名的是那首《妈妈》。那确实是一首无比动听的歌，前奏中钟声的频频响起，他歌声中每一句尾音如丝似缕地颤抖，让人心碎。在破碎的家庭中，列侬从小是在姨妈抚养中长大，18岁时妈妈在车祸中丧生，他对母亲的感情是非常复杂的，他对亲情的体味才会比我们一般人深刻。在这首歌中，他将他这种复杂而一往情深的感情唱得肝胆俱裂：

妈妈，你从来拥有我，
我却从来没有拥有你。
我需要你，你却不需要我，
所以我只能和你说再见。

爸爸，你离开了我，
我却从来没有离开过你。
我需要你，你却不需要我，
所以我只能和你说再见。

孩子们，

第三章 手扶拖拉机斯基

不要做我所做过的事,

我不会走,但却也想跑,

所以我只能和你说再见。

然后,他反复唱着:"妈妈没有离开,爸爸回家了……"每一次的反复,都有一种让人要哭的感觉,仿佛妈妈和爸爸就站在家的门外,一开门就能见到并能让我们扑入他们的怀中。没有一个人能唱出这样对妈妈的深厚而复杂的感情。

最好的歌手无疑应该是这样的,他和时代不脱节,他又能袒露自己的心扉。他是妈妈的孩子,又同时是时代之子。

列侬的无可替代,在我看来除了是他的音乐天赋,还得益于他这种得天独厚的诗人气质。正如有人写了一辈子的诗,只是将散文分行罢了,有人唱了一辈子的歌,还是一嘴大碴子味,不会有一点诗味。

列侬在一首歌中唱过这样的话:"出生时是渺小的,当你感到疼痛的时候,你长大了。"我以为这是理解列侬走近列侬的一道门槛。问题是我们不少歌手学会的只是摇滚的形式,并没有迈进这道门槛。原因很简单,他娇生惯养长大,从来没有感到过疼。

2006年3月初春,从芝加哥乘飞机,不到两个小时,就到了纽约,比北京到广州的距离还近。下了飞机,先奔向中央公园,为了是寻找那里的草莓园。

约翰·列侬死后,他的妻子大野洋子请求纽约市政府能够在这里设立草莓园,列侬死前住的72街达克塔公寓,就在中央公

179

园旁边，推开他的窗户，大野洋子希望就能够看到这片草莓园，列侬便也就一样能够看见了。

纽约市政府同意了她的请求，出资100万美元修建了这座草莓园。远远地看，像一滴垂落在那里的泪珠。

每年列侬的祭辰，无数的歌迷都会到这里来，点燃蜡烛，弹着吉他，唱着他的歌，日夜怀念他。草莓园声名在全世界大振。三个多月前，是列侬逝世25周年的日子，这里从早到晚围满了人，夜晚的蜡烛让星星都黯然失色。可惜没能看到那样的壮观。

这么多年过去了，列侬的歌，还是那样常听常新。

草莓园很好找，不仅因为有很醒目的路标，还因为所有的外国或者外地的游客到中央公园来，大多都是来看草莓园的，只要顺着人流走就可以了，那里仿佛有塞壬用歌声在诱惑着人们的脚步。

我找到那里，那里已经围着好多的人，不同的肤色，不同的年龄，都在为一位歌手致敬。草莓园，其实就是一个直径有3米多的圆圈，彩砖铺地，一条条放射线铺展开来，很有些动感。很多人围绕着圆圈，像是围绕着正在唱歌的列侬，轻声说着来自世界各地的语言，表达着对他的情感。这一天，多了我的一种中国语言。圆圈的四周放着许多鲜花，圆心中写着IMAGINE，这就是约翰·列侬那首著名的《想象》的名字。

禁不住又想起列侬的这首歌，心里充满着感慨。"想象所有的人民，只为今天的和平生活；想象没有国家，想象没有杀戮，想象没有牺牲……"

第三章　手扶拖拉机斯基

如今谁来为我们重唱这样动人的歌？

草莓园紧挨着公园出口，从这里抬头向公园出口望去，就可以望到达克塔公寓的高楼。正对着公园的那扇窗口，列侬曾经常常站在那里眺望，可惜现在他再也无法站到窗前望一眼这里的草莓园了。

草莓园，曾经是列侬家乡利物浦的一个童年之地，有他的儿时难忘的记忆，那一年，姨妈带着他到那里看演出，是他看到的第一次歌唱演唱会。正是那块草莓园让他迷上了音乐，成立了第一支乐团。1967年，他唱了一首自己创作的《永恒的草莓园》。

如今，草莓园，真的成了一种永恒。

2010年春写于北京

乱星的吟唱

总想象着这样的一种情景：一个放学后的下午，坐在教室的窗台上读书，4月的阳光碎金子般地洒在你的书上和身上。忽然，走过来一个人，陌生的人，招呼着你，说来吧，跟我们一起唱歌去吧。于是，你就跳下了窗台，跟着走了，跟着他背着一把木吉他走了，把教室、同学、老师和那4月春日的阳光都抛在身后。

也许，我确实老了，如果是我，我不会跟着他走，去舍弃正要考大学的宝贵时光。跟着一个陌生的人，背着木吉他走？那个陌生人，你了解吗？会不会是大灰狼，专拣妈妈不在家的时候来敲门？而吉他能够是我一生安身立命之本吗？

但我还是感动那个跟着陌生人走的年轻人。背着木吉他，再旧再破，是自己喜欢的，哪怕未来的路一片迷茫，毕竟有了那么一次的奋不顾身。也许，只有年轻，才会有这样的唐突与随心所欲，抽刀断水的决绝、梦想和想当然。从窗台上跳下来，那动作便是那样年轻，充满着弹性，淬火般地迸溅出青春的火花。

跟着陌生人走的叫作霍普·桑多瓦尔（Hope Sandoval）。她当时正在读高中。她就那样不计后果地抛弃了大学，自己选择了前程——那便是摇滚。她的单纯与青春，梦想和轻信，还有那一头披肩的棕色长发和一双迷人的蓝眼睛，去和未可知的摇滚相

第三章 手扶拖拉机斯基

逢。她就像是一头梅花小鹿，一起步就跑得很快，蹦蹦跳跳跑向远方，她一定以为前面有为她准备好的透明的池塘，水面上覆盖着一片蓝天白云和落花点点。

陌生人叫作戴维·罗巴克（David Roback）。他是一个成熟的男人，为他引见桑多瓦尔的，是他"猫眼石"乐团（Opal）的女歌手兼贝斯手肯德拉·斯密斯（Kendra Smith），她是桑多瓦尔的老朋友。有意思的是，在一次巡回演出中，斯密斯和罗巴克不欢而散，离开乐团独自出走了。不知是什么原因，会是因为桑多瓦尔？反正是小个子的桑多瓦尔正好顶替了斯密斯的位置，和罗巴克一起把乐团的名字改成了"乱星"（Mazzy Star）。桑多瓦尔的歌喉，罗巴克的木吉他，相得益彰，高山流水一样，配合得那样和谐，你唱我弹，真有点"小红唱歌我吹箫"的意思。

一年之后，1990年，他们合作出版了第一张专辑《她辉煌的自缢》（台湾的翻译比这个名字优美，叫作《明月高曝悬》）。他们迅速地走红，惊艳撩人。

想想，这实在有点像是三角关系的青春剧，背景渲染着美轮美奂的迷幻音乐，身后是英格兰平铺天边的青青草原。而且是跨国之恋，因为罗巴克是美国人，桑多瓦尔是英国人。有点儿像韦唯和她的白头发的老公迈克尔，只是罗巴克没有迈克尔那样老。桑多瓦尔便一定比纳博科夫笔下的洛丽塔要美丽。

这么一说，他们的音乐有点脂粉气。其实，对于他们两人之间的关系，外间猜测得热闹，他们却是讳莫如深，他们拒绝关于他们的一切采访，包括音乐在内，因为他们的音乐都在他们的木吉他和歌声里了，留给人们的只是想象的空白。

他们的作品不多，10 年的光景，一共出版了三张专辑，除了《明月高曝悬》，还有《今晚我才了解》（1993 年）和《天鹅》（1996 年），却是款款动听。他们的唱片的封套都印得很古典，不做另类花哨的那种。《明月高曝悬》，是蓝色调子的旋转楼梯的一角，可以看到古典式的壁炉。《今晚我才了解》，是玫瑰色的老式花环图案。《天鹅》，更简单，一帧白色天鹅的剪纸，无奈地垂着头，凄婉地夌着翅膀，有点圣桑那曲《天鹅》的意思。

十来年过去了，高中生的桑多瓦尔早已经长大，只是她的声音还是那样显得很小的样子，还像是高中生，甚至更小，似乎没有长开。那种稚气未脱的清纯，鼻音有点浓重的沉郁，舒缓的调子，轻松的韵律，甘甜也有些干涩的嗓子，有些感伤，也有些懒散，像是刚刚起床，就那样赤着脚、穿着睡衣，依在窗台旁或院子的树旁，随意地唱着，像是对着树上的小鸟喃喃地自语，像是对着地上的蚂蚁率真地诉说，有时也像是对着一地花儿催眠般地轻轻吟唱。有几分可笑的童话般的天真，也有几分莫名其妙的低迷，能够让你吃了迷幻药似的昏昏欲睡，也能够让你随她梦游星光璀璨的太空。

她的歌声总让我觉得像她身上穿着的亚麻布的裙子，虽然我根本不知道她穿的是什么衣服，但我觉得对于她，亚麻布一定要比其他的比如丝绸或者法兰绒都要合适。亚麻布没有丝绸或法兰绒那样厚重高贵、平滑细腻，却轻盈飘逸，还有那种独有的粗粗扎手的手感，以及本来就具有的草地里的清新和被阳光晒暖过的

第三章 手扶拖拉机斯基

气息。

音乐作得极妙，配合她的歌声，就像是配她赤脚下湿漉漉的草地，配她喃喃自语时头顶蔚蓝的天空，配撩起她亚麻布裙裙摆的早晨温柔的习习轻风。木吉他单调地响着，如同寂寞无着的相思，间或地滑弦，惊鸿一瞥似的，打破水面的涟漪立刻又恢复了平静。弦乐密密雨雾一样，在远处弥漫着，细雨迷蒙，沾衣欲湿，那种黄梅天黏糊糊的感觉，恰到好处地显示了如醉如仙的优雅和浪漫，配她那冷美人一样的歌声，是那样合适，一样地凄美哀绝，有点"一地相思，满腔无奈"的感觉。口琴声吹得那样让人伤感，最是一年春好处，子规声里雨如烟。突然出现的钟铃声，清脆得像是启明星升起在鱼肚白色的晨曦里，——是那样美不胜收。

桑多瓦尔应该感谢罗巴克的音乐，最大能量地发挥了她的潜质。这位来自美国 20 世纪 80 年代新迷幻音乐的先驱人物，对女性歌手有着一种天然的敏感力和创造力，他就像是一个经验丰富的养蜂人，从他蜂箱里放飞出的蜜蜂都是蜜的使者。他让她们的歌声蜜一般甜而为人所倾倒，他同时让后朋克的刚烈激愤中多了一抹阴柔的平衡。与他合作的"猫眼石"乐团的肯德拉·斯密斯，"手镯"（Bangles）乐团的苏珊娜·霍夫斯（Suanna Hoffs），都是成功的女歌手。桑多瓦尔是他放飞的又一只甜美的蜜蜂，可能更精心也更用心。没有罗巴克为她度身量衣的贴身式音乐制作，也许，桑多瓦尔还只是一个矮矮个子漂亮的高中生。

正是橙黄橘绿时

我那年到台湾去的时候，发现那里喜欢"乱星"，喜欢桑多瓦尔和罗巴克的。因为是在去之前刚刚听了"乱星"，所以格外留意对他们的评价。在他们的第一张专辑《明月高曝悬》在台湾首发时，写着这样的一则侧标："这是一张令人联想到雷奈电影《去年在马伦巴》的作品。"他们的《天鹅》在台湾首发时，又写着这样的一则侧标："非主流、非另类的，且自成一格的前卫组合。"对他们极尽称赞之意。那一阵子，台湾正在大选，闹腾腾的，他们的音乐显得那样不协调，但还是有那么一批人喜欢他们的音乐，以此平衡着尘世的喧嚣。

回到北京，重新拾起"乱星"，又听到桑多瓦尔的歌声，又听到罗巴克的木吉他，心里总忍不住想，我们这里谁喜欢他们呢？而他们又是站在闹市哪一个街口的拐弯处，唱着朴素沉郁的歌、弹着凄美伤感的木吉他，在等着我们呢？

2002 年初于北京

听恩雅

一位爱乐之友从美国回来告诉我：国外现在人们很爱听一种叫作 New Age 的音乐。这种音乐借助于电子乐声，但更多地造成神秘旷远的感觉，向辽阔清静的大自然回归，和一般的流行音乐尤其是摇滚拉开了明显的距离，非常动人。

我不知道他这样的解释是否准确，但一听是电子音乐，先入为主我就有些反感。电子进入音乐，使得音乐不那么纯粹，以假乱真而有些像假冒的人造毛皮或腈纶纺织品的感觉，很难再找到音乐那种丝绸爽滑细腻与肌肤亲切一体的质感了。以前曾听过一次喜多郎的《丝绸之路》，没有足够的耐心听完。

恩雅（Enya），是我第一次听到的 New Age。这是一盘叫作《树的回忆》的磁带，据说很有名（恩雅还有一盘很有名的《牧羊人之月》，曾经获得过第 35 届格莱美大奖，可惜我未能听到），确实非常动人，矫正了我对电子音乐的偏见。恩雅，这个爱尔兰人让我认识了另一种流行音乐。这是和时髦的流行音乐相抗衡的音乐。眼下的流行音乐，以我来看最致命的毛病是旋律的造作和歌词的虚伪。几乎千篇一律因因相袭的旋律，让人觉得处处似曾相识，款款尽人可为；为赋新诗强说愁的歌词加上声嘶力竭的吼唱，唱得再惊天动地，也让人觉得句句是嘴对不上心。如果说这样的音乐是把音乐从天国拉到了地上,拉到了醉生梦死灯红酒绿的现实,拉到了实际实惠实用的世俗世界;那么恩雅的音乐,会让人感到诸神归位,让音乐回归到原有的位置,音乐本来就在天国之中,在心灵之中,在梦想之中。正如恩雅在《曾经金光四射》中唱道的:"No-one can promise a dream come true, time gave both darkness and dreams to you..."没错,没有一人能保证让梦变为现实,即使时光带给我们夜晚的黑暗,但同时也带给我们夜晚的梦想。

其实,听恩雅不必听她的歌词。罗玛·莱恩(Roma Ryan)为她作的歌词并不精彩,恩雅自己美妙的歌唱早就把歌词淹没了,就像是溶溶的月光把无边的夜色淹没,清清的溪水把茵茵的草地淹没一样,让我们只沐浴在明媚的月光中,只浸润在湿漉漉的溪水里,而将夜色和草地都融化其中了。孤帆远影碧空尽,唯见长江天际流。听恩雅,就是这样的感觉,歌词已经淡去,唯剩下美妙的音乐。音乐本来就不属于歌词,而属于旋律,再好的歌词也只是音乐的累赘。语言是地上生长的草,而旋律是天上飘飞的云。好的音乐,无须搅拌歌词添加剂,将一池透明的好水搅浑。恩雅好就好在以她的感情、她的感觉、她的心灵、她的梦想,将音乐演绎得澄清透明,让我们忽略了或遗忘了原本的歌词。恩雅的音乐,确实是一种清纯得有些令人悲伤得要落泪的梦境。梦能说出来吗?能说出来的都不是梦。但梦可以用音乐表现出来。恩雅的音乐就是这样的音乐。

恩雅的音乐还能让人想起自然,让我们能与自然共舞,并能

第三章　手扶拖拉机斯基

和它一起呼吸到那一份天籁般的清新。不过那种自然不是都市里制造的人工景观，当然也不是能够上溯到远古的原始森林，而是远避尘嚣的现代中的自然，拥有一份可以找到的天籁。是在爱尔兰岛空旷的山谷，在爱尔兰海寂静的海边，面对山风猎猎，面对海浪苍苍，让我们能感受到水雾的弥漫，清冽而湿润；让我们能感受到轻风的絮语，绵绵而深切。恩雅的音乐能让我们被各种膨胀的欲望炙烤的心，稍稍平静下一些，如一袭绿荫遮盖一下骄阳的辐射，让我们冒出的虚汗稍稍清静下来一些。

听《树的回忆》《平安经》《上天之父》，那反复吟唱的歌声像是平原的落日风紧紧追随着你，有几分温暖，几分离开家很久就要到家时，那种能撩拨内心深处的感动和激动的感觉；那眼泪一样清澈的旋律像是海天相连起伏的弧线，让你的身心柔软和它起伏的弧线一样韵律自如，带着你荡漾到地平线之外；还有那轻轻敲打的打击乐，像密密的吻、密密的雨点一样不停地打在你的心弦上，震撼着你的心灵，如影相随，仿佛要催促着你快长上透明的翅膀，到蓝天碧野到久违的山野中的树林（不是城里人工栽下的树林，不是街道旁被污染的街树）去悠悠飞翔。

《树的回忆》这盘磁带，《回家路上》和《四处皆然》有着过多过重的打击乐和过于明快的节奏，太热闹，欢快得像是中学生放学回家，我不太喜欢。除此之外，其他支支乐曲可听。尤其是《曾经金光四射》，有一种在现在流行音乐里难得觅到的神圣和庄严，有几分教堂音乐的感觉。听这支音乐，让我忽然想起那一年在德国科隆的大教堂里，那一次正好赶上复活节，除了我们几个中国人站着之外，那么多虔诚的教徒都跪拜在神像和蜡烛面前，阳光从教堂高高的彩色玻璃间洒下，四周静寂如夜，只有音乐在空旷的教堂里发出浑厚的回声，让你觉得生命和岁月在凝固，心灵和思绪在洗礼……恩雅的这支音乐，让我拥有那时的感觉，让我感到站在那么多虔诚教徒之外的浑身不自在，让我感到一种被同化被净化的力量，像是踩在一朵洁白的云彩上面，不由自主地飞升。

恩雅的音乐不属于古典，但她找到了从古典到现代相连接的一种或是一丝薄薄的纽带。她的音乐更多的是民谣之风，但她有意识地过滤出民谣清纯的一面，并且有意识地摈弃了现代流行音乐很容易做到的躁动喧嚣和对神圣庄严的解构与嘲笑，而是浇灌着她汲取的民谣纯净之水，种植下了古典浪漫的种子。她让它发芽，即使未长成大树，却是让它散发出一丝丝清新与神圣的气息，让我们多少能垂下头懂得沉思，仰起头来懂得望一望头顶的天空中还有着明亮而高贵的日月星辰。

恩雅的音乐很少能让我们感到温馨，温馨的音乐太多了，神圣而庄严的音乐却太少了。温馨已经缠裹得我们滋生小市民的青苔，装进蜗牛的盔壳，而只能在广场的方砖上或大街的柏油路上蹒跚而得意地散步。神圣和庄严，像先哲一样已经悄然离我们远去。虽然只有这样一点点，恩雅毕竟给了我们一些安慰。恩雅恰如其分地运用了电子乐声，让它们来表现出这一点，让我们听得到听得出那种电子乐声独有的效果，那种空旷辽远的回声，那种笼罩神秘色彩的隐隐呼唤，那种伴随着她歌声的喃喃自语和轻轻

第三章 手扶拖拉机斯基

叹息。

听恩雅，最好一个人听，最好夜晚在自己的家里听。听恩雅，不适合在旅途中听，也不能在酒吧或咖啡馆听。它怕嘈杂，怕燥热。它难以融进再好的美酒或咖啡里，但它能融进月光和夜色之中。月光和夜色，是恩雅的音乐最好的底色和背景，是恩雅音乐的来路和归途。

2004 年夏于北京

黄昏的曼托瓦尼

可以毫不遮掩并毫不夸张地讲,在当今世界我所听过的轻音乐团中,曼托瓦尼(A.P.Mantovani)是最出色的。起码在我的心目中,谁也无法和他比肩。他永远不会过时。我曾经情不自禁向不少人推荐过曼托瓦尼,并将我买的磁带送给他们,那些朋友在听了之后一样也喜欢他,以致我原来保存的曼托瓦尼的磁带越来越少,不得不重新购买。

20多年前,我在北京灯市口的一家音像商店里买了第一盘曼托瓦尼的磁带(*Mantovani Magic*,DECCAG公司出品)。那时,我对世界流行轻音乐团一无所知,连听都没听说过有这么一个曼托瓦尼,随手买下它,与其说是冥冥中的缘分,不如说是瞎猫碰上死耗子,纯粹瞎蒙的,只是看封套上的曼托瓦尼有些像我稍微熟悉的海菲兹。其实,在我们中国人来看,外国人大都长得有点相像。

带子里的第一支曲子,就一下子抓住了我的心似的,紧紧地吸引了我。弦乐轻轻地荡漾着,仿佛从遥远的天边隐隐地传来,忽然在管乐的撩拨下掀起了弦乐一起在最高音区飞翔,柔曼而婉转,弥漫在整个眼前的世界,仿佛有一只神奇的大手轻轻一抚摸,大地上所有的花立刻同时绽开了芬芳的花瓣。然后是在大提

第三章　手扶拖拉机斯基

琴微微弹拨衬托下小提琴的一段独奏，色彩温柔，朦胧而带有一点回忆和忧伤，真是柔肠寸断，至情至爱，美丽至极，让人涌出一种如梦如幻和此曲只有天上闻的感觉。

这支曲子叫作 Misty，不知别人怎样翻译，我将它叫作《薄雾蒙蒙》。这名字很适合曲子的氛围和我听后的心境。在我听来，所有曼托瓦尼的乐曲中，它是最出色的几首之一。

其实，听曼托瓦尼，完全可以不必看它们的曲名。虽然，它们的曲名都很动听，比如《星尘》《秋叶》《鸳鸯茶》《蒙娜丽莎》《小青苹果》《爱情是多姿多彩的》《烟雾迷住你的眼睛》《漫步在黑森林》《献给忧郁女人的红玫瑰》……不过，这些都只是它们的代号，曼托瓦尼一般并不在意它们美丽的名字，或看重它们表面跳跃的情致。曼托瓦尼演绎的是自己的情感，那种情感，在曼托瓦尼所有的演奏中，几乎是万变不离其宗的，即是对逝去的古典情怀的一种追忆，只不过在他的追忆中，有他自己的沙里淘金，有他自己的精雕细刻，有他的执着和痴情，有他对古典精神的理解和诠释，有他对当今尘世中失衡与失落的珍贵的东西的温情的反抗和执意的打捞。

当然，这里的曲名许多并不是曼托瓦尼主观所为，而是来自他对民歌的选择，便也带上民歌原本名字质朴的气息。比如，典型的《鸳鸯茶》《月亮河》《伦敦德里小调》《一路平安》，都让曼托瓦尼染上了他自己强烈的色彩，让这些民歌传遍世界许多地方。曼托瓦尼对民歌的钟爱，对民歌的重新改造和开掘，是他对音乐的一种态度。他不仅仅将古典囿于那些伟大的音乐家的身

193

上，而是将其扩展到经久不衰的民歌领域。将民间清澈的溪水引进来，与这些古典音乐家的河流交汇相融，使得河床扩宽加深。这是曼托瓦尼的旋律不仅动听，而且朴素平易根深叶茂的一个原因。

曼托瓦尼自己创作的乐曲并不太多（只有 *Cara Mia* 等为数有限的乐曲），一般都是他对古典音乐家作品的改造和演绎，尽管在一些乐曲中有属于他自己的改造，如加入拉丁和爵士的一些音乐元素，但总有其自己明显恒定的风格。听多了，或许会感到他有些为我所用得太厉害，经过他的指挥棒一挥和他特有的弦乐的轻揉慢搓，就像把所有音乐家的作品都煮在他特制的大锅里，文火慢炖煮熟之后全浸泡出一种味道，过于缠绵悱恻了些。其实，并不完全是这样的，曼托瓦尼只不过太热爱他的弦乐，尤其是他那占据乐团大多数的小提琴，便极其容易将那些古典乐章都请到他的弓弦上比试一番，就像一位武林高手总愿意让人和他比试拳脚，或一位高超的棋手爱让你和他在纹枰上对阵一样。或许，这和他的父亲老曼托瓦尼就是一位技艺高超的小提琴手有关，而曼托瓦尼自己很小就开始了他的小提琴弹奏生涯，他对小提琴实在是太情有独钟。

曼托瓦尼对古典音乐家和作品的选择和改造，有他的美学标准。他不是那种深刻的音乐家，他便不想将其乐团演奏得过于阳春白雪，只是少数人的知音。他不是将自己和乐团向那些古典大师靠拢，而是将那些大师向自己向现代人靠拢。他也不是让音乐侵入理性，而是让感性弥漫音乐。正是这种姿态，他将那些大师

第三章 手扶拖拉机斯基

头上几个世纪的假头套摘去,将身上笔挺的燕尾服脱去,将程序和规范复杂的起承转合剥去,而轻松洒脱地走下台来和大家握手言欢。他拉着这些古典大师的手,让他们一步就走到了现代,他让他们变得年轻。在将古典音乐从高深莫测的殿堂中请下来的过程中,可能做了过多的减法,会使得古典音乐失去了一些什么,但使其变得通俗易懂而为更广大的听众接受,曼托瓦尼做出了他的努力。

曼托瓦尼改造和演绎古典大师的作品的方法、标准及其效果,同当代其他轻音乐团是极其不同的。相比与曼托瓦尼并驾齐驱号称当今世界三大轻音乐团的另外两支:詹姆斯·拉斯特(James Last)和保罗·莫里亚(Paul Mauriat),后两者也都有古典大师音乐作品的专辑,曼托瓦尼和他们的绝不相同,不仅在于后两者多了许多打击乐(大概因为詹姆斯·拉斯特最早是演奏铜管乐的,保罗·莫里亚以前是弹奏钢琴的,而曼托瓦尼则是一位小提琴家),让古典重新镀了金漆一样,洋溢得更加节奏明亮、辉煌灿烂和热闹非凡,重要在于曼托瓦尼注重古典典雅的意境,将那一份美好和温馨更加细化,作细致入微的处理,打磨得更加玲珑剔透,蓝水晶一般透明,紫丝绒一般熨帖,细腻非常,珍贵无限。就像打开一瓶陈年老酒,詹姆斯·拉斯特和保罗·莫里亚是要把酒倒进现代的磨花透明的高脚杯中,他不,他要把酒装进古老的木制的碗里,让酒和碗虽然淳朴却一起弥漫着古典的气质和气息。因此,他的古典演绎更具有浓重的怀旧色彩,让你觉得似乎时光倒流,忍不住旧梦重温;让你总觉得似乎如此美好在与你失之交臂而充满恍惚惘然无比珍惜之感。

在曼托瓦尼的古典音乐专辑中，有一盘题为《歌剧中的著名旋律》的 CD，是 DECCA 公司根据 1978 年曼托瓦尼还在世时的录音，1984 年出版的版本。这是一盘非常好听的 CD，听曼托瓦尼演奏弗洛托的《玛尔塔》、威尔第的《阿依达》、普契尼的《托斯卡》、比才的《卡门》，以及瓦格纳的《汤豪舍》，会觉出与听歌剧里这些唱段不一样的感受。曼托瓦尼像是专门从中挑出最缠绵打动人心的旋律，就如同攀登上最高的山崖，钻进深深的山洞，将清冽而甘甜的泉水从泉眼里为我们打将出来，让我们一饮而尽，实在是畅快无比，美味无比，清爽无比。

曼托瓦尼乐团最拿手的是他的弦乐，尤其是庞大的小提琴队伍。曼托瓦尼将小提琴队伍发挥到了极致。虽然，他也偶尔运用木管乐器、小号、钢琴和手风琴，但他只是让它们作为陪衬，他绝不会让它们做主角。他总是让小提琴出尽风头，他总是让小提琴在高音区和低音区上穷碧落下黄泉一般尽情表现，在百转千回的对比中，显得那样明澈，那样飘逸，那样绕指柔肠而绵延不绝。他让他的小提琴织就的弦乐，溪水般四处流淌，浪潮般此起彼伏，瀑布般叠加而落，花开花落般缤纷满地，细雨潇潇般迷蒙满天，撩起你的内心最为温情的一角，昆虫的薄翼微微颤动着，和着他的旋律一起共鸣。当世界变得越来越嘈杂，情感越来越粗糙，心越来越疲惫，能够感受一些温馨，是人们普遍的欠缺和渴望，抒情便成了曼托瓦尼乐团最大的特点，小提琴就是他心中的诗。

第三章 手扶拖拉机斯基

与其说曼托瓦尼把握住了世态人心，不如说是他的天性使然，他无可选择地将自己内心和小提琴所蕴含的抒情特性发挥得淋漓尽致。可以这样说，在这些所有美妙的曲子里，都可以听到他的小提琴声，他的每一把小提琴都像是伸出了一只轻柔无比的小手，紧紧攥着你的心，随那美妙的旋律款款飞舞。像铺开一天云锦，曼托瓦尼让那一把把小提琴变成了一把把梭子，织就他的弦乐那样灿烂而妩媚丰腴，让你的心里总涌起一种碧海青天、梦里关山的感觉，让你的心和眼睛一起湿润，手禁不住伸出去，在漠漠的夜空中想要握住他那遥远的手。

我确实非常喜欢曼托瓦尼，有一次我看到两张一套纪念曼托瓦尼逝世十周年的螺纹胶木唱片，因为听这种唱片比较麻烦，当时没有买，后来非常后悔，跑去买却再也没有买到。那是曼托瓦尼在世时的现场录音，非常珍贵。除了这一次，10年来，凡是见到的曼托瓦尼的磁带和CD，我都买回了家。曼托瓦尼是这10年来陪伴我最多的流行乐团了。每一次听，都会让你新鲜，让你的心变软，让你忘却眼前许多的烦恼，让你充满逝去温馨的回忆。许多事情，过去了就过去了，不可能重现，唯有音乐尤其曼托瓦尼的音乐，能够有让往事重现的魔力。买他的每一张唱片，都不会让你后悔。

前些年，DECCA公司又一次新出版曼托瓦尼的唱片，一款两张套，是曼托瓦尼的精选版，录音从1958年到曼托瓦尼逝世的1980年（那年5月他逝世的第二天，在CBS早间新闻中高度评价了他，说他"曾使成千上万的人愉快，他将被人们怀念"）。越

正是橙黄橘绿时

经 22 年，一共精选 38 支绝妙的乐曲（第一支曲子就是他最为著名的 *Charmaine*，第八支曲子就是我第一次听到的那支 *Misty*），播放的总时间有两个小时零八分钟。实在是物有所值，不可多得。说这样的话，好像我拿了 DECCA 公司的什么好处，或是曼托瓦尼的"托儿"。但是，这确实是实实在在的。想想曼托瓦尼在 20 世纪 30 年代最开始组织乐团闯天下时，只能在马戏团里演出，艰辛之状可以想象。而后来他的唱片 *Charmaine* 在 1955 年一下子就发行到 100 万张，最后他的唱片总发行量达到 3500 万张，他指挥的曼托瓦尼乐团演奏的乐曲，几乎传遍了世界的每一个角落。他的辉煌是靠他的音乐，靠时间的淘洗，群众的眼睛真是雪亮雪亮的，世上爱乐者的心里都有一个精密的筛子，知道该筛下什么，该留下什么。

曼托瓦尼最辉煌的时刻，是在 20 世纪 60 年代和 70 年代。想想那个时代，我们听惯的只是样板戏和语录歌的旋律，却自以为是在北大荒插队时大唱特唱，傻不傻？哪里会知道这个世界的另一面居然还有这样美妙而动人的曼托瓦尼，真是无以言说。而时过境迁，几十年过后，样板戏的旋律虽然还在苟延残喘，只是作为一种标本的存在了；语录歌的旋律是彻底被人们遗忘了。但是，曼托瓦尼的旋律却是经久不衰，他的唱片被 DECCA 公司一版再版，层出不穷，常出常新。

前几年，曼托瓦尼乐团曾经来中国演出，对于中国乐迷，是件值得期待的大事。但是，实际听过之后，只有失望，乐团仿佛临时拼凑起来的一样。此曼托瓦尼乐团已经非彼曼托瓦尼乐团。

第三章　手扶拖拉机斯基

自曼托瓦尼去世之后，乐团虽然还打着他的牌子，却已经是江河日下，颇像我们的有些老字号卖的东西，味道早已经不是那么一回事了。

真的是相见不如怀念，如今，听曼托瓦尼，只有去听他的唱盘了。无疑，这套双盘精选版的唱盘，是听曼托瓦尼最佳选择。

它的名字叫作《醉人的黄昏》，封套上印着淡淡棕红色的海滨景色，暮色朦胧，细雨蒙蒙，有鸽子飞起飞落，翅膀上驮着迷离的黄昏，有终于相会的情人在跷起脚拥抱，有尚在等待的情人眺望苍茫的大海。封套制作得情调氤氲，想想倒也有些符合曼托瓦尼。曼托瓦尼极其适合这迷离的黄昏和霏霏的细雨，适合等待、遥望和冥想。脸颊上拂来湿漉漉的雨丝，远方有朦胧的天光在闪动，云层里有星星和月亮正在袅袅升起，这时，一丝轻柔的弦乐悠悠地飘来，荡漾在你的心中，最是恰逢其时，动人心扉，让你细雨梦回……

这一定得是曼托瓦尼。

2015 年 7 月 10 日于北京

最后的海菲兹

说来有些惭愧，一直活到40来岁，才知道世界上有个海菲兹（J.Heifetz）。去年夏天一开始就那样闷热，一直延续了整整一个夏季。就在那个夏季快要熬过去的一天夜晚，没有一丝风，只剩下汗津津如虫子爬满一身一样的感觉。我随便打开音响，中央人民广播电台的立体声音乐节目正介绍海菲兹，播放着他演奏的贝多芬D大调小提琴协奏曲。那乐声一下子吸引了我。我不能说曲子美，那是不够的，浅薄的，只有历尽世事沧桑，饱尝人生况味的人，才会拉出这样的琴声。

那有力的揉弦，坚韧的跳弓，强烈的节奏，飞快的速度，如此气势磅礴，飞流直下三千尺般冲撞着我的深心，进入第二乐章，一段飘然而至的抒情柔板，真给人一种荡气回肠之感，像是河水从万丈悬崖上急遽跌落，流进一片无比宽阔深邃的湖面，那湖面映着无云的蓝得叫人心醉的天空。悠扬的琴声立刻侵入我的骨髓，我禁不住全身心为之颤动，浑身血液都融化进那无与伦比的琴声之中。虽然是抒情，他拉得依然沉稳，绝不泛滥自己的情感，让人格外感到深沉，犹如地火深藏在岿然不动、冷峻无比的岩石之中。

这就是海菲兹！这就是贝多芬！是海菲兹把贝多芬那宽厚而

第三章 手扶拖拉机斯基

博大的气势表现出来。虽然我知道这是贝多芬所作的唯一一首小提琴协奏曲，为了纪念一位名叫丹叶莎·勃伦斯威克的伯爵小姐的爱恋之情，但绝非只是恋人浪漫曲。我从海菲兹的琴声中顽固地听出是对一种刻骨铭心的理想历尽磨折而终不可得又毕生不悔孜孜以求的复杂心音，这样的琴声不能不让我的心滤就如水晶般澄清透明，锤打得更坚强一些而能够理解人生、洞悉人生。最后一缕乐声消失了，我还愣愣地站在音响旁，望着闷热无雨的夜空发呆，只是一下子觉得天清气爽起来，星星一颗颗可触可摸，晶亮而冰洁。

我第一次认识了海菲兹，便永远忘不了他！我忽然涌出一种相见恨晚，他乡遇故知的感情，浓浓的，竟一时搅不开。

我找到有关海菲兹的传记材料，才知道早在我第一次听他演奏这首贝多芬小提琴曲的两年前，他便死在美国洛杉矶的一家医院里——8月10日，也是这样一个闷热的夏夜，他走完了人生84年的旅程，而我却以为他一定还活在人世，还会为我们演奏他和我一样喜欢的贝多芬！

这位出生于俄国，有着犹太血统的美国小提琴演奏家，是当今最伟大的小提琴家。萧伯纳曾这样写信给他说："爱嫉妒的上帝每晚上床都要拉点什么！"音乐界则众口一词："海菲兹成了小提琴登峰造极的同义词。"所有这一切评价，他都受之无愧！听完他演奏的贝多芬这首小提琴协奏曲，我曾特意找到其他几位小提琴家演奏的同样曲目，结果我固执而绝对排他地觉得没有一位能够赶上他，没有谁能够将乐曲那内在的深情，磅礴的气势，以及作曲家那特有的宽厚脑门中深邃的思索，一并演奏得如此淋漓尽致！无论是思特恩、祖克曼、帕尔曼，还有大卫·奥依斯特拉斯！

这位 11 岁便开始以独奏家身份巡回演出的天才，一生足迹遍布全球，总共行程 32 万公里，演奏 10 万个小时，光看这两个数字，就是多么了不起呀！他所向无敌，征服了全世界小提琴爱好者的心！这不仅因为海菲兹有着旁人难以企及的演奏技巧，更重要的是他有着与贝多芬一样坚强而博大的心灵。他在世的 80 余年中，经历了两次世界大战，可谓阅尽春秋演义，无论日本地震后，还是爪哇暴动后，天津被日本入侵后，他都赶赴现场演出，以他宽厚的人道主义的琴声与那里的人民交融在一起。第二次世界大战中，他上前线为战士演出 300 余场。他对战士们讲："我不知道你们需要什么，我将演奏舒伯特的《圣母颂》！"他赢得了战士们的掌声。《圣母颂》成为他为战士们演奏次数最多的曲子。1959 年，虽然他已经宣布退出舞台，而且刚刚摔伤不久行走不便，为了参加庆祝人权宣言 8 周年的活动，他仍一手拄着拐杖，一手抱着小提琴，走进联合国大厅演出。正因为海菲兹有着如此举世无双的技艺和人格，才赢得人们对他长达半个多世纪的经久不衰的爱戴。当他重返苏联演出时，那里的音乐爱好者不惜变卖家具等贵重物品，凑钱买票观赏他的演出，演出结束后，年轻人伫立街头久久不肯散去，等待他从剧场出来，向他高声欢呼致意！

我对海菲兹越发崇拜。我注意搜索广播节目报上海菲兹的名

第三章 手扶拖拉机斯基

字。终于有一天，我见到了预报中有他演奏的贝多芬 D 大调小提琴协奏曲，托斯卡尼尼指挥。我提前半小时便将调频台对出，把准备录音的空白镀铬的金属带装好，像坐在音乐厅中一样，静静地等待海菲兹的出场。非常遗憾，那一天天不助我，噪音比往常严重得多，无论我是怎样变换天线的角度和方位都无济于事。但我还是将这长达 40 分钟的曲子录下音来，反复播放，一遍遍沉浸在海菲兹那炉火纯青的琴声中，即使杂音也无法遮挡海菲兹的光芒。

不过，毕竟有杂音。我希望能够买到一盘真正海菲兹的磁带或一张唱片，原版的。我竟像现在年轻人迷恋他们心目中的歌星一样，开始跑音像商店，寻找海菲兹的踪影。不过，我知道，我寻找的是一位足可以跨世纪的音乐巨星，不敢说是恒星，但决非年轻人心中常变易的流星。可惜，王府井、西单、灯市口、北新桥的"华夏"门市部，琉璃厂的"华彩"销售点……都没有海菲兹……海菲兹哪里去了？他的琴声曾传遍世界，仅美国胜利唱片公司一家便出版过他的长达 26 小时的乐曲录音，还只是他全部演奏乐曲录音的三分之一。这该有多少不同品种的磁带或唱片！为什么偏偏我就寻找不到呢？莫非我们果真如此淡漠海菲兹？我不甘心，仍在寻找。去年底，北京农展馆举办的第三届国际音像制品展销会的目录上，我见到了海菲兹的名字。不仅有他演奏的贝多芬，还有莫扎特、勃拉姆斯、布鲁赫……我真高兴，跑到农展馆，却是扫兴：海菲兹尚在迢迢旅途中，他的唱片尚在海上运输轮船的船舱里没有到达。毕竟有了希望。那船即便半路遇到风雨，即便沿途意外抛锚，它总会到来。那是我的红帆船！

我实在没有想到它竟然这样慢。一直到了今年春天，我在灯市口音像制品商店琳琅满目良莠不齐的激光唱片的橱窗里，才看见了 J.Heifetz 几个字母，黑色唱片封面上醒目的白色手写体，是海菲兹的亲手签名。盛名旁便是海菲兹的黑白照片剪影。这是我第一次见到他的照片：苍白的头发，宽阔的前额，高耸的鼻梁，左手抱着或许便是那把 1814 年产的跟随他一生的小提琴，右手持长长的琴弓，面部表情冷峻，俨然花岗岩石一般。但我知道就在这近似冷酷无情之中蕴含着他的深邃与真情，他将自己炽热的性格不是燃起火，而是凝结成玉骨晶晶的冰。他拉琴时身体几乎纹丝不动，绝不像有些琴手那样动作幅度大，或故意甩动自己潇洒的长发，更不会如我们有些浅薄的歌手那样摇首弄姿。我懂得，这是只有阅尽历史兴衰，饱经沧桑之后才会出现的疏枝横斜、瘦骨嶙峋。他不会为一时的掌声而动容，也不会为些许的挫折而蹙眉。望着他那双冷漠得几乎没有光彩和眼神的眼睛，我心中涌动着对他的一份理解和崇敬。

非常可惜，这是一张西贝柳斯 D 小调小提琴协奏曲的激光唱片，而不是我与他都那样喜欢的贝多芬的 D 大调小提琴协奏曲。我还从未听过西贝柳斯这支协奏曲，不敢断定自己是否喜欢。我仔细将橱窗里每一张唱片又看了一遍，依然没有海菲兹的第二张唱片。我决定还是买下，毕竟这是海菲兹的西贝柳斯。爱屋及乌嘛，海菲兹一定不会让我失望的。更何况唱片上还有海菲兹的照片和手迹。我对服务员小姐讲要买这张唱片。她风摆柳枝般摇到

第三章　手扶拖拉机斯基

店铺找了好半天，居然空手而出。"对不起！唱片只剩下这一张，其余都卖光了。你如果要这一张，我就从橱窗里取出来！"她这样对我说，我只好点点头，看来还有比我幸运的捷足先登者。她从橱窗里取出这张唱片，上面落着尘土，灰蒙蒙地遮着海菲兹瘦削的面容和他那把心爱的小提琴。我拂去尘土，海菲兹无动于衷，依然凝神地望着不知什么地方。我买下这最后一张海菲兹唱片。无论怎么说，它是我自己拥有的海菲兹。

回到家，听听海菲兹琴声中的西贝柳斯。啊！一样令人感动。一开始小提琴中庸的快板头一句柔和的抒情中蕴含着力度，就立刻把我吸引。随后，低音的沉稳，高音的跳跃，与浑厚大提琴伴奏的谐和，让人感到芬兰海湾海浪苍苍、海风拂拂、一派天高海阔的画面。第二章的柔板演奏得绝非像有的琴手那样仅剩下缠绵如同软软的甜面酱，而是略带忧郁和神秘低音区与高音区的起伏变幻，像静静立在海边礁石上，对着浩瀚的包容一切的大海诉说着悠悠无尽的心事。让人遐思翩翩，能够忆起自己许多难以言说如梦如烟的往事。虽然，明显的北欧的韵味与贝多芬的小提琴协奏曲日耳曼风格不尽相同，但依然是海菲兹！他不过重宣泄个人缠绵的情感，而是更看重对浑厚人生的理解和追求。他不屑于大红大紫的艺术效果，而把琴弦拨动在内心深处一隅，静静地与你交流、沟通。这在第三乐章快板中可以明显触摸到。我感谢海菲兹又给了我一个大圆脑袋秃顶的西贝柳斯！

一天，朋友来访，我请她听新买的这张海菲兹唱片。我向她推崇备至地诉说海菲兹，对她讲以前没听过西贝柳斯这支小提琴协奏曲，买了这张唱片第一次才听到，才知道其妙不可言……其实，这些话都是多余的，她是我童年的朋友，我们是街坊，那时，她的弟弟是个狂热的小提琴迷，靠着灵性和刻苦拉一手好琴，几乎是无师自通。他唯一最好的老师便是唱片。只是那时我们都是一群渴望太多胃口太大却又实在太穷的孩子。她弟弟一直盼望能买到几张当时的密纹唱片，永远据为己有而不用向别人借用，却苦于手头无钱。是她这个当姐姐的省下住校的饭费，为弟弟买了一张旧唱片。那一年暑假，院子里便整日响着这张唱片放出的小提琴曲。她弟弟一遍又一遍不知疲倦地学着唱片拉他的小提琴。在弟弟的熏陶下，她也成了音乐迷，比我懂音乐，用不着我絮叨，她一定会和我一样喜欢海菲兹的。

没错！她立刻听入了迷。渐渐地，我竟发现她的眼睛里蓄满晶亮的泪水，映着眼镜片上一闪一闪的。西贝柳斯这首D小调小提琴协奏曲结束时，她半天没有讲话，然后突然抬起头来问我："这首曲子你以前没听过吗？"我点点头。她又问："小时候？忘了？"我皱皱眉头，怎么也想不起来。她接着说："那年暑假我给我弟弟从委托商店买了张旧唱片，我弟弟学着天天拉琴，你怎么忘了呢？就是海菲兹演奏的西贝柳斯这支曲子呀！"

我好悔！对音乐爱好来得太迟！那时，我只迷文学，不怎么喜欢音乐。天天单调地听一支曲子，心里还有些腻烦。谁料到呢，那时海菲兹便神不知鬼不觉地来到我的身边，我却如此漫不经心地与他失之交臂！那时，我不懂人生！不懂世界！更不懂历史！我未尝过艰辛，未受过坎坷，未见过各式各样的嘴脸！自

第三章 手扶拖拉机斯基

然，我便不会懂海菲兹！他没有责备我年轻时的幼稚与浅薄，今天，在我迈过不惑之年的门槛时，他重新向我走来。这是命中割舍不断的缘分，还是冥冥中幽幽主宰的命运？

是的，只有在今天我才稍稍听懂了海菲兹。

童年，是听不懂海菲兹的！

1990 年 7 月 12 日于北京

第四章

一 万 种 夜 莺

鲱鱼头

从吕内堡到汉堡的路上，有一段时间，常常可以看到一个孩子在赶路，他一定要在黄昏日落前赶到汉堡。

这个孩子是日后德国最有名的音乐家约翰·塞巴斯蒂安·巴赫。

汉堡和吕内堡隔着一条易北河，相距30公里。巴赫15岁的时候，住在吕内堡。那时候，他常常一个人过河，步行到汉堡，为的是去听音乐会。

吕内堡是德国北方一个漂亮的旅游胜地，那里有天然牧场、独特的泥浴场，还有含矿物质的温泉，都是非常吸引人的。但是，15岁的巴赫来到吕内堡，可不是来旅游的。就是在那一年，他离开了他的大哥约翰·克里斯多夫，来到这里的米歇尔教堂的唱诗班唱歌，还兼任着助理小提琴手的工作，一年有12金币的收入，虽然钱少得有些可怜，但他可以不再寄人篱下，只靠大哥的抚养，而能够自己养活自己了。

那时候，汉堡不仅有很多在吕内堡所没有的音乐会，更重要的是，管风琴大师亚当·赖因肯就住在汉堡。那时，巴赫迷上了管风琴，赖因肯还能够演奏古老的羽管键管风琴，更让他格外地向往。因此，只要有赖因肯的演奏会，巴赫是不会放过的。赖因

第四章 一万种夜莺

肯已经是将近80岁的古稀老人了,他的演奏会越来越少,便让巴赫感到越发地珍贵无比。

那一天,是巴赫刚到吕内堡的第一个暑假里,他终于赶上了,汉堡有他最向往的赖因肯的管风琴演奏会,那也是他第一次见到了他心目中仰慕的大师。

童年的巴赫,一直不走运,本来就家境贫寒,偏偏在他9岁那年,雪上加霜,父母先后去世,他只好从老家来到了奥尔德鲁夫小镇,投奔大哥。大哥克里斯多夫比他大14岁,已经结婚成家,在奥尔德鲁夫小镇当一名管风琴师,每年有45金币的收入,还可以分得几捆柴和几袋面,维持家用。巴赫在大哥家一住住了5年,5年之中,大哥陆续添了4个孩子,每年45金币的收入越来越显得捉襟见肘。巴赫当时的学习成绩名列全班第二,本来是可以读高中的,但是,他还是选择了辍学,来到了吕内堡米歇尔教堂的唱诗班,他不想给大哥再添拖累。从大哥家住的奥尔德鲁夫到吕内堡有350公里,他步行10多天,走到了这里。双脚踩出了血泡,走到这里的时候,他觉得他长大了。

不管怎么说,还是有音乐和他在一起,他的心里挺满足的。15岁了,是个大人了,应该自己挑起生活的担子了。

选择来吕内堡,除了可以在唱诗班里每年有12金币的收入,比起奥尔德鲁夫,这里离汉堡近多了。他可以在天蒙蒙亮的时候就出发,赶在晚上音乐会开始之前到汉堡。后世的人们,只知道巴赫音乐的伟大,哪里知道他腿上的功夫一样厉害呢。从小练就了走路的功夫,不管多么远的路,他都可以走到那里。生活的艰难，对音乐的热爱，磨刀石磨砺了一柄刀锋的两面一样，磨炼了他的一双铁脚板。心里有了劲儿，再远的路，也是近的了。

更何况，汉堡还有大师赖因肯。

这一天，他就是要赶在晚上到达汉堡，去听赖因肯的管风琴演奏会。赖因肯就在他的跟前，只要他伸伸手，就可以触摸到大师神奇的大手，和他手下那架藏着美妙声音的管风琴。

听赖因肯的演奏时的感觉，真是美极了，激动极了，满脑子都是音符天使般在款款地飞翔，让他忘记了自己是身在何地，今夕是何年。

音乐会结束了，走出音乐厅的大门，热风吹醒了他，把他拉回到现实，他才忽然想到自己买了这一晚赖因肯演奏会的入场券之后，已经身无分文，他渴望的下一场演奏会的入场券，不知从哪儿能够找到钱来买呢。想到这儿，他才忽然想起晚饭没有吃，立刻饥肠辘辘起来，却还有 30 公里的路等着他走回去呢。

对于一个孩子来说，白天来的时候已经走了 30 公里，夜里回去还要再走 30 公里，实在是够累的了。音乐厅的门口停着许多辆漂亮的马车，等候着散场归家的王公贵族和他珠光宝气的贵妇人。一路走去，都会有夜行的驿车从他的身边驶去，马铃和车铃清脆的声音，渐渐地消失在夜色笼罩的远方。

现在，自己除了有两只脚，已经一无所有，他只有踏上归途，一步一步地走回去。他不抱幻想，会有一辆马车能够忽然在自己的身边停下来，从车窗里探出一位先生或妇人或小姐的头来，让他搭乘一段路。在戏剧里，也许会有这样的场面出现，借

第四章 一万种夜莺

着星光月色演绎着王子与贫儿的古老神话，但是，在音乐里，只有旋律与音符，幻化出心情，抒发的是无法用语言能够表达出的意境来的。

巴赫走着走着，越走腿越沉，脚底下像灌了铅。回去的这30公里的路，一下子变得漫长起来。

走到半路，实在有点儿走不动了。前面一星柔弱的灯火，萤火虫似的，扑闪在浓重的夜色里，给了他一点暖意。坚持走到那盏灯火前面，原来是路边的一家小旅店，一股咖啡的香味，从门缝里挤出来，很是诱人，肚子咕咕叫得更响了。他不能叩响旅店的房门，因为他没钱住店。但是，他真的没有一点气力了，连饿带困，只好小猫一样蜷缩在旅店屋檐下的草地上，想歇一会儿，再继续赶路。

这时候，星星低垂着，仿佛就在自己的头顶上一闪一闪地眨着眼睛。大概是又累又饿又困的缘故吧，他的脑子里有些纷乱，那些星星一下子冲撞着，都挤到他的脑子里来打起架。一会儿，他想起了刚刚在音乐会上看到的赖因肯，一会儿，他又想起了大哥克利斯多夫。在这样的时候，将他们两个人这样联系在一起，也许出于他的潜意识，但不是没来由的。

他总也忘不了，哥哥的家里有一个柜子，外面用铁栅栏锁着，里面藏着许多管风琴大师乐谱的手抄本，是巴赫最渴望看到的。但是，乐谱都锁在柜子里，哥哥不让他看。越是不让看，他越想看，好奇心像虫子咬噬着他的心，让他格外难受而冲动。他想好了一个主意，等到夜里哥哥一家睡着了以后，他从小阁楼的床上悄悄地爬起来，偷偷地来到哥哥的房间，蹑手蹑脚地来到这个神秘的柜子前面，屏住呼吸，像一只小耗子，警觉地看看睡在房间另一头床上的哥哥。因为他的手指细长，可以伸进铁栅栏的缝隙之间，轻巧地把那乐谱一页一页地抽出来。于是，他选择满月的时候，每天偷出一页乐谱，伏在床头，用鹅毛笔蘸着墨水抄下来。如水一样清澈的月光，比灯光还要明亮，帮助他节省下了灯油，也帮助他抄下了那些珍贵无比的乐谱。第二天的夜里，他把抄好的那一页，神不知鬼不觉地放回柜子里，再如法炮制偷出第二页。白天，他照着乐谱在管风琴上练习，这些大师的乐谱，给了他童年的快乐，成为他最初也是最好的老师。

其中就有亚当·赖因肯的乐谱。

巴赫就是在那时候认识了赖因肯，喜欢上了赖因肯。可以说，是哥哥藏在柜门里的乐谱，为他和赖因肯之间搭上了一座桥。

就这样抄了6个月之后，抄了整整一本乐谱，成了少年巴赫最珍贵的珍藏。他最后一次在洒满月光的夜晚悄悄地来到哥哥的房间里，站在了那个对他已经不再神秘而是充满情感的柜子前的时候，他看见了，哥哥正站在那里一脸怒气冲冲地等着他呢。明晃晃的月光洒进窗子，照亮巴赫和哥哥的脸，都是那样惨白。

哥哥认为这是一种神都不能够原谅的偷窃行为，他极其粗暴地把巴赫花费了6个月时间抄下的一本乐谱没收了。

那一年，巴赫10岁多一点。也许，正是因为哥哥的这次粗暴的行为，伤了巴赫的心，所以在他15岁的那一年，翅膀终于

第四章 一万种夜莺

长硬了,决心离开哥哥而来到了吕内堡吧?

就这样昏沉沉地胡思乱想着,巴赫昏沉沉地睡着了。

夜半时分,一股扑鼻的香味萦绕身旁,竟撩拨得巴赫突然醒来了。就在他刚刚睁开惺忪的睡眼的一刹那,头顶上的窗子"砰"的一声忽然打开,紧接着从窗口落下一包东西,正落在他的身旁。他打开包一看,是一个喷香的鲱鱼头,那股子散发出来的喷喷香味,让他想都没想,急不可耐地冲着鱼头就冲了过去。刚刚咬了第一口,他就发现,天呀,鱼头里还藏着一枚丹麦金币!

是谁知道他正在饿着肚子而赐予了他今晚的晚餐?又是谁给予了他能够返回汉堡听下一场赖因肯演奏会的费用?

巴赫感到莫名地兴奋,也感到格外地奇怪,他抬起头望望那扇窗子,窗子已经关上了,灯光也暗了下来,只有头顶的夜空一天繁星怒放。

他认为这肯定是上帝赐予他的恩惠,他立刻跪在草地上,对着漠漠的夜空,向上帝祷告膜拜。他只能相信在那闪烁的星光之中藏着万能的上帝。

谁也不知道那扇神秘的窗子里住的究竟是什么人?为什么要给巴赫以默默的帮助?巴赫那时还只是一个师出无名的孩子呀!莫非他或她或他们早已猜到巴赫将来的命运?那么为什么只给巴赫一个可怜的鲱鱼头?为什么不给巴赫更美好一点的晚餐?或者干脆把巴赫请进屋来,给他一盏更加温暖的灯火?

巴赫那时没有想那么多,鲱鱼是海鱼,在这里很少能够见到，珍贵得很呢。鲱鱼头一定能够给他带来好运的。美味的鲱鱼头吞进肚子里，他来了精神，站了起来，继续他的长行，连夜向吕内堡走去。

他没有想到，走回到吕内堡唱诗班他的住所的时候，他看见了大哥克利斯多夫站在米歇尔教堂的大门前。很显然，他知道巴赫徒步去汉堡听赖因肯的管风琴演奏会去了，他就在这里等了巴赫一个晚上了。和巴赫已经半年多没见了，他是专程来看望巴赫的，巴赫知道，从奥尔德鲁夫到吕内堡有多远，整整350公里呀。

他轻轻地叫了一声："大哥！"

那一刻，不知道他们想没想起柜子里那一页页的乐谱。但那一刻，他们的心里都荡漾起温馨而感动的涟漪。天蒙蒙有些发亮，东方已经出现了一缕鱼肚白，微微的晨曦正星星点点地洒在他们的肩头。

在此之后很久的一段时间里，巴赫只要一想起那个夜色将尽蒙蒙晨曦中哥哥的身影，总忍不住想起那天夜晚那扇窗户里突然掉下来的鲱鱼头，他便以为那会不会是哥哥自己（起码是哥哥委托别人）特意的安排，为了给他默默的帮助，给他一个童话般的惊喜，要不怎么会那么巧，那个藏有丹麦金币的鲱鱼头就那样不可思议地落在自己的身旁？有时候，他特别想问问哥哥，不过，他一直都没有问，但是，他一直耿耿于怀。

20年后，1720年，巴赫终于见到了他心仪的管风琴大师亚当·赖因肯。那一年，巴赫根据赖因肯羽管键管风琴的幻想曲的格式创作出《巴比伦河畔》,赖因肯听完巴赫的演奏之后,激动地对巴赫说:"我以为羽管键管风琴这门艺术已经死亡,现在看来它在你的身上继续活着。"那一天,大师兴致颇高,和他聊起天来,越说话越多,他忍不住讲起了那晚鲱鱼头和哥哥的谜团,希望能够得到大师的指点。已经97岁的赖因肯洞悉世事沧桑与人生况味,他说:"有些事情就像音乐一样神秘,为什么非要像打破一只鸡蛋一样打破它呢?"

第二年,1721年,大哥约翰·克利斯多夫去世,年仅50岁。巴赫专门为羽管键管风琴谱写了一首《E大调随想曲》,献给他的大哥约翰·克利斯多夫·巴赫。

圣诞夜

1786年圣诞夜，维也纳风雪呼啸。

在维也纳近郊的一个豪华庄园里偏僻的一角，有一间木板搭成的破旧的老木屋，被风雪吹得摇摇欲坠。木屋里住着一位盲厨师，和他唯一的女儿伊雅，两个人相依为命。老人给庄园的主人——一位伯爵夫人做了一辈子的厨师，几十年厨房里的烟熏火燎，让他的一双曾经明亮的眼睛渐渐失明，最后什么也看不见了。

屋漏偏逢连夜雨，盲厨师病倒多年，无钱看病，一直躺在这间破旧的木屋里苟延残喘。他并不抱怨，觉得主人还能让早已经不能做饭的自己住在这里，没有赶走自己，已经很幸运了。他就是这样一个谦卑的人，一辈子与世无争，知足常乐。

圣诞节这一天夜幕降临的时候，听着屋外海浪涨潮一般越来越大的风雪呼啸，老人心里明镜般清楚，自己像一盏残灯，灯油将尽，上帝在召唤自己了，他就要在这间破旧木屋里奄奄一息，和这个世界告别了。他并不悲观，心里只有一个愿望：按照这里的传统，临终的人要找一位神父进行忏悔，这是人死之前最后的一个必演的节目。

老人忙把女儿伊雅叫到身旁，用微弱的声音对她说："赶快，

第四章 一万种夜莺

赶快去找一位牧师来！"

伊雅明白父亲的意思，不敢耽搁，披上外套，就匆匆走出木屋。大片大片的雪花气势汹汹地扑了过来，连同浓重的夜色一起，立刻吞噬了她。

伊雅20岁了。没有结婚，不是因为嫁不出去，而是嫁出去了，一直孤零零躺在床上的爸爸怎么办？她是一个懂事孝顺的孩子。母亲去世得早，是父亲抚养她长大成人，她尤其知道父亲病后的痛苦，这一辈子活得不容易。现在，走在风雪呼啸的乡间小路上，她也不知道怎么办，上哪里去找牧师呀？别说这么大的风雪，就是没有风雪，平静的圣诞之夜，在这样偏僻的乡间，牧师们也都早已经回家过圣诞，上哪里去找啊？

伊雅不抱什么希望，但还是机械地往前走，因为她清楚父亲就要不行了，自己应该满足父亲这个最后的愿望，死马当作活马医，心里默默地祈祷着，希望能够出现奇迹，碰到一个迟归的好心人。

没有想到，伊雅刚刚拐出庄园围墙外的小路上，和迎面低头匆匆走过来的一个人撞了满怀。不管这个人是不是牧师，伊雅一把抓住了这个人的胳膊，急不择言，忙把父亲的愿望告诉给了这个人，权且让他扮演一次牧师，去帮助只剩下最后一口气的父亲。

这个人二话没说，跟着伊雅，顶着风雪，走进那间破旧的木屋。

透过微弱的烛光，伊雅才看清了这个人的脸庞，是个年轻的男人。他抖落身上厚厚的雪花，走到父亲的床前，俯下身子，小声地问道："老人家，您有什么要说的话，尽管对我说！"

老人忏悔了一生所犯的过错之后，停顿了一会儿，伊雅看出来，父亲有话要说。年轻人也看出来，老人却欲言又止。他对老人说："老人家，您还有什么话，尽管对我说吧！"

老人的心里，刚才忽然燃起萤火虫微弱亮光般的希望。他希望能够重新看到早已经故去的一个人，他年轻时的恋人；他希望能够像他们第一次约会一样，她依然出现在早春苹果花盛开的树下，向他袅袅婷婷地走来。

这是他最后的唯一希望。但是，他知道，这只是海市蜃楼一样的希望罢了。

可是，在这个年轻人的鼓励下，他忍不住还是把这个愿望说了出来。说出来之后，他轻轻地叹了口气，立刻又摇了摇头，嘲笑自己说："这是不可能的，不可能的，是我的病把我自己搞糊涂了。怎么可能让一个盲人重新看见人，而且是看见岁月倒流早已逝去的年轻时光和年轻的恋人呢？"

让老人没有想到，也让伊雅没有想到，这个年轻人，却对老人一连大声说了三遍："老人家，我可以帮你做到！"

他走进这间窄小的木屋时候，就已经一眼看到，在木屋的角落里放着一架钢琴，心里猜想这个年轻的姑娘爱弹奏钢琴呢。他对所有爱弹奏钢琴的人，天生有一种莫名的好感。他走到那架钢琴的旁边，一把掀起罩在上面的罩布，没有想到立刻满屋灰尘飞扬，更没有想到这架钢琴是这样破旧不堪，而琴凳还缺了一条

第四章 一万种夜莺

腿,摇摇欲坠。他小心翼翼地坐下,掀开琴盖,开始弹奏。伊雅没有想到,这架主人废弃扔在那里不知多少年头的破钢琴,在他的手指下,居然像变魔术一样,一下子青春焕发,黑白键像鸟一样此起彼伏跳跃着,发出的声音是那样好听,好像那架破钢琴是个百宝箱,从那里可以飞出天使一般美妙的音乐来。

他为老人弹奏了一支即兴曲。他弹奏的这支曲子太神奇了,在乐曲中,伊雅看见父亲好像真的看见了自己年轻的恋人,正走在了早春苹果花盛开的树下。

父亲有些激动地招呼着伊雅:"孩子,快!快打开窗子!"

伊雅觉得父亲简直疯了,这样大的风雪,打开窗子,冷风吹进来,雪花飘进来,还不把人冻死呀!

可是,父亲却依然大声地招呼她:"快点儿呀,快把窗子打开!"

伊雅惊讶地看见,父亲已经从床上挣扎地坐了起来,伸出枯枝一般的手臂,不停地挥动着,招呼着她快去打开窗子,原来一直气若游丝一般的声音,变得越来越响。

这让伊雅很是惊讶,已经多少日子了,父亲瘫痪在床,一切都要靠自己来伺候。这琴声怎么有这么大的魔力,能够让风中残烛一样垂危的父亲,可以突然之间坐了起来呢?

伊雅为父亲打开窗子,扑窗而来的大片大片的雪花,真的觉得就是那芬芳的苹果花吗?伊雅没有这样的感觉,但是,父亲肯定觉得就是,伊雅看见了父亲那一双早已失明的瞎眼睛,在那一刻居然闪动着一丝光亮。伊雅明白了,藏在父亲心底这个最后的愿望，终于得到了满足。他看见了四月的苹果花盛开，他看见了年轻的恋人向他走来……不可能实现的愿望，在美妙的音乐声中，实现了。就在那美妙的一瞬间，父亲幸福地合了眼睛。

伊雅十分感动，也十分感谢，她禁不住走到钢琴旁，"扑通"一下跪在这个为父亲弹琴的年轻人面前，含着眼泪说："请告诉我您的名字！"

年轻人站了身来，把伊雅扶了起来，对她说："我叫莫扎特。"

莫扎特？伊雅惊奇地睁大了眼睛，惊奇地望着面前的这个年轻人。全维也纳都在流传着莫扎特的传说，说他是个少有的天才，3岁就开始弹奏钢琴，4岁就能够写钢琴协奏曲，5岁开始公开演出，9岁创作了第一部交响乐，仅仅在少年时期就有16部交响乐问世……就在1786年这一年，他刚刚完成了他的歌剧《费加罗的婚礼》而声名大噪呀。

这一年，莫扎特30岁。

他就是传说中的莫扎特？伊雅简直不敢相信，世界上竟然会有这样的奇迹出现在自己的面前！她情不自禁地一把握住了这个年轻人的手叫道："请告诉我您的地址好吗？我一定要登门感谢！"

他告诉了他的地址，说道："感谢不必，倒是你可以找我学习钢琴。"

伊雅总也忘不了1786年这个圣诞夜，总也忘不了那个夜晚从那架破钢琴里飞出的奇妙的琴声，更忘不了莫扎特。

她知道自己爱上了这个年轻人。

第四章 一万种夜莺

可是，自己怎么配得上莫扎特呢？人家是有名的音乐家呢，而自己只是一个盲厨师的女儿。于是，伊雅只好把一次次浮上心头的这个念头，像按下浮出水面的皮球一样，一次次按了下去。

一年之后的圣诞夜，伊雅还是忍不住了，皮球不由自主地又浮出水面。她按照莫扎特留给她的地址找去。她对自己说：不是说要谢谢吗？一年过去了，怎么也应该去谢谢人家的！有时候，感谢比爱情更容易说出口；有时候，感谢比爱情更为重要。

这一年的圣诞夜，月明星稀，风平夜静，难得的好天气。伊雅没有什么钱，还是早早就买好了一件简单的礼物，一盒巧克力，用漂亮的纸精心包装好，最后还用彩色的布袋带，在上面打上了一个漂亮的蝴蝶结。

伊雅走到莫扎特的房门前，忽然从屋子里传出一阵音乐声。是钢琴声，一定是莫扎特在弹琴，还是那么美妙动听。这样的琴声，只有在一年前的圣诞夜听过，一年前那个圣诞夜像一幅动人的画一样，须眉毕现，含情带心，重又浮现在眼前。这样美妙的琴声，伊雅想静静地听完之后再去敲门。

一曲终了，琴声停了下来，伊雅走到门前，刚要敲门，忽然从窗子里看到，暗淡的烛光之下，莫扎特和一个女人正围着壁炉跳舞，地上几个小孩子疯跑成一团。莫扎特已经结婚了，还有了孩子？伊雅在心里暗暗地笑自己，他比自己大好多，还不该早就结婚，有孩子吗？

再仔细一瞧，壁炉里没有柴火，是空空的，暗暗的，冷冷的。在维也纳这个寒冷的圣诞之夜，连买烤火的炭钱都没有，这个莫扎特，只好用弹琴用跳舞这样的方式取暖。这不是黄连树下弹琴苦中作乐吗？伊雅不由得叹口气，后悔自己要是早知道这样，还不如不买那盒巧克力，去为他买点儿烤火的炭呢。伊雅也才明白，在这个世界上，当音乐家和父亲做厨师一样，都是贫寒的，低下的。达官贵人们，只愿意品尝他们制作的美味佳肴，欣赏他们创作的美妙音乐，却在转瞬之间就把他们遗忘在寒冷的风中。伊雅的心里，忽然涌出一种想流泪的感觉。

没有敲门，伊雅把礼物放在门口，悄悄地离开了。

伊雅不会想到，莫扎特的生活，比她看到的，甚至比她想象的，还要窘迫，还要悲惨。而且，这种悲惨和窘迫，似乎从来就没有缓解过。在这个圣诞节后的第四年，1791年12月5日，没有熬到这一年的圣诞节，莫扎特在饥寒交迫、贫病交加中死去，那一年，他才35岁。他死的时候，更是凄凉万分，因为没钱买墓地，只好随便埋在了一个贫民的公墓里。下葬的那天，下起了阴冷的冬雨，连他的亲戚朋友都没有什么人来为他送行。他的妻子正病重在床，爬不起来，以致以后他妻子再来找他的墓地都找不到了。

当然，伊雅更不会想到，也不会知道，莫扎特6岁时，在维也纳的百泉宫里摔倒，被7岁的玛丽公主扶起，他对小公主曾经出口不凡骄傲地说："你真好，等我长大了，我一定娶你！"这位小公主，后来成为法国国王路易十六的妻子。而莫扎特一辈子只是一个贫寒的音乐家。6岁莫扎特的口出狂言，曾经被人嘲笑，却也被人激赏，因为莫扎特尽管贫寒一生，却是一个与众不同的

第四章 一万种夜莺

神童,一个不可替代的杰出的音乐家。他所创作的那些神奇、美好的音乐,就是最大的财富,是富可敌国的国王与王后不可匹敌的。人们因此记住了音乐家莫扎特的名字,谁还记得公主皇后玛丽的名字呢?

歌德曾经这样高度评价莫扎特:"像莫扎特那样一种现象,实在是无法解释的奇迹。"歌德这样说也有些绝对,莫扎特所创造的奇迹,也并非不可解释。这个奇迹,起码有这样两面镜子可以明鉴艺术,洞穿现实:对于公主或皇后,莫扎特的音乐可以如此地骄傲睥睨一世,而且可以令她们望尘莫及;对于盲厨师和他的女儿伊雅,莫扎特的音乐却可以如此平易,亲切抚慰着温暖着世道人心。

只要到了圣诞夜,伊雅就会想起莫扎特,想起他美妙的琴声,一直到伊雅去世。

冬夜里的野玫瑰

维也纳的冬天，从阿尔卑斯山上袭来的寒风锋利如刀。

那是圣诞节前几天的一个夜晚，舒伯特从小学校里练完钢琴回家，夜色已经很深，街上看不见一个行人。也是，这么晚了，又这么寒气逼人，谁不猫在屋子里靠着壁炉取暖，还会出来到街头散步呢？

虽然，那时舒伯特写了不少脍炙人口的歌曲，在维也纳有点名气了，但那时舒伯特的歌曲并不值钱。他的不朽名曲《流浪者》，只卖了两个古尔盾；他的《摇篮曲》，不过只换来可怜巴巴的一份土豆。靠着这样微薄的报酬，他无法生活。德国的一个出版商答应出版他的歌曲集，他把希望都寄托在德国这个出版商那里了，那样的话，他会有一笔起码多一点的收入。可是，德国出版商又说还要再等一段时间，因为现在他正在忙于出版贝多芬的遗作。显然，舒伯特的名气远远赶不上贝多芬，只好给名人让路。他急需的钱，便还只像是空中飘着的鸟，遥遥无期，迟迟不肯落在他的肩头。

他依然很穷，他所谓的家，还只能是一个叫凡硕拜的朋友借给他的房子，他和流浪汉没有太大的差别。当然，他从没有奢望家里能够有一架钢琴，每天晚上便只好到离家挺远的一所小学校

第四章 一万种夜莺

去练琴，那时候，小学校的学生们都下课回家了，好心的老师允许这个穷音乐家来这里练琴。

走在寂静的路上，只听到"嗖嗖"的风响，只看见路灯被风吹得晃晃悠悠，醉汉一般在闪烁，夜色笼罩的街上显得有几分迷离和凄清。

路过一家旧货店的时候，舒伯特忽然看见一个小男孩，站在店门口前的一盏路灯底下。路灯洒在脚下呈一个椭圆形的光圈，小男孩像是站在舞台的追光灯柱下面一样醒目。不过，风太大了，快要把这个小男孩冻僵了，他像是一具雕像一样，站在那里一动不动。

舒伯特认识这个小男孩，他叫汉斯，刚刚10岁，前些日子还向自己学过钢琴。和自己一样，也是个穷孩子，甚至比自己还要穷。他的父母早已经去世了，他从小跟着当洗衣工的姐姐长大。姐姐对他还不错，姐姐结婚之后，姐夫对他却像对待仇人一样，总会找一个借口不给他饭吃。

舒伯特对这样的穷孩子情有独钟，因为自己曾经就是这样的一个穷孩子，家里一共供养11个小孩，他就是那多余来到这个世界上的第11个。8岁那年，如果不是家乡的乡村教堂的乐长霍尔策先生免费教他学钢琴，他只能是一个讨饭的乞儿。11岁那年，如果不是教区寄宿制学校的萨列埃里先生免费教授他声乐，还免费让他入学，住进学校，不用花一个古尔盾，他不可能来到维也纳。

舒伯特像他的老师霍尔策先生和萨列埃里先生一样，特别愿意教汉斯这样的穷学生，而且，舒伯特和霍尔策先生和萨列埃里先生当年教他一样，对汉斯也是免费的，虽然他常常喂不饱自己饥肠辘辘的肚子。汉斯是一个聪明的孩子，舒伯特夸奖他手指头上就带着和声呢。

可是，前几天，汉斯再也不到舒伯特这里来学音乐了。

现在，夜这么深了，风又这么大，汉斯却在这里，他没有回家，还一直站在寒冷的街头干什么？舒伯特禁不住向汉斯走了过去。

汉斯也看见了舒伯特，脸上立刻现出羞涩的红晕，他知道舒伯特对他很好，希望他能够把心爱的音乐一直学下去。但是，他却不辞而别，再也不到他那里学钢琴了，他得去到处找活儿干，他得每天往姐夫的手里交上几个古尔盾，才能够被允许在家里住，端起饭碗。他感到有些对不起舒伯特，很想拔腿跑掉，别让舒伯特看到自己现在这狼狈的样子。

可是，他已经跑不掉了。舒伯特已经快步走到他的面前。

舒伯特一眼看见了汉斯手里拿着的东西，那是一本书和一件旧衣服。

舒伯特立刻明白了，小男孩是要卖这两样东西，肯定是站在这里已经一个晚上了，可是，站到现在还没有卖出去。谁会在圣诞节之前买一件太破旧的衣服和一本没什么用的旧书呢？虽然，那是伴随汉斯一直读过的书，是一直穿在汉斯身上的衣服啊。童年的舒伯特也有这样穷得走投无路的经历和心境。他太知道那是一种什么滋味了。

第四章 一万种夜莺

舒伯特望望汉斯。汉斯正抬起头，将那充满忧郁而无奈的目光和他的目光相撞，他看见孩子的眼睛里储满泪水。枯寂的街头，浓重的夜色和凄凉的寒风，把他们两人吞没。头顶上那盏路灯的灯罩晃动着发出凄清的响声，被寒风带到很远处才消失。

舒伯特弯腰将自己的衣兜掏个遍，把所有的钱都掏了出来。只可惜并没有多少古尔盾。在维也纳，珠光宝气富得流油的富人有很多，舒伯特只是个贫穷的音乐家，靠教授音乐谋生糊口。他并不比汉斯好多少，自己甚至连一件外衣都没有，只好和同伴合穿一件，谁外出办事谁穿。有时候，他连买纸的钱都没有，他不止一次地说："如果我有钱买纸，我就可以天天作曲了！"在维也纳的音乐家中，他确实穷得出名。

如果德国的那个出版商能够把自己的歌曲集早一点出版就好了，现在，他就能够从自己的衣袋里，掏出多一点的钱给汉斯了。

舒伯特无可奈何地摇摇头，将那些古尔盾一把都塞在汉斯的手里，对他说："那本书卖给老师吧！"说罢，他用已经冻僵的手拍拍孩子的肩膀。

汉斯望望手中的钱，他知道那本旧书值不了那么多的古尔盾。他又望望舒伯特，一时说不出话来。

舒伯特安慰汉斯："快回家吧，夜已经很深了！"

孩子转身跑走了，寒风撩起他的衣襟，像鸟儿扑闪着快乐的翅膀。他很快又回过头冲舒伯特喊道："谢谢你，舒伯特先生！"

舒伯特看着孩子边跑边不住地回头冲自己挥着手，一直到孩

正是橙黄橘绿时

子的身影消失在夜雾弥漫的小街深处。

舒伯特也要回家了,他边走边随手翻看着那本旧书。忽然,他看到书中的一首诗,立刻被吸引住了,禁不住站在路灯下仔细读起来,居然情不自禁地朗诵出了声儿——

少年看到一朵蔷薇,
荒野上的小蔷薇,
那样娇嫩而鲜艳,
急急忙忙走向前,
看得非常欣慰。
蔷薇,蔷薇,红蔷薇,
荒野上的小蔷薇。

少年说:"我要采你,
荒野上的小蔷薇!"
蔷薇说:"我要刺你,
让你永远不会忘记,
我不愿被你采折。"
蔷薇,蔷薇,红蔷薇,
荒野上的小蔷薇。

野蛮少年去采她,
荒野上的小蔷薇;
蔷薇自卫去刺他,

第四章 一万种夜莺

她徒然含悲忍泪,

还是遭到采折。

蔷薇,蔷薇,红蔷薇,

荒野上的小蔷薇。

这是歌德的诗《野蔷薇》。不知怎么搞的,蓦然之间,寒冷的风和漆黑的夜,都不存在了,连周围的世界都不存在了,舒伯特的眼前只有那盛开的野玫瑰,鲜红如火。他似乎闻到了野玫瑰扑鼻的芳香,看到了顽皮孩子们的身影,他甚至觉得那个在原野上摘野玫瑰的孩子,正向他跑来,那个孩子正是汉斯……

一股清新而亲切的旋律,就这样从浓重的夜色中,从苍茫的夜空中,从寒冷的夜风中飘来,在舒伯特的心里泛起如花开一般荡漾的涟漪。他的心中扑满芬芳和一天的星光灿烂。

舒伯特加快了步伐,向家中走去,走着走着,被这旋律激动裹挟着,涌动着,禁不住跑了起来,飞也似的跑回家,进了屋门,连外衣都没顾上脱,立刻拿起笔和五线谱。屋子里没有一点炉火,冰冷如同冰窖一般,呵气如霜,白雾一样在舒伯特面前的五线谱上飘荡着。他不停地跺着脚,不住地搓着手,他索性把窗帘一把拉开,把窗户一把推开,让那呼啸的寒风和满天的星斗一起涌进屋来,冷就索性冷到底吧。一气呵成,他把这支美妙的旋律飞快地写了下来。他立刻感到满屋荡漾的都是那玫瑰浓郁的芳香。

这就是舒伯特一直被传唱至今的歌曲《野玫瑰》。

肖邦的抽屉

　　肖邦一生多病，身体孱弱，和他创作出那么多丰富而多彩多姿的钢琴曲，对比得那样醒目而惊心。前者像一个秋后冷雨下凋零颓败的花园，后者像一座百花盛开的芳草地。一般人很难相信，这样一个瘦弱的身躯里居然蕴藏着这样巨大的能量，他仿佛像是一支看起来很小很不起眼的烟花爆竹，而燃放起来，却可以绽开漫天灿烂的焰火。

　　1837年，肖邦从祖国波兰的首都华沙来到法国巴黎，已经7年。他不再是刚到巴黎时不为人知的小雏，而已经名声大振，他所作的钢琴曲，和他所演奏的钢琴曲，风靡甚至迷倒了整个巴黎。肖邦的钢琴曲，让曾经骄傲得不可一世的巴黎和整个欧洲，对波兰这样一个不起眼的东欧小国刮目相看。音乐就有这样大的力量，可以让人们看到一个音乐家和他背后的国家。

　　这一年，肖邦27岁。

　　这一年，对于肖邦而言，发生了人生之中的一件大事。

　　肖邦突然收到俄国驻法国大使的一封请柬，这位大使将代表沙皇授予他的"沙皇陛下首席钢琴家"的职位和称号，请肖邦出席颁奖典礼。

　　沙皇陛下首席钢琴家？"沙皇"这两个字，像射出的箭镞一

第四章 一万种夜莺

样,深深地刺伤了肖邦。他的祖国波兰,一直就是被俄国这个罪恶的沙皇占领,他自己使用的护照上,国籍一栏一直写着是俄国,可他明明是波兰人呀,这不是强盗的行径是什么?他连拥有这个代表国家主权的身份的权利都没有,还要再让我卑躬屈膝做他的首席钢琴家?这不仅是奴隶,还是奴才了!

这一切,深深地刺激着肖邦。"沙皇陛下首席钢琴家"这个称号,在那些卑躬屈膝的人眼里是堂皇的桂冠,一团闪闪发亮的耀眼的金子;而在肖邦的眼里却只是刺人的荆棘,甚至是一坨狗屎。它只会让他感到屈辱。

肖邦当然明白,现在,这个沙皇是看到肖邦在巴黎声名大噪,才向他伸出橄榄枝,开始拉拢他了。他可不想顺杆往上爬,做沙皇豢养的一条哈巴狗。

肖邦看罢请柬,撇了撇嘴,随手把信扔进抽屉里。

这位俄国大使看肖邦不仅没有受宠若惊,甚至一连几天连一点儿反应都没有,很有些奇怪。在他看来,"沙皇陛下首席钢琴家",是个非同小可的荣誉,既是称号,又是职位,名利双收,在沙皇羽翼的庇护之下,可以如鱼得水,平步青云。

于是,大使亲自找到肖邦,他想让肖邦知道这一份荣誉得之不易,那么多钢琴家,沙里淘金,最终选择了他做这个首席钢琴家,是沙皇陛下的恩赐,是经过严格筛选的。于是,他开门见山对肖邦说:"你能获此殊荣,是因为你没有参加 1830 年的华沙起义……"

大使的这句话,更让肖邦气愤不已。1830 年 11 月的华沙起

233

义，在波兰的历史上，是极其重要的一页。就是为了反抗俄国沙皇对波兰的侵略，为了祖国的独立，才有了这场揭竿而起的起义，而且，起义一度获得成功，真的把俄国佬赶出了波兰的土地。

就是在这一年起义的前夕，肖邦离开了华沙，来到巴黎深造学习音乐。他永远忘不了，离开华沙那一天，人们为他送行，人群中，竟然还有自己的老师——华沙音乐学院的院长约瑟夫·埃尔斯纳先生。他能够到巴黎深造，就是埃尔斯纳先生的推荐。埃尔斯纳先生领着一群学生唱了一首他为肖邦特别创作的送别曲：

你的才能在我们的国土上成长，
你要通过你音乐辉煌的音响，
把我们的玛祖卡，把我们的波罗乃兹，
显示出你的祖国的荣光！
……

在那深情动人的歌声中，一个朋友送给肖邦一个杯子，杯子里装满祖国的泥土。肖邦非常感动，眼睛里不禁储满泪水。他知道，这一切为的是让自己在远赴巴黎之后的日子里，不要忘记仍在俄国人铁蹄下苦难的祖国。祖国！祖国！他把这泥土和歌声，深深地装进自己的心中。

现在，大使提起了华沙起义，让肖邦感到愤怒，因为波兰贵族的出卖和里应外合，俄国血腥地镇压了起义，重新将铁蹄踏到波兰的土地，祖国再一次沦陷。身在异国他乡，没有能参加华沙

第四章 一万种夜莺

起义,是肖邦毕生的遗憾。

肖邦打断了大使的话,义正词严地对他说:"我没有参加华沙起义,是因为我当时太年轻,但是我的心是同样和起义者在一起的!"

这样斩钉截铁的话,出自这样一个弱小的肖邦之口,让大使吃惊。更让大使吃惊的是,这样一个很多人羡慕、垂涎欲滴甚至会卑躬屈膝乃至不择手段不惜卖身投靠竭力去攫取的荣誉,竟然就这样被肖邦弃之如敝屣,如此轻而易举地拒绝。他百思不得其解。

在大使的心里,觉得这个年轻的波兰佬,实在是太不识抬举。但在肖邦的心里,觉得这个大使自以为屈尊下驾,是施舍,是恩赐,而丝毫没有感觉到他们是侵略者,是波兰不共戴天的敌人,他也实在是太不了解波兰人倔强而坚韧的性格了。

大使和肖邦面面相觑,两个人都很愤怒地拂袖而去。

荣誉,对人具有很大的诱惑力,因为有着令人艳羡的既得效益。不过,有的荣誉,是刺手的刺猬;有的荣誉,是深陷的陷阱,甚至是粪坑,是沾不得的,沾上了,一生都会臭味熏天,再也洗不干净。

肖邦并不后悔自己对这个"沙皇陛下首席钢琴家"称号毅然决然的拒绝,作为一名钢琴家,他所创作的,他所弹奏的每一个音符,都应该是美的,不是丑的,是干净的,透明的,如同水晶般清澈;像他所创作的那些首纯净的夜曲,回荡在明朗的夜空,每一个音符,都成了灿烂闪烁的星星。

大使愤怒离去之后，肖邦感到一阵轻松。如果不是大使提起华沙起义，或许自己还会礼节性地委婉一些拒绝，但是，他非要哪壶不开提哪壶，等于一下子点燃了自己火药桶的信捻。很多巴黎人，都以为他的性格是柔弱的，同为钢琴家的李斯特，甚至讥讽他是"妇人的肖邦"。在巴黎，他的拥趸者，一直都为他的那些夜曲、奏鸣曲、圆舞曲、玛祖卡、波罗乃兹所感动，以为他的音乐是由伤感和梦幻交织在一起，像喃喃的自语，像清澈的小溪，像晶莹的雨滴，像清新的橄榄，可以轻轻地品味，缓缓地飘曳，轻轻地流淌，幽幽地蔓延，融化进无边的梦幻之中，使得那梦幻不那么轻飘，像在一片种满苦艾的草地中，撒上星星点点的蓝色的勿忘我、紫色的鼠尾草，和金色的矢车菊的小花，那样优美而委婉有致，那样哀婉而令人遐思悠悠。人们绝对不会想到他会对不可一世的大使如此正气凛然，更不会想到对于很多人羡慕的"沙皇陛下首席钢琴家"这个荣誉，会如此地义愤填膺，并不认为是荣誉，而觉得是耻辱；并不觉得那是可以戴在头顶上一朵芳香的玫瑰花，而是应该踩在脚底下的一簇狗尾巴草。

其实，这正是看似柔弱的肖邦性格的另一面。他既可以柔软如春风拂面，吹皱一池春水；也可以刚强如西风烈马，驰骋踏过一片草原。

一年之前，1836年，肖邦和他的好朋友里平斯基绝交，已经是这场拒绝"沙皇陛下首席钢琴家"称号的预演。因此，与俄国驻法国大使的交锋，并不是一场偶然发生的戏码。只不过这位愚蠢的大使，不懂得前车之鉴，自以为可以长驱直入，所向无敌。

第四章 一万种夜莺

里平斯基是波兰赫赫有名的小提琴家,号称"波兰的帕格尼尼",驰名整个欧洲乐坛。好朋友要来到巴黎演出,肖邦很高兴,不仅可以旧友重逢,还可以欣赏他的小提琴。肖邦事先为他出钱出力张罗,安排好一切,希望让更多的人知道里平斯基,知道波兰的音乐,知道波兰还在沙皇铁蹄蹂躏下的水深火热中。不过,肖邦只是向里平斯基提出一个要求:要专门为波兰侨民演出一场。里平斯基同意。流亡巴黎的波兰侨民不少,听自己同胞非凡的小提琴这是件好事,既可以欣赏音乐,又能够一解怀乡之愁,是两全其美的好事。他明白肖邦的这一片拳拳心意。

可是,来到巴黎,里平斯基反悔了。因为这时候,他有了新的演出安排,不久就要去俄国为沙皇演出他的小提琴。他怕在巴黎这场为波兰侨民的演出得罪了沙皇。在权衡利弊得失的天平上,里平斯基毫不犹豫地倾斜了,将艺术让位于利益,把良知让位于权势。

当里平斯基告诉肖邦这个拒绝的理由的时候,肖邦无法接受。因为这同授予肖邦"沙皇陛下首席钢琴家"称号,是因为他没有参加1830年的华沙起义的理由一样,不仅让肖邦无法接受,更让肖邦无法容忍。在这样的关键的时刻,在这关键的立场上,里平斯基居然看的是沙皇的眉眼高低,而不是波兰侨民的心底愿望和情感取向。这是让肖邦无法容忍的。在爱国的立场上,泾渭分明,不容一丝渣滓,肖邦从此愤然断绝了和里平斯基多年的友谊。

柔弱的肖邦的骨头,不是那么脆弱易折的枯枝,有时候硬得如金属一般铮铮有声，颇有点儿像贝多芬。这是当时所有巴黎人没有想到的。

在音乐家中，肖邦是短命的，他只活了短短的 39 年，过世得太早，还有那么多优美动人的音乐，等待他完成，却成了未完成曲。

1849 年，肖邦病逝于巴黎。人们在整理他的遗物时，发现了俄国驻法国大使发给他的那张请柬，仍在他的抽屉里，纸角蜷缩着，如同一片枯萎的败叶。

在抽屉里，还有肖邦俄国国籍的旧护照。他一直没有延期，而使得自己成为无国籍的流亡者。

还有一封信，是 1830 年他到巴黎之前，当时俄军占领华沙的头子康斯坦丁大公，为他专门写给俄国驻外大使馆的一封介绍信。这是通往欧洲的一张通行证，只是肖邦没有动用过。

在抽屉里，还有一个醒目的杯子。那是 1830 年肖邦离开华沙时朋友送的，杯子里面装满波兰的泥土，那是祖国的泥土。

贝多芬肖像画

这是亚当·李斯特最后一次走进自己的老屋。他已经把该卖的东西都变卖光了。今天，他就要带着儿子弗朗茨·李斯特离开他祖辈几代人居住的这个叫作莱丁的小村子，到维也纳去了。

他在老屋四周看了看，屋里已经四壁如洗，除了地上散落着的一些破烂，所有的家具，包括家里最值点儿钱的那架钢琴，都卖掉了，他没有什么可留恋的了。

小李斯特站在门外等着父亲，身边停着一辆马车，上面装着简单的家当，母亲正坐在车上淌着眼泪，止不住哭泣着。她当然知道，亚当的这个破釜沉舟的决定是为了孩子，但是，就这样说走就走，离开老家了？心里总有些伤心，和隐隐的担忧。她只想安安稳稳地在莱丁过一辈子，亚当肯定是走火入魔了，脑子里尽是些非分之想，非要到维也纳那样一个光是大就让自己害怕的城市去闯荡。

小李斯特茫然地望着母亲，又不住回过头望望老屋，父亲还不出来！他自己也不清楚，父亲这个果断得让母亲格外伤心的决定，会有什么样的结果？迎接他的会是什么样的命运？

这是1822年5月8日。这一年，小李斯特还不到10岁。

虽然已经进入5月了，莱丁的天气还很冷，有的人还没有脱下棉衣，远处的山上，树没有发绿，近处的田野里，草也没有返青。

亚当的心里也有些依依不舍，毕竟是自己祖辈居住的老家呀，在这个简陋的屋子里，他和妻子结婚，小李斯特出生，长大，第一次听自己弹钢琴，又第一次自己教小李斯特弹钢琴……真的是一草一木总关情，每一个角落里，都能够看到逝去日子的影子在跳跃着，都能够听到儿子那钢琴声悦耳地荡漾着。

父亲迟迟没有走出屋，让小李斯特等得都有点儿急了，他实在不忍心看着母亲总这么哭，他希望父亲赶紧出来劝劝母亲。

小李斯特刚刚落生的时候，是个身子多病而虚弱的孩子，母亲常常到教堂里替儿子祷告，祈求上帝保佑他消灾去病，平安长大。作为母亲，心里想的是：没灾没病就是福。但是，村里的人不这样想，他们对亚当说：你的孩子和别的农家的孩子长得可不一样，他命中注定是不属于这里的，他早晚得离开咱们莱丁村！这话，妻子不相信，但亚当当了真，因为在他弹奏钢琴的时候，妻子不爱听，小李斯特却眯缝着眼睛听得那样聚精会神。那时，他才多大呀，踮着脚还够不着键盘呢，钢琴上肯定有神灵在神不知鬼不觉地牵动着儿子的魂儿。或许，儿子真的像是村里人们说的那样不同凡响，他兴许能够实现自己一直惦记着的音乐梦想呢。亚当曾经读过一年的大学，而且在一个宫廷小乐团里当过中提琴手，本来实现音乐梦想是能够指日可待的，就是因为穷，他只好退学回到了莱丁村，给一个贵族当一个管理羊圈的账房先生。

第四章 一万种夜莺

亚当几次提出搬家离开莱丁，妻子都坚决地反对：你是一个小孩子怎么着，怎么可以相信这样巫神一样根本没谱儿的话呢？他想想，也是，只好打消了这个念头。

但这个念头却像是蛇一样，总钻出来咬噬着他的心。一直到小李斯特六岁的那一年，亚当在自己的这架钢琴上弹奏里斯的C大调协奏曲的时候，他发现小李斯特一直趴在钢琴旁听得入神。吃晚饭的时候，儿子竟然情不自禁地哼哼起这首协奏曲的旋律。这让亚当非常吃惊，他认定儿子的身上一定有着自己的遗传，音乐的细胞从自己的血液里流淌到儿子的身上。这个发现让他有些吃惊，他决心用这架钢琴教儿子弹琴。

虽然，他一直非常穷，但结婚的时候，他还是咬牙买下了这架小钢琴，只有他自己的心里清楚，这架小钢琴藏着自己一直并不甘心的梦想啊。现在，他忽然看清楚了，这个梦想要由他的儿子小李斯特来帮他实现了。短短两年多一点的时间，儿子的钢琴进步快得让他难以相信，去年的秋天，也就是小李斯特刚刚9岁的时候，在肖普朗城里举办了一场钢琴音乐会，获得了意想不到的成功。亚当知道，他已经教不了儿子了，他必须给他找一个老师，否则，会耽误儿子的前程的。不管妻子怎么哭，怎么闹，他坚定了要离开家乡去维也纳的决心。

小李斯特看着母亲一直不停地哭，等得实在有些急了，他跑进屋里，叫道："爸爸，快点儿走吧！"

可是，父亲只给了他一个背影，并没有应声。

他看见父亲正望着墙上的一幅画像发呆，那是一幅贝多芬的肖像画，从小就看它，一直贴在钢琴上方的墙上，小李斯特太熟悉这幅肖像画了。他听父亲说过，这幅肖像画是父亲买那架钢琴时一起请回家的，因为是印刷品，没有几个钱，老板没要钱奉送给了他。日子有些久了，画像已经破旧不堪，贝多芬的脸上落满了尘土，显得有些苍老。

忽然，他看见父亲踮起脚，把这幅画像摘了下来，回过头递在小李斯特的手里，叫着他的小名说："芨芨，替我把它收好，让贝多芬保佑保佑咱们，如果这次去维也纳能够见到贝多芬，拜他为师就好了！"

说这些话，小李斯特不清楚，亚当知道只是安慰自己，给自己打气而已，因为无论见贝多芬还是拜贝多芬为师，都是绝对不可能的事情了。那时候，贝多芬确实居住在维也纳，年龄不大，才52岁，但因为身体状况极其糟糕，加上双耳失聪，基本已经不怎么露面，更不要说教人弹钢琴了。

可以说是倾家荡产，破釜沉舟，在母亲一路不停的啜泣和埋怨中，亚当义无反顾地带着儿子离开家乡。好在莱丁村在匈牙利的西部边境，紧紧靠着奥地利，离维也纳很近，不算太费劲，他们来到了维也纳。

维也纳确实如母亲说的那样，大得有些晃眼睛，让人害怕，哈布斯堡王朝的夏宫，环形大道两旁的哥特式、罗马式和巴洛克式的建筑，圣斯特凡大教堂辉煌的尖顶，还有父亲一直念叨的皇家歌剧院……在此之前，小李斯特只去过一次肖普朗城。他像一只啄破了蛋壳的小鸟一样，好奇也有些忐忑地望着眼前父亲为他

第四章 一万种夜莺

打开的这片崭新却也陌生的天地。

他发现父亲来到这里之后一下子焕发出新的精神和面貌,维也纳仿佛对他施展了什么魔力,让他变成了一个新的人。他像是一只没头的苍蝇,带着儿子乱闯乱撞,又像是一只巨大的鸟,始终把自己温暖的羽翼遮挡在小李斯特的身上,并用这样坚强的翅膀驮着小李斯特四处起飞,漂泊在他们父子共同向往的音乐圣地。

那时候,父亲的翅膀上空还没有出现阳光灿烂,而尽是凄风苦雨。他找了一份零工,全家勉强糊口。母亲实在忍受不了这样动荡的生活,说死说活,不管父亲怎么劝说,还是回家乡莱丁去了。母亲走的那一天,父亲对小李斯特说:"芨芨,别怕,有爸爸我呢,我们得坚持下去!说什么也得坚持下去!有些事情是必须坚持下去的!你懂吗?"

就这样在维也纳闯荡了大约半年之后,小李斯特终于在父亲的带领下,叩响了车尔尼先生的家门。车尔尼是贝多芬的学生,他几乎能够背下贝多芬全部的钢琴乐曲的曲谱,在整个维也纳是赫赫有名的。这是亚当计划好的,他知道无法带儿子拜贝多芬为师,就退而求其次,一定得找贝多芬的学生当老师。他认定了名师才能出高徒,这是带领儿子走向成功关键的第一步。

车尔尼当时在维也纳乃至全欧洲,都是最好的钢琴教师之一,门庭若市,来他这里求学拜师的人很多。虽然叩响了他的家门,亚当的心里知道还是命运未卜,但咬咬牙,做好了充分的准备,也得闯过这第一关。车尔尼打开了房门,但眼睛在眼镜镜片后面闪烁着冷漠的光,让亚当的心里还是哆嗦了一下。他刚要张嘴,车尔尼先开口下了逐客令:"对不起,我没有时间,不再招收新学生了!"

小李斯特感到异常地尴尬,来前父亲告诉过他,一定不要说话,一切听父亲的。只听父亲一再卑躬地央求:"我们是从匈牙利来的,很远的一个叫莱丁的地方,专门来的,您哪怕只是先听听我们的小芨芨弹奏一曲呢……"

车尔尼根本没听父亲的诉说,转身离开门廊走进了客厅,小李斯特看见父亲像影子一样紧紧地跟在车尔尼的身后,也走了进去。车尔尼回过头发现了父亲还没走,脸上掠过一丝不快。趁着他还没有发作,父亲紧跟着说:"请您允许我们的芨芨弹一支小曲吧,没准您就会喜欢收下这个学生的。您一定不会后悔这个选择的。"

车尔尼微微地皱了皱眉头,不过,他还是把已经顶到嗓子眼的火压了下去,用手指着客厅里一架打开盖子的钢琴,有些不大耐烦地说了句:"那好吧,就弹奏一小曲。"显然,这是无奈之中想赶紧打发走他们的一种应付。

父亲却如获至宝,赶紧回身向还站在大门口的小李斯特打了一下招呼。小李斯特忙跑进了客厅,一屁股坐在钢琴前的矮凳上。父亲紧跟着走到钢琴旁边,轻声地嘱咐道:"快,给老师弹奏一段你拿手的。"

车尔尼走了过来,从钢琴架上拿起一本乐谱,随手翻开一页,对小李斯特说:"视谱弹奏。"

第四章 一万种夜莺

这对于小李斯特不是什么难事,他照着乐谱飞快地弹奏起来。刚刚弹奏了一会儿,车尔尼让他停下。小李斯特有些奇怪地望望这个没有父亲年龄大却严肃得像个小老头的老师,听候他的发落。只听见他说了句:"弹得到处都是毛病。"而在此之前,小李斯特听到的都是赞扬。他的屁股从矮凳上抬了起来,像条挨了打的小狗一样,耷拉下脑袋,无所适从地站在那里。

"谁是这孩子的老师?"车尔尼问父亲。

"是我。"父亲回答,脸红得也像是一个犯错的孩子。

那一刻,小李斯特和父亲都觉得没希望了。他们像是两条垂头丧气的狗,走出门外,没有想到背后传来这样的说话声:"明天早晨来上第一次课。"他们回头一看,车尔尼先生竟然把他们送到了门外。

李斯特父子两人都没有料到,车尔尼刚才是那样喜欢小李斯特节奏混乱毫无和声知识却是那样狂放无羁的天才释放的演奏。

一年多之后,车尔尼对亚当说:"亚当先生,你的茇茇真的非常出色,简直就是个天才!他的钢琴技巧完全过关了,我已经没有什么可以教给他的了。他已经长成一棵树了,他可以开他的钢琴独奏音乐会了!"

这一年的年底,在车尔尼等人的帮助下,在维也纳国会音乐厅,小李斯特举办了他的钢琴独奏音乐会。亚当知道,茹苦含辛的一切,得到了上苍的回应,他的茇茇终于迈出了成功的第一步,这是小李斯特闯荡维也纳以来的第一场音乐会。

为准备这场音乐会,小李斯特常常回家很晚,都是父亲一直在自己的身边陪着他，拖着疲惫不堪的步子回到住处，父亲和他都累得一头倒下就呼呼地睡着了。第二天早晨，又是父亲把他叫醒，而且为他做好了早餐。看见父亲无论怎么累，也是精神焕发的样子，他也就立刻抖擞出了精神。父亲开玩笑地对他说："我就是一只打鸣的公鸡，专门在早晨为了叫你不要睡懒觉的！"说着，父亲总会伸长脖子，做出公鸡打鸣的样子，逗得父子俩一起呵呵大笑起来。

有一天，小李斯特还在睡梦中，忽然被一阵喃喃细语声惊醒，睁开眼睛一看，天已经亮了，大概是父亲想让他多睡会儿，没有舍得叫醒他。他看见父亲正跪在墙前，墙上有来到维也纳就贴上去的那幅破旧的贝多芬肖像画，父亲正对着画像嘟囔着什么，像是在祷告，又像是在喃喃自语。

小李斯特从床上爬起来，走到父亲的身后，奇怪地问道："爸爸，你在念叨什么呢？这么神秘兮兮的。"

父亲告诉他："我在对着贝多芬的这幅画像说，要是贝多芬能够来参加你的这第一场音乐会，那该多好啊！"

同样的话，他在前两天对车尔尼已经说过一遍，只是车尔尼听后没有说话。

这当然也是小李斯特的愿望。但是，他不抱这种幻想，毕竟贝多芬病情很重了，他基本不在社交场合中露面了。在这一点上，父亲显得比自己还要一厢情愿地天真。

小李斯特的第一场音乐会获得了意想不到的成功。父亲唯一的遗憾，是梦想中的贝多芬没有出席这场音乐会。

第四章 一万种夜莺

但是，亚当和小李斯特都没有料到，在四个月后举办的小李斯特的第二场音乐会中，贝多芬突然出现在音乐厅第一排的座位上。此刻，亚当和小李斯特都不会知道，这是车尔尼的努力，才说服了贝多芬拖着病重的身子来到了音乐厅。虽然贝多芬听不见琴声，但是，他能够看得见，更能够感受得到，小李斯特那细长的手指在琴键上的龙飞凤舞，那种水银泻地的韵律，那种神采飞扬的气势，那种百鸟闹林般的声响……都在贝多芬的心里回荡着。

音乐会结束的时候，贝多芬第一个站起来鼓掌。他颤颤巍巍地走到台上，小李斯特站在钢琴旁望着正向自己走来的大师，有些看呆了，激动得一时不知如何是好。他的父亲亚当在台下更是惊呆了，禁不住热泪纵横，一个劲地冲身边的车尔尼先生说道："天啊，这是真的吗？这是真的吗？"那一刻，全场屏住了呼吸一般，安静得出奇，所有人的眼光聚光灯似的都聚集在台上，看着贝多芬走到小李斯特的身边，一把把他揽进怀中，在小李斯特的额头亲吻了一下。这时候，全场爆发出雷动一般的掌声。

四年之后，1827年3月26日，贝多芬逝世。

同样的四年之后，1827年8月28日，小李斯特的父亲亚当·李斯特逝世。那一年，小李斯特刚刚16岁，那天早晨，他以为父亲还会和往常一样，只不过是太累了，一会儿就会醒过来，醒来之后就又像往常一样精神焕发，从床上爬起来，公鸡打鸣一样把他从床上叫醒："芨芨，快起来，咱们走！"然后像一只老鸟，用他坚强的翅膀驮着自己四处起飞，闯南闯北。但是，

正是橙黄橘绿时

这一次,父亲再也起不来了。父亲还不满 50 岁,他知道父亲是活活为自己累死的。

父亲被葬在巴黎郊外布洛涅的圣达姆扬公墓。下葬的时候,小李斯特把那幅贝多芬的肖像画放在了父亲的身旁,随着棺椁深深地埋进土里,小李斯特的心也在沉沉地坠落。

茶花女柳

如果不是大家一劝再劝，威尔第是不会离开圣阿加塔，到米兰来的。他自己也清楚地知道，他的病已经不轻了。自从三年前妻子朱塞平娜去世，他的身体每况愈下，听力越来越坏，腿也不听使唤了，以致连床都爬不起来了。老了，老了！他常常在心里感叹道。

这是1900年的冬天，威尔第87岁了。

饭吃得越来越少，觉睡得也越来越少。一觉醒来，夜色沉沉，窗外再也看不到圣阿加塔乡间那明亮的星空。四周是一片墨汁一般浓重的夜色，什么也看不见，只有往事浮出夜色，格外清晰地跳出来，像是五线谱上的音符排着队向威尔第涌来。

他太想念圣阿加塔了。

圣阿加塔在他的家乡布塞托的乡村，他一辈子喜欢乡村，难怪他的妻子朱塞平娜一直管他叫"乡下佬"。他并不反感这样的昵称，他一直也把自己叫作农民，在填写职业栏的时候，索性写上"庄稼人"。

威尔第一生的大部分时间，就是在圣阿加塔度过的。那里有米兰乃至整个欧洲大都市里都没有的田野、谷地、葡萄园、玉米地、乡间的小路和路旁参天的白杨树……还有他在花园里亲自种植的郁金香、杜鹃和蔷薇,他养殖的漂亮的野鸡和孔雀,和它们繁殖出的一窝窝小雏。还有他养的那条叫作卢卢的狗,他培育的叫作"威尔第"的新品种良马……

他似乎都听见它们那熟悉的叫声了。

当然,他最想念的是花园里他亲手栽下的那些树。自从1848年那一年买下了圣阿加塔之后,他所有的歌剧都是在这里写下的,乡间给了他在城市里绝对没有的灵感。那一年,他37岁。每写完一部新的歌剧的时候,庆祝的方式都有些特别,他都要在花园里栽种下一株新的树苗,每一株树苗的品种都不一样:《利哥莱托》是悬铃木,《茶花女》是柳树,《游吟诗人》是橡树,《唐卡洛斯》是朴树,《阿依达》是苹果树,《奥赛罗》是梧桐树……

晚年,威尔第最喜欢到花园里散步,那些他栽种下的树木,都已经长得高大,树冠如伞,枝叶茂密。他写下了多少歌剧,这里就有多少株不同的树木,像是列队等候他检阅的士兵,这让他一目了然,格外开心。

越是睡不着,这些树越是浮现在眼前一片黑暗中,就像他的老朋友一样,用树叶拂动的飒飒声,和他说着话。当这些树走马灯似的再一次从他的眼前晃过的时候,他一把拉住了那株柳树。

他想起了妻子朱塞平娜。

那一年,他整整50岁,写完了他钟爱的《茶花女》,他问妻子:"亲爱的,我们种一株什么树好呢?"

妻子想了想,说:"就种一株柳树吧。"

第四章 一万种夜莺

他便种下了一株柳树。在花园所有的树里，妻子特别喜欢这株柳树，她管这株柳树亲热地叫"茶花女柳"，就像威尔第每次见到他的狗向他跑来都要叫着"卢卢"一样，每次陪威尔第到花园里散步的时候，老远看见了那株柳树，她都要叫道："看，茶花女柳！我们先去看看它吧。"

每年复活节到来的时候，她都要特别到那株柳树前，看看它的嫩叶长出来没有，她总会为第一眼看到了嫩叶像小鸟啄破蛋壳探出头来而高兴得大呼小叫。威尔第愿意跟着她，俯身看着这样大自然的奇迹，他总会琢磨这嫩叶是怎么长出来的呢？会是和自己的音乐里的音符一样，神助一般在某个瞬间一下子就从心中奔涌而出了吗？让他忍也忍不住立刻把音符写在纸上一样，绽开在枝头上吗？看着妻子抚摸着它那随风摇曳的细嫩的枝条，让那鹅黄色弯眉一般的嫩叶轻轻地摩挲着她的脸庞，他总忍不住想起这个对于它有些神奇的问题。在威尔第的眼里，那柔韧轻飐的枝条，如同妻子那一头飘逸的金发，一起在阳光下迷人地闪亮。

快40年过去了，那株"茶花女柳"一点点长大，和自己一样地老了，老得枝条再不如以前那样婀娜了，树干粗壮得如同水桶一般，还布满了老年斑一样的疤痕。现在，冬天到了，它的枝条更是枯萎得和自己一样瘦骨嶙峋，在寒风中发出颤抖的叹息。妻子走了，自己也离开了它，在圣阿加塔的花园里，只剩下孤零零的它，真可怜啊。

想起那株"茶花女柳"，就想起了妻子。同时，威尔第忍不住也想起了花园里的老花匠巴西利奥·皮佐拉。真怪自己当年没有听了皮佐拉的话啊。他的心里隐隐地觉得有些对不起皮佐拉。

威尔第是个怪人,他的音乐是那样豁达、细致、温情,但生活中却是那样刻板,甚至粗暴得像头黑熊。而且,他还格外看重金钱,特别吝啬,对待那些登门找他来要新歌剧的剧院老板们,他索要高价,一手交钱,一手交货,只要现金,必须当场一次付清,毫不客气,绝不通融。对待他手下为他干活的农民,他也是一样锱铢必较,绝不会多给一文钱。他还常常会为一点鸡毛蒜皮的小事而火冒三丈,没头没脸地训斥、大骂那些农民。

那一天,他就是这样把皮佐拉劈头盖脸地骂了一通。

其实,只是为了那株"茶花女柳"。那株柳树也真是奇怪,妻子死后,它也渐渐地枯萎了,仿佛它真的有了灵性,和妻子有着某种感应或心的相通。妻子死后的第二年的春天,复活节过去好多天了,圣阿加塔的田野里的麦苗已经返青,葡萄园里葡萄藤也已经冒出了嫩芽,花园里所有的树都回黄转绿,唯独那株"茶花女柳"还是枯枯的,没有一片绿叶,像是一个完全脱发的老女人,赤裸着干枯的身子站在那里,让人触目惊心。

夏天到来的时候,皮佐拉找到威尔第,告诉他那株柳树已经死了,是不是要把它砍掉?威尔第一听,立刻火冒三丈,冲皮佐拉大骂道:"谁告诉你说,'茶花女柳'死了?我看要死的是你这个畜生!"

皮佐拉一气之下,提出辞职。威尔第更为大怒:"滚你妈的蛋吧,我不缺少花匠,不缺少你这样的蠢货!"结果,他扣下3000里拉的工钱,生生就是不给人家。

第四章 一万种夜莺

现在，在黑夜的一片混沌之中，他想起了那株"茶花女柳"，想起了老花匠皮佐拉。

第二天天蒙蒙亮了，冬天的米兰，晨雾浓重地遮挡住了窗户，屋子里光线有些晦暗。

他把玛丽亚叫进来。玛丽亚是33年前他和妻子收养的一个小姑娘，妻子死后，一直都是她在照料着威尔第，他们情同父女。

玛丽亚问："有什么事情吗？"她知道威尔第这几天以来，一直心事不宁，常常说要写遗嘱的事情。她眼瞅着威尔第在急遽地消瘦和衰老，当年健壮的躯体，如同一株大树无可奈何地枯萎，被掏空的树干，在风中发出凄凉而哀婉的空旷回声。

果然，威尔第让她立刻请人来帮助写遗嘱。她看见了，威尔第的眼睛如风中的残烛，闪动着最后微弱的一线光了。她的心里一酸，赶紧要退下找人去。

就在她刚刚转身走到门口的时候，她听到威尔第叫她的声音，虽然那声音很微弱，她还是听见了："玛丽亚……"

她转回身，又走到床边，低下头问道："还有什么吩咐吗？"

威尔第从被子里伸出一只手，睡袍宽松的袖口垂了下来，露出他枯枝一样的手臂。他颤颤巍巍地指了指窗户，说："请帮我把窗户打开。"

"外面很冷呀！"玛丽亚很吃惊。她不知道威尔第为什么要这样做。

但是，威尔第还是坚持伸着自己枯瘦的手臂，指着窗户。

玛丽亚没有办法,只好走到窗户前,把窗子打开了一点缝。

威尔第摇摇头,使劲地挥动着手臂。玛丽亚明白,他是要自己把窗子开得再大一点。没有办法,她太了解这个固执的老头了,只好把窗子开大。寒风立刻水一样汹涌地灌进屋子里。她望着威尔第,不知该如何是好。威尔第却向她挥挥手臂,让她赶快走,请人去吧。玛丽亚只好离开了房间,心里有一种不祥的预感。

浓雾很快地灌满了整个房间。威尔第大口大口地吸着湿润而凛冽的雾气。恍惚中,这样的情景很像圣阿加塔谷地上春天里飘逸着的浓雾,葡萄园里的葡萄藤,花园里的那些树木和花草,在雾气中都是那样光滑而湿漉漉的了,他几乎闻到了散发在整个圣阿加塔那种清新的香味了。那一瞬间,他恍然置身在圣阿加塔了,载着他的双轮马车,就奔跑在圣阿加塔他熟悉的泥泞得发黑的土路上了……

当玛丽亚带着人走进屋里,威尔第已经昏迷在床上。他们慌忙地把他叫醒,又赶紧把医生叫来。

威尔第睁开了眼睛,似乎刚才的一切都没有发生,他突然很精神了起来,仿佛睡了一大觉,疲惫的身体有些恢复。他对着那个帮他写遗嘱的人,一条条列着他遗嘱的条目,先从慈善机构开始,音乐家的养老院、医院、佝偻病人和聋哑人的福利机构,再说到家属、朋友和一直伺候他的玛丽亚以及其他的仆人……他的头脑清醒而清晰,有条不紊,深思熟虑,无一遗漏,和以往的暴躁与吝啬,是那样判若两人。玛丽亚和那个没停笔一直记录遗嘱

第四章　一万种夜莺

的人，大为惊讶。

最后，他把玛丽亚叫到身边，问道："巴西利奥·皮佐拉，你还记得吧？"

玛丽亚点点头。他特地嘱咐："在我死后，立即付给花匠巴西利奥·皮佐拉3000里拉。他在圣阿加塔我的花园里干了好多年活。请一定要把这一条写在我的遗嘱上，由玛丽亚负责执行。我很愧疚，这是我欠他的工钱。而且，我还对他发了脾气，其实，他是对的，就请转告他，请他把那株柳树砍掉吧。"

冬天还没有过去，才刚刚是转过年的1月27日，威尔第与世长辞。

送葬的时候，老花匠巴西利奥·皮佐拉来到了米兰，但他没有听从威尔第的遗嘱，把那株老柳树砍掉。在圣阿加塔威尔第的花园里，那株"茶花女柳"还在。

兹罗尼茨的钟声

兹罗尼茨是离布拉格不远的一个小镇。13岁那年,德沃夏克从家乡尼拉霍柴维斯村来到了这里。虽然,这里离尼拉霍柴维斯村很近,只需走个把钟头,就可以走到,但是,眼前的一切还是让德沃夏克感到很陌生。小的时候,父亲曾经带他来过这里,不过,他已经没有任何印象了。大一点儿,懂事之后,这是他第一次来到兹罗尼茨。

他到兹罗尼茨是来学杀猪的。

这可不是他愿意干的活儿,可是,没有办法。那天,他正在上课,老师把他从教室里叫了出来,在教室门外的走廊口,他看见父亲一脸严肃地站在那里。阳光在门外跳跃,父亲站在阴影里,沉沉的感觉,不像是什么好征兆。跟着父亲走回家的半路上,父亲告诉他,已经在兹罗尼茨给他找好了活儿,让他去那里给一个屠夫当学徒。

父亲自己就是一个屠夫,不让儿子给自己当学徒,却把儿子送到兹罗尼茨,德沃夏克不明白这是为什么。他只知道,家里的日子一直很穷,父亲一个人要养活8个孩子,母亲最近又病了,父亲实在有些力不从心。谁让自己是老大呢?他知道,到了自己替父亲担担子的时候了。他什么话也没有说,回到家,把书包挂

第四章 一万种夜莺

在墙上,他知道书包要换成杀猪刀,彻底和他告别了,他觉得书包和他的脸色一样,都显得有些忧郁。书包边的墙上,挂着一把齐特尔琴,一样也显得那样伤感和无奈。

临离开家的时候,他又望了一眼墙上的那把齐特尔琴。这是一把小齐特尔琴,可以抱在怀里演奏,传说是从巴伐利亚传来的,现在成了波希米亚人最常见的民族乐器。父亲特别喜欢弹奏这把琴,德沃夏克小的时候,父亲手把手教会他弹奏这把琴。琴上的琴弦很多,要用空弦伴奏,用乐弦弹拨旋律,还得用手指按琴头的指板打节奏,常常弄得小德沃夏克手忙脚乱。但他学得很快,很快就能够为客人演奏曲子了,常常得到父亲和客人的赞扬。

德沃夏克希望父亲能够允许自己带走这把琴,父亲从他的眼神中明白了他的心意,却只是对他说了句:"还是好好学杀猪吧,以后好有个饭碗。"之后就拉着他的手,走出了家门。

13 岁的德沃夏克,耷拉着尾巴的小狗一样,跟在父亲的屁股后面来到了兹罗尼茨。

那个屠夫是父亲的老朋友,一个满脸长满硬刷子一样胡须的壮汉,他拥抱着德沃夏克,在他的脸上亲吻了一下,胡子扎得脸上火燎一般生疼。第二天一清早,他用那跟熊掌一样肥厚的手掌,拍了拍德沃夏克的肩膀,笑着递给他一把杀猪刀,那把刀明晃晃的,比父亲常使的还要沉,还要大。德沃夏克知道,学徒期两年,两年之后,这就是自己手里闯荡江湖的家伙了。从此,这家伙将彻底取代齐特尔琴。

正是橙黄橘绿时

一天的活儿忙得马不停蹄，只有吃过晚饭，才可以喘口气，歇一歇。这时候，德沃夏克经常到小镇上走一走，散散心。他不大喜欢这个小镇。其实，兹罗尼茨很漂亮，四周被绵延的波希米亚森林包围，层层叠叠的树木，放眼望去，是一片绿意葱茏。只是德沃夏克觉得它没有家乡的那条伏尔塔瓦河，是最大的缺憾。美丽的伏尔塔瓦河就从他家的门前流过，从他家的二楼窗户能看见伏尔塔瓦河浮光跃金，唱着歌流向远方。

一天黄昏，他在小镇上走着，忽然看见一座教堂，这让他有些兴奋，因为就在他家的对面，伏尔塔瓦河畔上，也有一座和它很相似的圣安琪尔教堂，从那里面传出来的唱诗班唱的赞美诗，他伏在窗台上都能够清晰地听见。德沃夏克就是在那里受洗，他的教名，也是在那里起的。兹罗尼茨的这座教堂，给了他很大的安慰，让他找到了和家乡相近的感觉，聊慰他落寞的乡思。

那一天，因为不是礼拜日，教堂里没有一个人，非常安静。德沃夏克走了进去，夕阳透过高高的彩色玻璃窗洒进来，光线被裁成一缕一缕的，变得像是从空中垂下来的丝绸穗子一般，格外地柔和而迷离。德沃夏克一眼就看见，在教堂最前面台上靠边的一侧，放着一架管风琴。他径直地走到台上，走到那架管风琴前。他已经好多天没有摸过琴了，在尼拉霍柴维斯村，不管日子过得再怎么艰苦，琴总是要弹的；不管是自己家里的齐特尔琴，还是学校里的管风琴，德沃夏克弹的琴，总会受到人们的赞扬。

德沃夏克的手有些痒痒，他轻轻地抚摸了一下一尘不染的琴盖，琴盖仿佛一只敏感的小鸟轻轻地跳了一下，一种轻柔的旋

第四章 一万种夜莺

律,带着花香的微风一样,在琴上也在他的心头掠过。他不由自主地掀开了琴盖,屁股像被吸铁石吸住一样,一下子就坐在了琴凳上面。当他的手指在键盘上流水一般滑过的时候,他忘记身在何处,家的那座二层小楼和小小的后花园,门前美丽的伏尔塔瓦河和圣安琪尔教堂,都纷至沓来,涌到了面前。他弹得有些忘情,灵动的小手像是小鸟一样上下翻飞着,琴键上跳跃着他少年的心。

当他一曲弹奏完,长长地舒了一口气的时候,才发现身后站着一位长者。

德沃夏克立刻站了起来,为自己的私自闯入而歉疚,他很不安地望着这位长者,等候着发落。

这位长者,并没有责怪他的意思,只是问他:"你叫什么名字,是从哪里来的?"

德沃夏克还是有些忐忑,告诉他:"我叫安东尼·德沃夏克,我是从尼拉霍柴维斯村来的。"

长者伸出了他的手,握住德沃夏克的手说道:"我也叫安东尼,我是安东尼·李曼,这座教堂的乐长,也是兹罗尼茨音乐学校的校长和管风琴老师。很高兴认识你!"

德沃夏克的小手握着这只温暖的手,简直不敢相信眼前发生的一切。

李曼对他说:"我刚才听了你的弹奏,你弹奏得很好,能够告诉我你是跟谁学的吗?"

德沃夏克告诉他:"我爸爸教我弹的琴。"

李曼"哦"了一声,点点头。然后,他问:"亲爱的德沃夏克,你愿意到我们教堂的唱诗班里唱歌弹琴吗?当然,如果你愿意到我的音乐学校里学习管风琴,我更是非常欢迎你的!"

德沃夏克听得有些恍然,他愣愣地望了李曼先生一会儿,才像醒过来一样,摇了摇头:"对不起,谢谢你的好意,但是恐怕我不能来。"

"为什么?你是很有天赋的呀,你到我这里来,我会很好地教你的,会比你父亲教得要正规的呀。"

德沃夏克再一次道谢之后,告诉他:"李曼先生,我到兹洛尼茨不是来玩的……"他停顿了一下,悄悄地望了望面前的李曼先生,然后垂下头,有些不好意思地说,"我是来学徒的,学杀猪。每天都要干活儿,没有时间。"

"是这样。学杀猪。"李曼先生的目光紧紧地盯住他,沉吟了一会儿,又说,"学杀猪,真的是非常可惜。不过,学杀猪,礼拜天也总是要休息的吧,你就先礼拜天到我这里来好吗?"

李曼先生的目光热切而肯定,德沃夏克还没有来得及点头,李曼先生就摸着他的头果断地说:"那就这样定下来了好吗?这个礼拜天,你就来,我等着你。"

来到兹罗尼茨这些天来,德沃夏克从来没有像今天这样兴奋。向李曼先生道过谢后,他几乎是跳着蹦着跑出了教堂。晚霞正烧红了半边天,落日的余晖温暖地洒满小镇,跑了老远,他禁不住回头,望了一眼那座对于他显得有些意外和神奇的教堂。这时候,教堂里正敲响晚祷的钟声,悠扬的钟声像水面上荡漾开来

第四章 一万种夜莺

的涟漪,在整个兹罗尼茨轻轻地回荡着。

德沃夏克的师傅,那个满脸长满硬刷子一样胡须的屠夫,感到有些奇怪,来到他这里一直闷闷不乐的德沃夏克,这几天突然在舞动着杀猪刀的时候,居然情不自禁地哼起了轻快的小调。

兹罗尼茨教堂的唱诗班,给德沃夏克带来了快乐。音乐,让他重返童年无忧无虑的时光,带给他无限的向往,坐在管风琴前,手指触摸琴键的感觉,毕竟和手持杀猪刀面对一群黑乎乎的猪的感觉完全不同。德沃夏克心里想,有音乐陪伴,再枯燥艰苦的学徒日子,也能够熬过去了。

在一个礼拜天,唱诗班的活动结束后,李曼先生让德沃夏克等他一会儿。他对德沃夏克说:"你能不能够捎信叫你的父亲来兹罗尼茨一趟,我想见见老德沃夏克先生。"

德沃夏克不知李曼先生找父亲有什么事情,心里有些不安。李曼先生拍拍他的肩膀,笑着对他说:"我是想劝说你的父亲,不要让你再学什么杀猪了,那样会耽误你的,还是让你到我的音乐学校来学音乐吧。我会免收你的学费的。"

德沃夏克太高兴了。

但是,他高兴得太早了。当他带着这个喜帖子回家,告诉父亲,请父亲去一趟兹罗尼茨找李曼先生的时候,父亲冷冷地对他说:"音乐好听,能够当饭吃吗?我弹了一辈子齐特尔琴,怎么样呢,不还是杀猪吗?会弹琴的,比会杀猪的人还多,别异想天开了,是什么虫子就得爬什么树,还是老老实实地学杀猪吧,好歹那是一门混饭吃的手艺。"

正是橙黄橘绿时

父亲不肯来兹罗尼茨见李曼先生。德沃夏克见到李曼先生，非常不好意思。李曼先生没有说什么，只是轻轻地叹了口气。

下一次再回家的时候，父亲把垂头丧气的德沃夏克叫到自己的屋子里，上上下下打量了一番他，看得他有些发毛，以为自己这个学徒哪儿出了毛病，让那个满脸长着硬刷子毛一样胡须的师傅告了状。

父亲对他说："我还真看不出来，你小子哪儿藏着音乐的天分，会弹个齐特尔琴和管风琴的人多啦！"然后，他对德沃夏克说，"行啦，别再跟你师傅学杀猪了，前两天，你的那个李曼先生亲自来咱家，把你夸得像朵花，真跟天才似的，还不要你一分钱的学费，人家那样心诚，我要是再不同意，就太不识抬举了。明天，你就去他的音乐学校吧，不过，你得好好地学，别辜负了人家李曼先生的一番好意！"

德沃夏克这才知道，李曼先生亲自跑到家里，终于把父亲说动了心。但是，那时他还太小，他还不知道，这将是他人生道路的一个重要的转折点。是李曼先生帮助他乌鸦变凤凰，从一个屠夫的学徒变成一名音乐家，迈出了点石成金的关键第一步。

李曼先生的音乐学校是一所寄宿制学校，在那里，李曼先生不仅管他吃住，还教他学习钢琴、风琴和作曲理论。可以说，这是德沃夏克有生以来第一次得到正规的音乐教育，让他像小鸡啄破蛋壳，看到一个更广阔的天空。

他在这里学习了整整三年的时光。三年之后，德沃夏克16岁，李曼先生再次说服了德沃夏克杀猪的父亲，家里再难，砸锅

第四章 一万种夜莺

卖铁也要送孩子进布拉格的管风琴学校学习,那里是全捷克最好的管风琴学校。这一次,老德沃夏克的心已经被李曼先生和儿子一起点燃,他听从了李曼先生的话。

德沃夏克以优异的成绩考入了布拉格风琴学校。离开家乡前,他特意去了一趟兹罗尼茨,和李曼先生告别。他深深地感激李曼先生,李曼先生是他音乐生涯的第一个老师,他知道,如果没有李曼先生,就没有他的今天,也没有他的未来。

那一天,李曼先生非常高兴,带着他从音乐学校走到了教堂里,一直走到教堂台上那架管风琴的前面,对他说:"再弹奏一曲吧,我就是在这里第一次看见你的。"

多年过后,德沃夏克忘记了当时他弹奏的是什么曲子,但是,他永远不会忘记的是,那天的分别,李曼先生一直送他到了小镇外面通向尼拉霍柴维斯村的道上。正是黄昏时分,落日像一个火红的大灯笼挂在天边,一点点地垂落,远处传来了悠扬的钟声,那是兹罗尼茨教堂晚祷的钟声,每一声都在他的心中荡漾起清澈的回声。

德沃夏克对李曼先生一直充满感激之情。24岁那一年,德沃夏克特意创作了他的第一交响乐,取名叫作《兹罗尼茨的钟声》。

达格妮之歌

在卑尔根的森林里,守林人的女儿达格妮第一次见到格里格的时候,不知道这个长着灰白头发的高个子老头,就是全挪威最有名的音乐家。

那是秋天的一个早晨,达格妮刚刚 8 岁。

早晨的阳光是那样明媚,从树叶间筛下来,一缕一缕的金线荡漾着,洒在脸上,丝绸般的感觉,温柔得如同轻轻的抚摸。这是卑尔根最美的季节,在其他的日子里,卑尔根多雨,只有在这样的季节里,天空是那样明朗,林子里一片金黄,从不远处的挪威海面上吹来的海风,湿润而清新,和林中的花草树木散发出的香味交织在一起,让人那样心旷神怡。

这一天,达格妮早早地就来到林子里了,她特别高兴,因为这一天是她 8 岁的生日。这是一个经常把现实和童话混淆的年龄,这一天,这样早就来到了林子里,达格妮心里藏着一个小秘密,她最渴望能够在林中出现安徒生的童话,她不知道听谁讲过,说是在自己生日那一天,最早来到林子里的人,常常能够碰到奇迹。当然,这只是她自己的秘密,对谁都没有讲过的,早晨从家里出门,妈妈还问她这么早出去干吗呀?她连答都没有答就跑出了屋。

第四章 一万种夜莺

远远地看见格里格这个老头从金黄色的树林里出现,她的心一惊,以为真的是童话出现了呢,这个老头就是安徒生,来到了这片森林里。

她已经在林子里玩了一个多小时了,都捡了满满一篮子的枞果。一边捡,她一边幻想着,如果安徒生真的能够突然出现在自己的面前,该多好啊。就在前些天,她刚刚读过安徒生写过的这样一篇文章,也是在森林里,只不过是在丹麦的犹特拉金的森林,安徒生为林务区长的女儿过生日,只不过那是个7岁的小姑娘,比达格妮小一岁。安徒生在林子里每一株树根底下或每一棵蘑菇底下,藏了一件小东西:一块包着银纸的糖果;一束蜡制的小花;一枚胸针、丝带、红枣……清晨,安徒生带着小姑娘来到林子里,告诉她:"我送你的生日礼物就在这林子里面,你自己去找吧!"

达格妮多么希望在自己8岁生日的这一天,安徒生也能够出现在自己的面前,在林子里每一株树根底下或每一棵蘑菇底下藏着送给她的生日礼物呀。

真的像做梦一样,安徒生就在自己的面前。

达格妮丢掉手中的篮子,向格里格跑去,篮子里的枞果撒了一地。

当她来到格里格面前的时候,有些吃惊地问道:"你是写童话的那个安徒生先生吗?"

格里格稍稍一愣,他没有觉得自己和安徒生哪里长得有些相像,也许,个头有些相像,但实在地说,他比安徒生要漂亮多了。不过,他很快醒悟过来,明白了眼前的这个小姑娘一定正沉浸在童话之中，这样年龄的小姑娘，哪一个不对童话痴迷呢？

"对不起，我不是安徒生。不过，我见过安徒生，我和安徒生是好朋友，你有什么事情需要我帮助，或者需要我来转告给安徒生先生的吗？"

格里格说得没错。他20岁那年，在哥本哈根真的见过安徒生，安徒生为他还写了一篇叫作《孤独的旅人》的童话，格里格也为他谱写了《诗人的心》的曲子，在曲谱上特意写道："献给安徒生先生"，以示敬仰。

达格妮望着格里格，有些失望。她对格里格说："你不是安徒生啊，那你就不能够送给我生日礼物了。"

"是吗？今天是你的生日？"格里格问道，然后他伏下身子，把撒落一地的枞果拾回篮子里，帮助达格妮提起一篮沉甸甸的枞果，又问，"今天是你几岁的生日呀？"

"8岁。"达格妮的声音清脆得如同一声悦耳的长笛。

8岁，格里格禁不住在嘴边念叨了一句。如果自己的女儿亚丽珊德拉活着，早已经过8岁了。亚丽珊德拉才活了仅仅13个月呀，流星一闪，就病逝了，可怜的女儿没有能够和眼前的这个小姑娘一样过一次8岁的生日。那是他唯一的孩子。

格里格望着达格妮，眼前重叠着两个小姑娘的影子。他轻轻地抚摸了一下达格妮漂亮的一头金发，金发上有阳光留下的温暖，还有调皮的松鼠在树间踩下的几根松针。格里格问她："小姑娘，你叫什么名字？"

"达格妮。"

第四章 一万种夜莺

"好的,亲爱的达格妮,我会和安徒生一样,也送你一件生日礼物的。"

"真的吗?"达格妮兴奋得跳了起来,"就藏在这林子里面吗?"

"是真的,只是,抱歉今天我没有带来,但我一定会给你的,不过,要等到你18岁的时候。"

"18岁的时候?"达格妮摇摇头,禁不住叫了起来,"天呀!也就是说,我还要等10年以后?"

格里格重复地说道:"是的,要等到你18岁的时候。"

"10年,太长了呀!为什么要等10年的时间呢?"

"因为到那时候,你会和收到安徒生的礼物一样吃惊和高兴。好了,现在让我送你回家吧。"

达格妮眨眨眼睛,将信将疑,她连忙说:"谢谢,不用了,我自己可以回家。"便从格里格的手里接过那一篮枞果,和他告别了,走了老远,又回过头来,望了一眼还站在那里的格里格。金色的阳光,把他塑成一尊金子般的雕像,树影斑驳,闪烁在他的身上,跳跃着迷离的光。

格里格向她挥着手,一篮枞果又从达格妮的篮子里滚落了出来。

10年,无论对一个小姑娘,还是对一位作曲家,都不是短的时间。10年,该有多少作品在一位作曲家的手里诞生,将他慢慢地催老;而一个小姑娘在10年之间将长成如花少女。

格里格一直记着这件事情。之所以让他念念不忘,不仅因为达格妮让他想起了自己唯一的女儿亚丽珊德拉，同时让他想起了自己的童年，也是在他8岁前后发生的事情。

那时，格里格在离卑尔根不远的兰斯庄园小学读书。格里格聪明，爱好音乐，却不是一个听话的好学生。在上课的时候，他常常爱问一些古怪的问题，刁难老师。那一天，地理老师把地图挂在黑板上，为了让学生能够形象记忆得牢靠一些，开始讲意大利像只高勒的靴子，斯堪的纳维亚半岛像条狗……格里格站起来，问老师我们挪威像什么呢？老师被问住了，但他不想在学生面前显得丢脸，下不来台，便对格里格说："好吧，这个问题你自己回家先思考一下，下节地理课，我再给你答案。"下节地理课，老师早把答案的事情忘掉了，而格里格回家对着地图，却是认真地琢磨了又琢磨，他要告诉老师：我们挪威的地图，像我们国家那种长长把子的古老的兰格里克琴。但是，老师不仅忘记了自己允诺的话，也没有给格里格回答答案的机会。那一天上地理课，节外生枝，格里格带来了自己第一次谱写的起名叫作《拉尔维克的波尔卡》的乐谱，被老师发现，老师竟然粗暴地把乐谱揉成一团扔在地上，然后揪着他的头发，把他一把从椅子上揪起来，嘲讽道："真了不得啦，你还能谱波尔卡的曲子呢！"

这件事情，一直让格里格耿耿于怀。他一直觉得，作为长辈，无论是老师，还是其他任何什么人，对于孩子允诺的话，都应该兑现。这样，才会让孩子感到这个世界是美好的，是可以信赖的，而不是充满了欺骗的陷阱。孩子的心，纯真得犹如一片透明的蓝天，你答应为他们放飞洁白的鸽子，就一定要带着那鸽子

第四章 一万种夜莺

飞上天空。否则,孩子会望着天空发呆,他们会不再相信大人,也不再相信天空的透明和蔚蓝。

格里格一直记着要送给达格妮的这件生日礼物。他不敢轻易落笔,他要把心中最美好最真挚的旋律,谱写在五线谱上。他知道,这是对自己的女儿亚丽珊德拉,对守林人的女儿达格妮的一片心,也是对承诺乃至诺言的一片心。

那是他答应为达格妮放飞到蓝天上的洁白的鸽子。

最后,在家乡卑尔根附近特罗尔豪根格里格的一幢别墅里,格里格花了一个多月的时间,谱写完了这部作品:《达格妮之歌》。

事后,包括格里格逝世以后,许多人猜测,一定是先有了这支乐曲,才有了后来的《索尔维格之歌》,这两部乐曲有着那样多的相似点。在格里格《培尔·金特》那部最重要的歌剧后来又改编成的组曲中,《索尔维格之歌》是其中最动人的篇章。在格里格的心里,索尔维格一定就是自己无法忘怀的女儿亚丽珊德拉,就是那个眼睛里充满童话光芒的可爱的小姑娘达格妮。

10年过去了。

18岁的达格妮来到了首都奥斯陆。作为守林人的父亲,为了让刚刚中学毕业的达格妮见见世面,把她送到了奥斯陆的姑姑家。

6月的奥斯陆,正是美丽的白夜时节。布许斯湾的海港的"落日炮"响过,人们都聚集到海滨公园的露天剧场,一年一度的白夜音乐会就要开始了。明如白昼的夜晚,是那样神奇,天空呈现出明亮而神秘的光,剧场周围的菩提树间点缀着的彩灯,宛若降落在人间的星星。出落得亭亭玉立的大姑娘达格妮,穿着一身洁白的连衣裙,在姑姑的陪伴下,来到了这里。这是她第一次欣赏音乐会。包围在她的四周的天光和灯光,让她恍惚觉得置身于童话的世界里。

在热烈的掌声中,指挥出场了,向观众躬身鞠了一躬,轻轻地挥舞起手中的指挥棒。音乐会开始了。

达格妮坐在后排,没有看清,指挥就是8岁那年在卑尔根森林里见过的格里格。一直到最后一个曲目,报幕人报幕道:"下一个曲目,《达格妮之歌》,献给卑尔根守林人的女儿达格妮,当她18岁的时候。"

达格妮听到了自己的名字,禁不住腾的一下从椅子上站了起来。她握住姑姑的胳膊问道:"是真的吗?是提到了我的名字了吗?"

姑姑向台上大声地喊道:"请再报一下幕好吗?"

报幕人又大声地重复了一遍:"下一个曲目,《达格妮之歌》,献给卑尔根守林人的女儿达格妮,当她18岁的时候。爱德华·格里格作曲,爱德华·格里格指挥。"全场响起雷鸣般的掌声,像是鼓给作曲家的和指挥家的,又像是鼓给达格妮的。

格里格向着观众深深地鞠躬。这一回,达格妮看清了,是那个长满灰白头发的高个子的老头。

滚烫的泪水滑落在达格妮的脸庞。她禁不住把自己的头深深地抱在了自己的双臂里。

伊施尔浴场

夏天，伊施尔浴场里的人多了起来。这里离维也纳不算远，风景不错，还可以泡泡温泉，是很多维也纳富人首选的避暑胜地。

马勒从阿特尔湖畔的施泰因巴赫小镇来到伊施尔浴场，一路上心里都在打鼓。

这是1896年的夏天。幽静的阿特尔湖畔，有间他自己建造的小木屋，他刚刚在那里写完《第三交响曲》，按理说，心情应该很不错。但是，到伊施尔浴场来的决心下了之后，他的心里一直有些忐忑。他又不能够不来，他当然很清楚此行对于他人生意义的重要性。也许，美丽的阿特尔湖和同样美丽的伊施尔浴场，以及他的《第三交响曲》，都能够保佑他一切顺利。他只能在心里暗暗地为自己祷告着。

这一年的年初，就传出了这样的消息，维也纳宫廷歌剧院的老院长威廉·雅恩体弱多病，面临退休，他的接班人到底是谁，成了维也纳音乐界争论的焦点，这可是一个显赫的位置，是维也纳乃至全欧洲乐坛的金字塔尖呀。有不少人推荐了马勒，马勒自己也志在必得，这个位置可以将他的才华和抱负像大鹏鸟展翅一样尽情地展开，带着他的音乐飞翔到梦想的天堂。马勒这一年37

岁,如一只水蜜桃,正是一个音乐家汁水饱满成熟的年龄。当然,马勒也知道,反对他的人也不少,其中,最重量级的人物,是维也纳宫廷歌剧院的首任指挥汉斯·里斯特,特别是他还拉上了雄峙欧洲乐坛的领袖瓦格纳的遗孀西玛夫人,影响力无形中加大。西玛夫人甚至公开发表声明,表示完全不能容忍让马勒这样一个犹太人做维也纳宫廷歌剧院的院长。

马勒心里清楚,能够在欧洲和瓦格纳分庭抗礼的重量级人物,如今硕果仅存,只剩下勃拉姆斯了。他只有向他老人家求助,勃拉姆斯的话举足轻重,甚至一言九鼎,决定着他的命运能否回黄转绿。

马勒其实是一个很善于外交的人,但一想起要找的人是勃拉姆斯,心里还是挺犯怵。同马勒的性格不一样,勃拉姆斯性格抑郁,厌恶社交,不善言辞,特别不愿意有外人造访,打破他生活的宁静,因此,常常会毫不留情地拒人于门外。

不过,这倒不是马勒最担心的,马勒心里有难以言传的隐痛。

15岁那年,马勒在维也纳音乐学院读书,那时他还太年轻,太不懂得把心思像草籽一样藏在地底下,勃拉姆斯被他那样明目张胆地斥之为迂腐。那时候,瓦格纳是他心目中的英雄,他疯狂地崇拜瓦格纳,马屁精似的恭顺地守候在剧场的后台,献媚一般为刚刚下场的瓦格纳披上大衣。

20岁那年,为生活所迫,马勒非常渴望得到维也纳音乐学院设立的"贝多芬奖学金",但是,遭到评审委员会的拒绝,而评

第四章 一万种夜莺

审委员会正是由勃拉姆斯挂帅。

这两桩往事，如两块石头沉沉地压在马勒的心里。在去伊施尔浴场的路上，这两块石头又沉沉地压在他的腿上，让他有些步履蹒跚。命运真是不可捉摸，往事就像在过去不经意之中被风吹落下的种子，不知会在以后什么时候、什么地方突然发芽，长成大树，拦腰挡住你的去路。

一路上，马勒直嘲笑自己，当年自己是那样疯狂地崇拜瓦格纳，如今瓦格纳的夫人却一点不念旧情，成为反对自己的最厉害的拦路虎。而他早知道勃拉姆斯和瓦格纳因音乐观念不同是一对死对头，自己却无路可走，走到去找勃拉姆斯求助的路上了，命运不是在捉弄自己吗？

马勒是一个性格强悍而敏感的人，对此行抱着一线希望去做十分努力的态度，所谓成事在天，谋事在人，他只能这样来鼓励自己，给自己打气，走到了伊施尔浴场，站在了勃拉姆斯的面前。

这一年，勃拉姆斯63岁，比马勒大27岁。但是，看起来，勃拉姆斯比实际年龄显得要苍老许多。他一直没有结婚，除了创作出的音乐作品是他的孩子，他没有一个孩子。由于孤身一人，生活没有人帮他料理，常常是衣服的扣子掉了，用别针别上；裤子破了，用火漆粘上；对付着过着狼狈的日子。

他穿着很邋遢的一身睡衣，躺在伊施尔浴场的躺椅上，肥胖凸起的肚子上搭着一件细蓝条纹毛巾被。马勒第一眼看到他的时候，简直不敢相认。他的头发如同干草一样蓬乱着，满脸的胡须

273

非常长,扫帚似的随风飘荡着,而且完全地白了,冬季里霜雪一般,给人一种很凄凉沉重的感觉。人的生命,竟是这样脆弱,比起他的声名显赫的音乐成就,眼前的勃拉姆斯更像一个乡村的农夫,刚刚收割完干草,连脸都没有顾得上洗,就疲惫不堪地倒在了躺椅上。

"亲爱的约翰内斯·勃拉姆斯先生!"

马勒轻轻地叫了一声。

没有回声。勃拉姆斯睡着了。这一阵子,他的身体十分地虚弱,常常感冒发烧。医生已经告诉他了,他患的其实并不是感冒,而是癌症,感冒不过是其表征而已,作为急先锋,代替着癌细胞频繁袭击着他越来越单薄的身体。如果不是大家的劝说,他还不肯出门来伊施尔浴场疗养呢。白天,他常常这样躺在躺椅上,总觉得心里面有什么东西在讲话似的,嘈嘈杂杂的,蜂巢一样,拥挤着,冲撞着……然后,不知什么时候,就迷迷糊糊地睡着了。

马勒只好等候着。他告诫自己,什么事情都不能急,虽然他还没有结婚成家,但已经不是维也纳音乐学院的学生了,毛头小伙子的岁月早过去了。他必须表现得老成持重一些,即使勃拉姆斯当面拒绝了他的请求。

勃拉姆斯翻了个身,由于身体虚脱又胖得跟熊一样,这个身翻得很笨重,把肚子上的毛巾被带到了地上,他没有觉察,轻轻地打着鼾,继续睡着,长长的白胡须一动一动的,像蠕动着一只刺猬。

第四章 一万种夜莺

马勒望望掉在地上的毛巾被,细蓝条纹在阳光下闪着光,格外显眼。他又望望侧着脸沉浸在睡梦中的勃拉姆斯,阳光正像顽皮的孩子跳跃在他的脸上和身上。马勒轻轻地弯下腰,拾起了毛巾被,他稍稍犹豫了一下,但还是盖在了勃拉姆斯的身上。这一瞬间,他想起了年轻的时候自己守候在剧场的后台,为瓦格纳披大衣的情景。往事不堪回首,他多少有些惭愧。

就在毛巾被搭在身上这一瞬间,勃拉姆斯醒了。睁开惺忪的眼睛,他看了好大一会儿,他认出来了,站在自己面前的是年轻的指挥家马勒,今年的春天,他的《第一交响曲》还在柏林首演过。

虽然,勃拉姆斯病情严重,身体像风中的残烛摇曳得光亮越发地暗淡了,但是,他的脑子还是很清醒的,记忆力并没有衰退。他记得很清楚,他第一次见到眼前的这个年轻人,是在八年前,马勒在匈牙利的布达佩斯皇家歌剧院当指挥。那时,勃拉姆斯来到布达佩斯,听过马勒指挥的莫扎特的歌剧《唐·乔瓦尼》。

"亲爱的约翰内斯·勃拉姆斯先生!"

马勒又轻轻地叫了一声。声音尽可能地亲切,却显得有些紧张和生硬,像一个小提琴的独奏演员初次登场,紧张得琴弦有些发紧发涩。

勃拉姆斯睁眼看到他第一眼的时候,就知道他是为什么而来到了伊施尔浴场。

这些天,好多人都来到了伊施尔浴场找他,前几天,匈牙利的阿尔伯特伯爵还专门派人到这里来送信给他。都是希望他能够出面竭力推荐眼前的这个年轻人担任维也纳宫廷歌剧院的首席指挥和院长。阿尔伯特伯爵，不仅是在匈牙利而且是在欧洲举足轻重的人物，他特别告诉勃拉姆斯，他已经给维也纳宫廷歌剧院的总监写了一封信，详细地介绍了马勒当年在布达佩斯皇家歌剧院所做出的贡献，和他今天的和谐和完整的艺术气质与才华。他希望勃拉姆斯能够出面，和他一起为马勒的成功而并肩努力。

马勒感到了勃拉姆斯的目光落在自己的身上，他望了望勃拉姆斯，发现他的眼睛昏黄而浑浊，一缕飘忽不定的眼神，雾霭一样飘来又飘走，焦点完全散落了，不知飘落在哪里。远处，是苍茫的青山，山上茂密的树林，像克里姆特的油画一样涂抹在天空的背景中。

本来，马勒希望听到勃拉姆斯先说点儿什么，自己再讲的，这样可以稍稍让自己的紧张的心情放松一些。但是，勃拉姆斯连个招呼都没有打，只是看了自己这么一眼。他的心里打鼓打得更厉害了，不过，他不能再犹豫了，他必须说出来意了，把自己的请求和心情说得简洁又明白无误，就像乐思中的一个明确的主题一样。

然后，他等待着勃拉姆斯的答复。

等了半天，他也没有等到答复，他看到勃拉姆斯用嶙峋枯瘦的手往上拉了拉毛巾被的被角，又闭上了那双浑浊的眼睛。他不知道，他是不是又睡着了。

马勒一直站了好半天，最后只好轻轻地转过身离开了这里，勃拉姆斯也没有再把身子翻过来。只有阳光从他的身上转移到了

第四章 一万种夜莺

别处，一片云彩飘了过来，天变得有些发阴，远处的山和山上的森林变得有些幽暗。

马勒回到阿特尔湖畔施泰因巴赫的小镇的时候，心里一直忐忑不安。他不知道勃拉姆斯对他的这次造访如何看待，更不知道勃拉姆斯对他出任维也纳宫廷歌剧院的院长持什么态度。昏沉沉躺在伊施尔浴场躺椅里的勃拉姆斯，总给他一种不祥的预感。

马勒的担心是错误的。他并不知道，就是八年前，勃拉姆斯在布达佩斯听他指挥的莫扎特的歌剧《唐·乔瓦尼》的时候，就开始注意上他了，一直到如今，对他的成长始终十分关注。当时，勃拉姆斯对别人称赞马勒："这样高水平的演出，在维也纳是不敢奢望的。"他还特别推崇："如果要想欣赏莫扎特的《唐·乔瓦尼》，不是来维也纳，而是得去布达佩斯。"

第二年的春天，也就是1897年的5月1日，马勒终于如愿以偿，来到维也纳皇家歌剧院，出任首席指挥（这一年10月8日出任院长）。重新回到维也纳，远远地望见在老城墙遗址上建成的环形马路上，屹立着的皇家歌剧院，他的心里涌出一种说不出的感动。他知道，如果最后不是勃拉姆斯出面为他竭力力争，他是不会站在这里的。他才意识到，勃拉姆斯抑郁冷酷的外表里面，藏着的是一颗多么火热的心。

马勒想起去年夏天，去伊施尔浴场之前完成的《第三交响曲》，他在曲谱上曾经写下了这样一串标题：1. 夏天进行曲；2. 草地上的鲜花告诉我什么；3. 森林里的动物告诉我什么；4. 黑夜里告诉我什么；5. 早晨的钟声告诉我什么；6. 爱告诉我

277

正是橙黄橘绿时

什么……他谱写这支交响曲的时候,也许还没有真正地明白,但现在,他明白了,草地上的鲜花告诉了自己什么,森林里的动物告诉了自己什么,早晨的钟声又告诉了自己什么,一切告诉的都是爱,是博大的爱啊,才会超越误会和矛盾,乃至种族和偏见。

想到这一点,马勒的眼睛含满泪花。

他是多么希望勃拉姆斯能够听到自己的这部交响曲啊。

可是,勃拉姆斯再也听不到了。就在马勒这次来维也纳的不到一个月以前,也就是这一年4月3日的早晨,勃拉姆斯与世长辞,躺在了维也纳中央墓地草地上的鲜花丛中。

彩虹上的少女

西贝柳斯跟着阿马斯第一次来到他的家里,心里多少有些忐忑。如果不是阿马斯一再邀请,他是不大愿意来的。因为他早就知道,在赫尔辛基,阿马斯的家族赫赫有名,阿马斯的父亲亚涅菲特先生是位将军,是当地的行政长官,而自己不过是一个音乐学院的普通学生,祖父是芬兰南部农村的农民,父亲也不过是海门林纳镇一个小小的军医而已。

彼此出身和家庭地位差距太大,自尊心很强的西贝柳斯,站在阿马斯身后,看着他叩响这座漂亮的房子的房门的时候,心里还在打鼓,不住地后悔,对自己暗暗地说,下次说什么再也不来了。

开门的恰恰是阿马斯的父亲——亚涅菲特将军,一个威严而不苟言笑的人。他把西贝柳斯带到了客厅里,坐下之后,阿马斯向父亲介绍了西贝柳斯:"这是我最要好的同学。"这话没错,阿马斯确实和他是最要好的朋友,在学校里,阿马斯创作的《摇篮曲》,很让他佩服。他们两人常常在一起到酒吧里喝酒交谈,或在钢琴上四手联弹。

西贝柳斯发现自己的担心并不是多余的,亚涅菲特将军对他的造访并不怎么欢迎,甚至有些抵触。其实,是儿子的同学来,他本来可以打个照面就走的,到他的书房去看他的书,或者到他的花园散他的步去的。可是,他偏偏留在客厅里。

"听你的口音不是赫尔辛基人,你是哪儿的人呀?"将军问道。

"我是从海门林纳镇来的。"西贝柳斯答道。

"海门林纳?"将军沉吟了一下,说,"这是瑞典语吧?"

西贝柳斯点点头。芬兰遭受瑞典人600年的统治,一直到西贝柳斯出生的时候,海门林纳镇还是瑞典的殖民地。这一点,对于将军来说,是非常清楚的。

"那你从小说的是瑞典话了?"

西贝柳斯又点点头,说:"我从9岁那年开始学的芬兰话。"

"9岁,太晚了!"将军显然对他这样的回答不满意,他紧接着又问,"你是学音乐的,你知道《卡勒瓦拉》吗?"

"知道。"他当然知道,这是一部芬兰的《荷马诗史》,是世代口耳相传的魔幻故事和民间传说,以音乐和诗的形式,在卡雷利亚地区流传了1000多年。上小学的时候,西贝柳斯就读过这部《卡勒瓦拉》,他非常喜欢,和阿马斯还常常说起它。

阿马斯见父亲没完没了地刁难自己的朋友,实在有些过意不去了,他推着父亲:"爸爸,你快忙你自己的事情吧,我和西贝柳斯还有我们自己的话要说呢。"

将军无奈地被阿马斯推出了客厅,但他还是回头问了西贝柳斯最后一个问题:"小伙子,你知道斯涅曼吗?"这回没等西贝柳斯回答,他自己迫不及待地说,"斯涅曼是我们芬兰民族运动

第四章 一万种夜莺

的领袖，你一定要记住斯涅曼的那句名言：'我们不再做瑞典人，也不能成为俄国人，我们只做芬兰人！'"

将军终于离开了客厅，阿马斯摇摇头，抱歉地对西贝柳斯说："我父亲就是这样一个人，总爱给人布道，听得我的耳朵都起茧子了。"

西贝柳斯说："他挺可爱的，是个爱国的将军。"

"是的，他特别痛恨瑞典人。他希望我们芬兰独立强大！"

两个好朋友交谈起来，话就像长长的流水，他们总有谈不完的话题。天渐渐地暗了下来，晚霞的余晖慢慢地在客厅的窗户前消失，西贝柳斯觉得到了该告辞的时候了。就在他刚刚从沙发上站起来，房门打开了，跑进来一个姑娘，逆光中，轮廓格外鲜明，明亮的眼睛，飘逸的金发，俏皮的鼻子，弯弯的嘴角，每一处都是那样漂亮，让西贝柳斯看得一下子愣在那里。

"哥哥，这是谁呀，我刚一回来，就着急要走？"

阿马斯向她介绍："这是我最要好的同学西贝柳斯。"然后，向西贝柳斯介绍，"这是我的妹妹艾诺。"

离开将军家，西贝柳斯的脑子里全是艾诺，一直有些恍惚。其实，只是阿马斯的一个简单的介绍，他和艾诺连手都没有握就走了。很长一段时间，他总觉得她像曾经熟悉的一个人，但怎么想也想不起来到底是谁了。

第二次，阿马斯邀请西贝柳斯到家中做客的时候，西贝柳斯的眼前晃动着两个身影，一个是咄咄逼人的将军，一个是将军漂亮的女儿。轻而易举地，女儿战胜了父亲，西贝柳斯再次出现在了亚涅菲特将军的面前。

当艾诺再次神采飞扬地出现在他面前的时候,他忽然想起来艾诺像谁了。在《卡勒瓦拉》的古老传说里,有一个波希奥拉国的女儿,那个总是坐在彩虹上的少女,那个聪明地戏弄过魔术师的漂亮姑娘,和艾诺是那样相像。或者说,他心目中无数次涂抹过的这个彩虹上的少女,就应该是艾诺的样子。在将军家的客厅里,艾诺和彩虹上的少女形象重合的这一瞬间,西贝柳斯的心头迸发出激越的音符,汇成他人生最优美的一段旋律。他知道,将来有一天,这段旋律将会繁衍成他的一支重要的乐曲。

在以后的三年之中,西贝柳斯不仅成了将军家的常客,而且成了将军全家最受欢迎的人。将军的一腔爱国情怀,西贝柳斯的一抱爱情之火,都在这里碰撞出璀璨的花朵。不仅将军爱上了这个大耳垂宽额头的小伙子,将军的女儿艾诺也对他一见倾心。

1892年6月,27岁的西贝柳斯和艾诺结婚。到哪里去度蜜月呢?将军问他们两人,艾诺问西贝柳斯,西贝柳斯又问艾诺,结果,三个人都选择了同一个地方:卡雷利亚。当他们几乎同时说出这个名字的时候,都禁不住笑了起来。他们知道,卡雷利亚是和《卡勒瓦拉》紧密地联系在一起的。没有卡雷利亚,就没有《卡勒瓦拉》,卡雷利亚是《卡勒瓦拉》诞生的地方。

美丽的卡雷利亚,是因《卡勒瓦拉》而让西贝柳斯童年就开始向往的地方,又因亚涅菲特将军而强化成为西贝柳斯心中的圣地。卡雷利亚其实就是卡勒瓦拉,卡勒瓦拉,是古代人们对芬兰的称呼,卡勒瓦拉,芬兰语"英雄国"的意思。

第四章 一万种夜莺

西贝柳斯和艾诺来到这个古代英雄曾经居住的地方,正是麦子要成熟的季节,微微发黄的麦穗,翻滚着连天的麦浪,宛如大地那沉稳而澎湃的呼吸。西贝柳斯对新婚的妻子说:"亲爱的,你听出来了吗,麦田里发出的泛音?"

艾诺微笑着看着他,她没有听出来,她知道那是只有音乐家才能够听得到的来自大地深处的旋律。在他的眼睛里,森林、流水、山脉、花草……大自然的一切都是音乐。

西贝柳斯又问:"你觉得麦子的金黄色,应该是属于什么调性?"

艾诺知道他愿意用色彩表明调性,他曾经说过蓝色是A大调,红色是C大调,绿色是F大调,但他没有说过金黄色应该是什么调。

"是D大调。"西贝柳斯说,"你没觉得那翻滚着的金黄色,像是把太阳的光芒都收集进来的这种金黄色,不是D大调最适合的吗?"

艾诺静静地听着,她特别爱听西贝柳斯这样讲话,最开始的时候,就是西贝柳斯迷人的讲话吸引了她,他总能够把眼前的一切都幻化为他的音乐。他总是这样对她说,我愿意把我心中感受到的一切讲给你听,当一切语言文字都跑开的时候,才有了我的音乐。艾诺知道,来到这样他们都一直向往的地方,西贝柳斯的心中肯定萌发着音乐的种子了,只是她一时不清楚,像花一样绽放开来的会是什么样的音乐?

有一天,他们两人向着一片山林走去的时候,忽然从山里传来了一阵隐隐约约的歌声。艾诺看见西贝柳斯那两只大耳朵立刻竖起来了。她也站住了,仔细聆听着,因为隔着距离比较远,又有密密的树林遮挡,风中送来的歌声断断续续的,像是打碎的金属,散发出的声音闪亮而清脆地跳跃着。

那歌声中断了,西贝柳斯叹了一口气:"真可惜,没有听全。"他继续站在那里倾听着,可是,等了许久,再没有歌声传来,只有风声吹动着树林的树叶簌簌地响着,大提琴齐奏似的,悠悠地传到远处。

"你听出来刚才歌声唱的是什么了吗?"西贝柳斯问。

"听出一点点,好像唱的是《卡勒瓦拉》。"

西贝柳斯一把搂住艾诺的肩膀:"你说得太对了,是《卡勒瓦拉》。他唱的是《卡勒瓦拉》里《波希奥拉的女儿》中的一段啊!"

听到《波希奥拉的女儿》,艾诺也激动起来了:"是吗?可惜我刚才没有听清楚。"

"没错,是《波希奥拉的女儿》。他唱的是古唱词,多么难得呀!我们现在在书中看到的,都是经过整理过的唱词,我还从来没有听到过这样古唱词的唱法呢!如果我们能够找到刚才唱歌的人就好了!"

艾诺已经不止一次从西贝柳斯的口中听到《波希奥拉的女儿》。她太知道了,那个叫维拉莫宁的魔术师架着雪橇,往家乡卡勒瓦拉赶回的路上,经过波希奥拉国的时候,他看见了波希奥拉的女儿,那个美丽的少女正坐在彩虹上面。就像第一眼看到艾

第四章 一万种夜莺

诺就爱上了艾诺的西贝柳斯一样,魔术师请求美丽的姑娘能够从彩虹上下来,跟着他一起回到卡勒瓦拉的家乡去。美丽的姑娘对他说,可以,但你要把你会的魔术都给表演出来,然后再把我身边的破纺锤变成一艘船,我就跟你走。魔术师把自己会的魔术都表演了出来,但是,最后,他无法把那个破纺锤变成一艘船。美丽的姑娘便还在高高的彩虹上面,而魔术师只好驾着他的雪橇向卡勒瓦拉飞驰……

艾诺之所以记得这么清楚,不仅因为她小时候父亲就对她讲过这个美丽而又忧郁的传说,更在于,西贝柳斯第一次向她表白爱情的时候,对她说:我从第一眼看见了你就爱上你,就是因为你太像我心中的那个彩虹上面的少女了。

如今,在他们度蜜月的时候,这个彩虹上面的少女,竟然如此神奇地出现在古老传说《卡勒瓦拉》诞生地的山林之中,有时你真的不能不相信冥冥之中有神灵在特意地安排着什么。

1892年的夏天,在卡雷利亚的山林里听到山民唱的《卡勒瓦拉》中的这段《波希奥拉的女儿》古老的唱词,让西贝柳斯和艾诺终生难忘。自从结识了亚涅菲特将军之后,将军对芬兰的爱国情怀一直深深地影响着西贝柳斯,他把芬兰的骄傲《卡勒瓦拉》当作自己的第二圣经来对待,他音乐的一切灵感都来自这里。

1906年,西贝柳斯完成了他的交响幻想曲《波希奥拉的女儿》。艾诺听得出来,在那竖琴的和弦背景下的木管声音里,有那年蜜月时分穿过卡雷利亚密密的山林里的歌声,还有自己年轻时候的身影。

酸苹果木手杖

玛塔站在门口,看着那辆被雨水淋得透明的车,倒下车道,开上了乡间小路。她看见车窗摇下来,一只手伸出来,摇摆着。她才发现自己一直挥动的手还没有放下来。

玛塔看着车开远,看着摇摆的手像在风中飘动的手帕,消失在小路的尽头,才回到屋里。就是车里的美国朋友,邀请他们来的,帮他们找到这幢房子。这里在佛蒙特州的东北部,推开窗就能看见四季常青的山脉和茂密的原始森林。她不知道自己该怎么感谢他们,可能最好的感谢方式就是享受一起在这里的时光吧,至少要让丈夫巴托克放松下来。

客厅里的高背扶手椅上已经空了,不过,巴托克刚才喝酒的杯子还放在旁边的茶几上。玛塔走进卧室,也没有人。坐了一天的车,玛塔以为巴托克早就等不及要躺下,歇一会儿了。但他没有,床单还是平静如水。

她在阁楼的窗前找到了他。"你还发着烧呢!"她说着跑回卧室,拿了件大衣,跑回来,披在巴托克的身上。雨后,对面的山上罩着一层雾气,能看见有鸟飞起来,又消失进树林里。

巴托克扭过头,看着玛塔,然后又把头扭向了山谷,嘴里念叨着:"青山,青山,很不错!"一边用手指向山的方向。玛塔

第四章 一万种夜莺

的目光停在了巴托克的指尖，而没有像他预想的那样，延伸到山谷那边。她看着丈夫那只微微颤抖的手，感到远处的那片绿色是那样刺眼。她发现自己的眼泪流下来，滴在围栏上，立刻和雨水融为了一体。

"青山！"她知道那是佛蒙特的法语含义。他们的家乡匈牙利也有这样的青山，几乎就是一模一样的绿色，同样会在雨后生起雾气的青山！她知道巴托克想起了家乡，还有他曾经去过的非洲，也有类似这样的山林，那是他常常细雨梦回的地方。

美国朋友把巴托克送到这里疗养，真是猜透了他的心思。更重要的，这里离华盛顿很近，离纽约也不远，万一有什么事情，来去方便。因为这时候，巴托克已经染上了白血病，常常高烧不退，身体非常虚弱。巴托克自己也知道，上帝留给他在这个世界上的日子，已经没有多少了。

经过佛蒙特州的州府蒙彼利埃，玛塔在一家小店里给巴托克买了一根手杖，为的是可以帮助他支撑着瘦骨嶙峋的身子，他的身子已经如枯枝上的残叶，在风中瑟瑟抖动，不知哪一阵风就能够吹落枝头。

那是一根用酸苹果木做的旧手杖，在美国，这种酸苹果树很多，不是什么名贵的树种，并不稀罕。而且，手杖上布满了疤节，如同密密麻麻的老年斑和突兀的骨节，都是当年的风霜给酸苹果树留下的纪念。玛塔发现巴托克很喜欢这根手杖，觉得有些同病相怜的味道。他把手杖拿到手里，立刻像孩子似的把自己全身的力量都压在上面，试了试，很结实的一个伙伴。从此，这根手杖和他形影不离。

佛蒙特确实很中他意,尤其是他住的房子不远处有一片密密的森林,是他最中意的地方。穿过三小块农家麦田和一片矮矮的灌木丛,就到了那里。那片森林一下子神奇地高了起来,好像一个小伙子刚才还蹲在地上,和你开玩笑似的,突然一下子站了起来,站在了一片高地上,俯视着平原,如同神灵鸟瞰红尘凡界,超尘拔俗,和尘世拉开了距离。

巴托克在不发烧的日子,几乎每天都要拄着那根酸苹果木做的手杖,到那片森林去。那里生长着的大多是白桦和松树,起码有100年的历史。在巴托克的眼睛里,亭亭玉立的白桦,像是长腿细腰的漂亮少女,而枝叶参天的松树,蓊郁得整个林子一片幽暗,更像是深沉的男人。两者的相得益彰,让巴托克想起自己的青春时光。

玛塔发现,只要踏进那片林子,巴托克就兴奋得像是一只松鼠跳上树的枝条,她几乎跟不上他。他不住俯身看自己脚下的泥土,林深树密,阳光都被挡在树顶上面,一点都洒不进来,也没有一点风,四周静悄悄的,好像世外桃源一样。泥土潮湿,上面覆盖着许多败叶,散发着腐殖质清新而湿润的味道,除了有松树野兔或小鸟的足迹之外,看不到人的足迹。

巴托克突然回过头冲着妻子玛塔叫道:"这里以前一定有条路的!"

玛塔很奇怪地望着他。

"没错,不是大路,就一定是小路。你想想,农民要砍木头

第四章 一万种夜莺

造房子,盖谷仓,烤火取暖,他们得把木头拖出林子。我们脚下的一定就是这样一条废弃的道路。"巴托克说着,向林子四周望去。

玛塔不知他看见了什么,是看见了农民还在那里拖着树木,踩着脚下铺满落叶的泥土,从茂密的林子走出来了吗?

"其实,我什么也看不到,可是,从脚下这路弯来弯去的样子,还有树枝弯来弯去的样子,我能够感到它们的节奏。"

玛塔知道,他又想起家乡匈牙利和非洲那片森林了。

年轻时候,巴托克和老友,也是匈牙利的音乐家柯达伊,曾经跑到特兰西瓦尼亚山村,用一个旧式的圆筒录音机录制当地的民间音乐,那是他第一次走出城市,让他一发而不可收,越来越迷恋那些深山老林。带着那个老式圆筒录音机,他蜜蜂采蜜般一刻不停地采集了 2000 多首民间乐曲,其中包括匈牙利本土的,也包括罗马尼亚、南斯拉夫的,还包括北非和东方的。

最难忘的是 1906 年和 1913 年,他在 25 岁和 32 岁时两次远赴非洲采风,他竟然很快地学会了当地的土著语言。他对那些非洲民间音乐爱不释手,他说那是些埋藏在这些国家地下最珍贵的财富、最纯洁的宝藏。他总是念念不忘,那里的牧羊人在暮色中吹奏起古老的滴铃戈笛,那些牧场上被他称之为善良的母牛和自我牺牲的骖马,那些密密林子里各种小虫子细若游丝声部细致入微的小合唱,还有在风花雪月中那些树叶飒飒的伴奏……那时候,他是多么年轻,那里又是多么迷人。就是在那里,他惊异地发现民间音乐充沛的活力和新颖的生命力,他把它们带入他的音乐,拓宽了音乐的疆域。

是的,远离灯红酒绿的大都市的原始老林,总能给他灵感。佛蒙特的这片林子,虽然赶不上家乡特兰西瓦尼亚和非洲的森林的阔大,却还是让他忍不住想起了往昔。他说过:"只要走进这样的林子里,我的眼前就会清楚地呈现出一幅地图,那些纵横分散的枝条和道路,都和民歌连接在一起。"

有一天,玛塔又跟着他来到了这片林子,向着山上蜿蜒的林子深处走去,一直走到了一块空地上,突然挡住了去路。地上的苔藓和萋萋野草,一片苍凉的暗绿之中,横倒竖卧着的全部都是粗壮的白桦树,一排排,一眼望不到边地躺在那里,像是战场上全军覆没的将士,无语而凛然苍茫。这样的场面,让他有些吃惊。在非洲的原始雨林中,他见过被雷电飓风击倒的大树,却没有见过这样多的树木,而且齐刷刷地全都是那样秀丽的白桦林,壮烈得有些凄凉。

玛塔站在那里,看着他迈过那些倒卧在地的白桦树,向里面走去,像是在清点战场上那些阵亡的将士。忽然,他发现,一棵枯树桩上的一个侧面,布满了一个个半圆形的小孔,每个小孔的间距像是用尺子量出来的那样均匀而整齐,而且,每个小孔里面都有一株淡绿色的嫩芽探出头来,摇曳着,在一片昏暗与枯萎中,那样清新明快。

这个发现让巴托克异常地兴奋,让他暂时忘却了病痛,他扔下那根酸苹果木手杖,用双手轻轻地抚摸着那一株株嫩芽,像是当年恋爱时抚摸着玛塔的脸庞似的,回过头对玛塔喊道:"快来

第四章 一万种夜莺

看呀！"

玛塔走了过去，望着那一株株排列有序的嫩芽，但她没有看出什么特别的地方，能够让巴托克如此地激动万分。

巴托克问她："你看出来了吗？每一株嫩芽都好像用尺子量好了间距一样，真的，是有人量过的。"

玛塔惊异地说："什么？这怎么可能呢！"

他笑了起来："怎么不可能呢？你猜猜看，是什么样的尺子，让嫩芽长出来这么整齐？"

玛塔猜不出来。

"我提示你一下，你仔细看看那些小孔。"说着，他嘴里吹出"笃笃——笃笃笃——笃——笃笃笃……"的节奏来，那声音像木管吹出的单音，重复着，节奏却格外精确。

"想起来了吗？"

玛塔想不起来，嗤嗤地笑了起来。

"难道你听不出来那是什么声音吗？"他又重复了一遍"笃笃……"的声音，"是啄木鸟呀，那些小孔是啄木鸟啄出来的，才会这样整齐。树倒下了，死了，但那些小孔还在，嫩芽就长出来了，死树就又有了生机。"

然后，他一把握住了玛塔的手，玛塔感到他的手有些发烫，她知道他又在发烧了，想劝他赶紧回去休息："亲爱的……"

他却打断了她，用几乎颤抖的声音激动地接着说枯树桩上的那些小孔："生命摧毁了树的枝干，生命却又让这些小孔繁殖出了嫩芽，生命就没有死亡，而又有了新的轮回。"

他再一次重复吹出了"笃笃——笃笃笃——笃——笃笃笃……"的节奏。那是啄木鸟的节奏,是木管的节奏,也是生命的节奏。

不久,巴托克去世了,白血病到底还是夺去了他的生命。他在临终之际还在谱写他的最后一部作品《第三钢琴协奏曲》,那是献给他妻子玛塔的爱的礼物,也是留给玛塔的深情的遗书。可惜没有谱完,他就离开了人世。玛塔在乐曲中特别是在第二乐章那天籁一般"虔诚的柔板"中,听出了佛蒙特的那片森林,那一片倒地的白桦树,那一棵老树桩上一排排整齐的半圆形小孔里面吐出的淡绿色嫩芽,还有他嘴里吹出的"笃笃——笃笃笃——笃——笃笃笃……"的节奏。

可惜,那根酸苹果木的手杖,那天被他兴奋得遗忘在那片林子了。

有人说那根酸苹果木的手杖还在,就在佛蒙特那里保存着。这样说也没错,它确实还在佛蒙特,和那片森林融为一体了。也许,哪一天,在它的那些疤节中,也会长出淡绿色的嫩芽来。

一万种夜莺

春天又到了。

20世纪50年代,巴黎的郊外,还没有现在那样多热衷于踏青的游人,即使是有名的枫丹白露的巴比松、瓦兹河畔的森林,也不会像现在这样游人如织。

这些地方,曾经是梅西安常常去的。现在,他不会再去那些地方了,太熟悉了,那里已经找不到他想要找到的新的夜莺鸣叫了,只要站在林子里仔细一听,他就能够听得出来的,哪些是老朋友了,哪些是初次闯进他耳膜的啼叫。

第二次世界大战刚刚开始的时候,梅西安30岁出头,却还像是毛头小伙子一样,曾经约上三位年轻的音乐家一起徒步旅行,先到的就是这些地方,然后去凡尔登和南希。他天生愿意和大自然在一起,虽然那时战火已经弥漫在他的国家法兰西了,一路走去,他还旁若无人地钟情于收集他的鸟鸣呢。

就是在那样的路上,他被德国兵俘虏,关进了波兰的集中营里。他太天真了,乃至忘记了,那时候的炮声已经取代了他一直喜爱的夜莺。

但是,战火并没有让他的这种爱好灭绝。从集中营里被放出来,他回到巴黎音乐学院教书,课余时间里,他还是一如既往,积习难改，一直热衷于收集各种各样的鸟鸣。他已经渐渐成为一个行家了，他能够听得出来法国50多种不同的鸟的叫声，欧洲和世界其他地方550多种鸟的叫声呢。

现在，他迷上了夜莺。几乎每天晚上，他都要叫上妻子克莱尔："亲爱的，准备好了吗？咱们可以出发了吧？"

克莱尔早已经站在客厅里，穿好了风衣，拿好了一台录音机，等着他呢。她知道，拿录音机是她负责的活儿。

"今天，我们准备到哪儿去？"她问。

其实，梅西安也没有想好到哪里去。附近的地方该去的，差不多都去了。假期里，他和妻子一起去了欧洲其他地方，还远到日本、澳大利亚、以色列，甚至太平洋那些偏僻的小岛上，专门收集从来没有听过的鸟叫，特别是夜莺的。

克莱尔是一位小提琴演奏家，嫁给梅西安之后，就知道这是他最大的爱好。鸟鸣已经融入梅西安的音乐创作之中，而且成了其中最重要的组成部分，是这部分使得他的音乐与众不同而格外迷人。

开始的时候，她很不理解，曾经问过他怎么会对这些鸟叫声这样痴迷。梅西安告诉她："可能是我小时候弱视的缘故吧，眼睛不好，耳朵就越发地敏感。我6岁那年，第一次世界大战爆发了，我的父亲当兵打仗去了，母亲带着我和弟弟到外祖母家去避难，外祖母家在阿尔卑斯山脚下，家旁边就是茂密的山林，那里有各种各样的鸟，成天可以听到它们欢快地叫着。也许，就是从那时对这些鸟感兴趣的吧。"

第四章 一万种夜莺

其实,他这样说,也不完全,11岁时,他以优异的成绩被巴黎音乐学院破格录取,他的老师,著名的音乐家保罗·杜卡曾经对他说:"倾听鸟儿们吧,它们才是我们的大师。"准确地说,应该是大自然和杜卡教授,合在一起,是引导他开先河把鸟鸣谱进乐谱的最初的老师。

夜幕沉沉地压了下来,城市里辉煌的灯火,已经远远地消失在地平线之外。星星不多,稀疏零落地镶嵌在夜空中。车已经行驶在巴黎郊外的土路上了,梅西安还没有想好到哪里去。

好长一段时间了,他迷上了夜莺。他忽然觉得,春天朦胧的夜色中,林间密密叶子的掩映下,夜莺的叫声是那样神奇。它们的叫声能够传得很远,先在夜色里清脆地回荡着,回荡的感觉像是连树上的叶子都有了韵律,跟随着一起微微地抖动,然后一点点消融在夜色里,就像水一滴滴地被泥土吸收,消失得没有了一点影子。

"我们不会又要去一夜吧?"克莱尔有些担心,因为这已经不是第一次了,而今天她没有准备夜宵,她希望能够早点回家,明天她想回自己的父母家看看,这是梅西安答应好的事情。不过,梅西安可能早就忘了,最近,夜莺迷得他有些忘情,夜莺像是他痴恋的情人,让他魂牵梦绕,一天不见都不行。要命的是,还必须每天见的不能重样,每天都要花样翻新。

车子已经把村落远远地抛在后面,前方黑黢黢一片,看不见一点灯火闪烁的亮光。由于天空只有一弯浅浅的眉毛似的上弦月,乡间小路的路面上飘浮着一层霜似的东西,除此之外,模模糊糊的，什么也看不清。

　　凭着经验，克莱尔知道，这又是他们从没有来过的地方，梅西安愿意到这样从没有到过的地方去。

　　凭着经验，梅西安知道，前面有一片挺大的树林。"听到了吗？有夜莺在叫。"他转过头对克莱尔说。

　　克莱尔没有听见，但她相信肯定是有夜莺在啼叫，梅西安的耳朵奇特地灵敏，对鸟的叫声有着常人所没有的敏感，他常常骄傲地说，就是鸟类学专家，也没有他的耳朵灵敏。近乎藏在林中的巫师，仅仅从一叶花瓣或一芽嫩叶所散发出的一缕清香，就能够辨别出是什么品种的花朵或什么样的树种来一样，他能够从遥远传来的一声鸟叫，分辨出是什么样的鸟来。

　　果然，车子没开多远，前面是一片林子，黑黝黝的，神一样神秘地矗立在微微陡起的山坡上面。暗淡的星光下，隐隐约约能够看到树林的树梢，在夜空中勾勒出的浓重的剪影。这时候，克莱尔也听见了夜莺的叫声，一声间或一声，清脆悦耳，好像只是两只夜莺，略微有些羞怯，正在试声，一起一伏的，练习着它们的二重唱。夜风把它们的声音吹得有些颤颤巍巍，树叶轻微的飒飒声，呼应着，起伏着，仿佛是它们合唱部分的伴奏。

　　下车之后，克莱尔熟练地把录音机准备好。为夜莺录音，是她的活儿；用笔记录夜莺的唱谱，是梅西安的活儿。不过，梅西安的笔再迅速，也赶不上鸟叫的速度，常常是梅西安的笔还没有记完鸟的这段歌唱，鸟已经不耐烦了，早蹦到下一支曲子了；或者是，他还在记录着这只鸟的歌唱，而另一只鸟觉得自己唱得更

第四章 一万种夜莺

出色,嫉妒地挤了进来,一展歌喉。他只好请妻子用录音机帮忙,回家后根据录音机的磁带和自己的笔记,对照着,进行第二次记谱。战后十多年,一直都是这样,分工很明确,克莱尔早已经是一个熟练的录音师了。

不过,这一次,梅西安对克莱尔轻轻地说了句:"先不用录音。你没听出来吗?这两只夜莺的叫声和我们昨天听见的一样。"

即使和梅西安在野外那么多次合作,克莱尔还是有些惊异,他怎么这么自信地肯定,这就是昨天听过的那两只夜莺呢?

梅西安开玩笑地说:"会不会是它们两位舍不得我们,跟着我们一起从那片树林跑到这片树林来的呀?"

克莱尔也轻轻地笑了。怎么会呢?这两片树林离得挺远的呢。

那两只夜莺还在唱着,起码是两只和昨晚遇到的夜莺品种相同。梅西安是那样肯定。它们的声音比刚才听到的要嘹亮了一些,连贯了一些,也湿润了一些,好像刚刚润了一下嗓子,显得底气也足了一些,仿佛知道他们的到来一样,要开始正式演出了。

梅西安站在一棵老松树下,抬着头,身子直直的,一动不动,静静地倾听着。这样美妙的夜莺的叫声,让他如醉如痴,觉得每一声啼叫,都像是从浓浓的夜色中滴落下来的露珠一般,那样晶莹而清澈。克莱尔望着他,觉得那一瞬间他也变成了一棵树,就等着有一只夜莺欢快地啼叫着,飞落在他的肩头。

两只夜莺演出完毕,最后叫了两声,仿佛说了声"谢谢",

扑棱着翅膀飞走了。树叶轻轻地抖动了几下，一切又恢复了寂静。天阶夜色，清凉如水，夜莺的啼叫，犹如天香一样沁人心脾。梅西安和克莱尔向林子深处走去，这是最让他感到迷人的时候了。最近一段时期，他越来越发现，春天的林子和夜色的双重作用，让夜莺最为适得其所，成为所有鸟中最富于神秘感和性感的精灵。有时，他会觉得它们像天使；有时，他会觉得它们像少女；有时，他会觉得它们像花瓣，是从月亮里飞落下来的；有时，他又会觉得它们像鱼儿，是从水里面飞溅出来的。林子和夜色，是它们啼叫的背景，是它们的和声和配器部分，缺了哪一点，它们的啼叫都不会那样迷人。

他们继续向林子深处走去，本来就很淡的星光月色，更显得细若游丝，林子里面幽暗一片，仿佛来到一个神秘的童话世界。梅西安又听见了夜莺在歌唱，他忙对克莱尔轻轻地说："快！快录音，是新的夜莺！"自己忙打开手电筒，一边听，一边飞快记着谱子，一边在脑子里飞快闪动着：用什么样的乐器才适合它们的声音，是长笛，还是木琴，或者是钢琴？

梅西安从心里感谢森林，埋藏着这么丰富的宝藏，什么时候来，都不会让他空手而归，一只一只的夜莺是那样不同，一只一只的夜莺的啼叫声是那样不同，就像是森林里每一棵树是那样不同，每一片叶子是那样不同的一样，给了他多少意外的发现和快乐呀，让他的音乐创作有了那样丰富的可能性。他的老师杜卡说得对："倾听鸟儿们吧，它们才是我们的大师。"

这是一只夜莺，它反复唱着一种旋律，一唱三叹的样子，好

第四章　一万种夜莺

像是在等待着伙伴，等了很长的时间。它不知疲倦地唱着，就在前面不远的一株老朴树密密的叶子里面。

"你听出来了吗？它的声音有些忧郁。"梅西安对克莱尔说，间或，他能够听得出来，它在重复的时候，有些微微地变调，变奏一般，将风的方向引到别处，然后又回到原处等候。

梅西安和妻子就这样在这片林子里走着，记着，录音着。除了夜莺，这片林子还有许多别的鸟，但今天梅西安更钟情的是夜莺。这只新的夜莺，让他兴奋，他从来没有听过夜莺这样的歌唱，这样旁若无人，这样倾情抒怀。稍微沙哑的声音里面，淡淡的忧伤，像是抽出来的一丝丝泛着月色的溪水，浅浅地，缓缓地，蜿蜒地流淌出来，好像是碰见了石头或杂草的撞击，声音显得有些呜咽的样子，一遍遍地受到了阻击，一遍遍地在重复着的声音里变换着强弱和长短，夹杂着不同的颤音、琶音和装饰音。连克莱尔都听得入了迷，跟着梅西安那么多次到各种各样的树林里，她从来没有听过这样迷人的夜莺的歌唱。

梅西安觉得今晚只要有这样一只夜莺，自己就没白来，这只夜莺是今晚整个树林中的诗人。

梅西安一直有这样一个梦想，希望记录下一万种不同夜莺的歌唱，然后为夜莺谱写一支曲子，他说那是为夜莺留下的肖像。一万种，开始克莱尔惊讶不已，觉得那是不可能的，她建议梅西安现实一些，哪怕改成一百种也好呀。但对于梅西安来说，这并不是什么奇迹，只要去做，是可以做到的；只要一只一只夜莺去倾听，就能够从一到一万的。

正是橙黄橘绿时

不知什么时候,天已经渐渐地亮了,东方早吐出了鱼肚白,朝霞也已经烧红了半边天空。只是因为林深树密,霞光和晨曦被挡在外面,从树梢筛下来的光线,让梅西安觉得天才蒙蒙亮。夜莺是属于夜色中的精灵,在这一瞬间,它们好像听到了号令一样,齐刷刷地喑哑了嗓子,没有了一点声音,取而代之的是一群麻雀和黄雀叽叽喳喳的叫声,在林间此起彼伏,把阳光很快就带了进来,让每一棵树的树梢都染上一片金红。

梅西安后来创作出了《花园里的夜莺》,就是他从采集来的一万种夜莺啼叫声中提炼出来的音乐,是夜莺之大全,是夜莺之肖像,是夜莺最美声音的精华与升华。

图书在版编目（CIP）数据

正是橙黄橘绿时 / 肖复兴著 . -- 北京：北京联合出版公司, 2022.3（2025.7 重印）
ISBN 978-7-5596-5933-0

Ⅰ.①正… Ⅱ.①肖… Ⅲ.①散文集—中国—当代 Ⅳ.①I267

中国版本图书馆 CIP 数据核字（2022）第 017863 号

正是橙黄橘绿时

作　　者：肖复兴
出 品 人：赵红仕
创意监制：耿懿凡
策划编辑：徐佳汇
责任编辑：牛炜征
版式设计：张　敏
责任编审：赵　娜

北京联合出版公司出版
（北京市西城区德外大街 83 号楼 9 层 100088）
北京华景时代文化传媒有限公司发行
北京中科印刷有限公司印刷　新华书店经销
字数 198 千字　　880 毫米 ×1230 毫米　　1/32　　10 印张
2022 年 3 月第 1 版　　2025 年 7 月第 32 次印刷
ISBN 978-7-5596-5933-0
定价：48.00 元

版权所有，侵权必究
未经书面许可，不得以任何方式转载、复制、翻印本书部分或全部内容。
本书若有质量问题，请与本公司图书销售中心联系调换。电话：（010）83626929